W0374171

Gallmeister

CHAQUE SERMENT QUE TU BRISES

DU MÊME AUTEUR

Huit crimes parfaits, 2021 ; totem n°205
Vis-à-vis, 2020 ; totem n°177

Peter Swanson

Chaque serment que tu brises

Roman

Traduit de l'américain
par Christophe Cuq

Laetitia JAMET

Gallmeister

FICTION

Ouvrage publié sous la direction de François Guérif
Titre original: EVERY VOW YOU BREAK

Copyright © 2021 by Peter Swanson
All rights reserved

Publié aux États-Unis par William Morrow, New York

© Éditions Gallmeister, 2022, pour la traduction française

ISBN 978-2-35178-273-6
ISSN 1956-0982

Photo de l'auteur © Charlene Sawyer
Illustration de couverture © Emmanuel Polanco
Conception graphique : Aurélie Bert

Pour Charlene, une fois encore

I

Elle le repéra pour la première fois au Bobbie's, un café situé sur la 22e Rue. Il était assis près de la vitre, consultant son téléphone d'un air distrait, un mug blanc posé devant lui. Abigail se rendait au bureau et marchait en évitant les piétons sur le trottoir, tout absorbée par les préparatifs du mariage. Fallait-il inviter le cousin Donald et sa femme, dont elle oubliait toujours le prénom ?

Ses jambes continuèrent d'avancer, mais son cœur cessa de battre l'espace d'une seconde. Aucun doute, c'était bien lui : même barbe, même carrure sèche, mêmes pommettes saillantes. Malgré le reflet éblouissant du soleil sur la fenêtre, Abigail le reconnut d'emblée. Elle sut tout de suite qu'il était venu à New York pour elle. Il n'y avait pas d'autre explication possible.

Son cœur battait toujours la chamade quand elle s'installa derrière son bureau. Elle prit un moment pour envisager les différentes hypothèses. D'abord, pourquoi était-elle persuadée qu'il était là pour elle ? Elle habitait New York après tout, pas un trou perdu. Peut-être était-il venu en vacances, pour rendre visite à des amis, ou pour un motif professionnel. Et quand bien même il était là pour elle, que savait-il exactement à son sujet ? Ils ne s'étaient pas donné leurs vrais prénoms ; elle l'avait rebaptisé Scottie et lui, Madeleine. Abigail se convainquit qu'il n'y avait pas de quoi s'inquiéter et tenta de se concentrer sur sa tâche.

Mais le soir venu, comme c'était l'hiver et qu'il faisait déjà nuit, elle préféra éviter la foule et ne rentra pas par le chemin habituel.

N'ayant rien de prévu – Bruce assistait à un dîner de travail –, elle se cuisina une omelette, zappa d'une chaîne à l'autre et s'arrêta sur un film : *Le Cercle*, avec Naomi Watts. Elle se rappelait l'avoir regardé pendant une soirée pyjama : les autres filles avaient été traumatisées, mais pas Abigail, qui s'était endormie cette nuit-là avec la conviction qu'il existait des films qu'elle seule pouvait comprendre.

Après le générique de fin, Abigail envoya un message à Bruce pour lui dire qu'elle allait se coucher, puis jeta un coup d'œil rapide à ses e-mails. Elle en ignora un de Zoe intitulé URGENT QUESTION MARIAGE et en ouvrit un autre, d'une adresse qu'elle ne reconnaissait pas et dont l'objet était simplement : SALUT.

> Chère Madeleine,
>
> Je suis désolé de t'écrire comme ça à quelques jours de ton mariage, mais je n'arrête pas de penser à toi. Si tu ne partages pas mes sentiments, dis-le-moi et je promets de ne plus t'importuner. En revanche, si tu ressens la même chose, il n'est peut-être pas trop tard pour annuler le mariage. Il y a une ville nommée Wood River dans le Nebraska, à mi-chemin entre San Francisco et New York. Peut-être que nous pourrions nous y retrouver dans un motel…

L'espoir fait vivre,

Scottie

Tandis qu'elle relisait le message, elle sentit le nœud dans sa gorge s'étendre à son estomac. À lui seul, l'e-mail était inquiétant, mais elle avait en plus aperçu son auteur dans la journée. Et dans le quartier où elle résidait. S'agissait-il vraiment de lui ? S'il se trouvait à New York, pourquoi ne le mentionnait-il pas dans l'e-mail ?

Parce qu'il ne veut pas te faire flipper.

Il était ici, à Manhattan, et il la cherchait. Peut-être avait-il prévu, si elle répondait favorablement à son message, de dire un truc du genre : Eh bien, devine quoi, je suis à New York en ce moment. Je ne voulais pas t'en parler, j'avais peur que tu me prennes pour un détraqué. Ah ah.

C'était peut-être aussi simple que ça. Il était de passage à New York – rien à voir avec elle –, et avait décidé de lui écrire. Il lui suffisait de répondre qu'elle comptait toujours se marier et il ne se manifesterait plus. Mais quelque chose en elle lui disait que c'était plus compliqué : il s'était épris d'elle et continuerait de la "harceler". C'était bien le mot qui convenait.

Autre question : comment avait-il obtenu son adresse e-mail ?

Pour ça, il n'avait pas nécessairement besoin de connaître son vrai prénom. Peut-être disposait-il d'un contact à l'hôtel qui la lui avait procurée. À moins qu'elle ait laissé échapper un indice sur l'identité de Bruce. Bruce était un personnage public, après tout. Quoi qu'il en soit, si Scottie possédait son e-mail, ça signifiait qu'il connaissait à présent son nom, alors qu'elle ignorait le sien. L'adresse de l'expéditeur

– bluestreakwp@yahoo.com – ne donnait aucune indication sur son identité, contrairement à la sienne – abigailbaskin90@gmail.com – qui dévoilait non seulement son nom, mais aussi son année de naissance. À tout hasard, elle tapa BLUE STREAK sur Google, mais obtint bien trop de résultats : c'était à la fois un titre de film, le nom d'un poisson, ainsi que celui de plusieurs sociétés, dont une située à San Francisco, un traiteur qui avait apparemment fait faillite.

Abigail étudia ses options. Le mieux lui semblait d'ignorer le message de Scottie, mais quelque chose lui disait qu'il ne renoncerait pas si facilement. Elle décida donc d'y répondre – dans un style aussi impersonnel que possible, afin qu'il comprenne qu'elle ne partageait pas ses sentiments – et s'y attela dans la foulée. Devait-elle y exprimer du mépris ? Non. Le mettre en colère était bien la dernière chose qu'elle souhaitait. Son message devait rester aimable mais être ferme et sans équivoque, constituer une fin de non-recevoir. Elle tenait également à minimiser ce qui s'était passé entre eux en Californie, au cas où quelqu'un tomberait sur l'e-mail. Inutile de confirmer les faits. Abigail grimaça en constatant qu'elle se comportait en coupable. Elle tapa :

> Scottie,
>
> J'ai été vraiment ravie de faire ta connaissance. Oui, mon mariage est toujours au programme. Il se tiendra dans trois jours et je suis impatiente. Merci d'avoir pensé à moi. Prends soin de toi.

Elle le relut une dizaine de fois et estima finalement avoir trouvé le bon équilibre entre gentillesse et fermeté. Elle supprima le mot “vraiment” de peur qu'il ne sonne un peu trop positif, et cliqua sur ENVOYER.

Douze heures plus tard, toujours pas de réponse.

Abigail en conclut qu'elle n'entendrait plus parler de l'inconnu avec qui elle avait couché lors de son week-end d'enterrement de vie de jeune fille.

— Avec combien d'hommes avez-vous couché ?

— Pardon ? Ça ne vous regarde pas.

— C'est pourtant en rapport avec notre sujet de conversation, non ? dit-il en se redressant légèrement pour saisir son verre de vin.

Ils parlaient de mariage ; ou pour être plus précis, du mariage d'Abigail, prévu exactement trois semaines plus tard. Or elle n'était sûre qu'à quatre-vingt-dix-neuf pour cent ("quatre-vingt-dix-neuf virgule quatre-vingt-dix-neuf, en fait" rectifia-t-elle) d'avoir pris la bonne décision.

— Non, répondit-elle. Les deux sujets ne sont pas forcément liés.

À son tour, Abigail tendit la main vers son verre, mais il était vide. Il prit la bouteille pour le lui remplir.

— Cela revient à dire que le sexe est dissociable du mariage.

— Vous ne connaîtriez pas mes parents, par hasard ? dit-elle en plaisantant.

Les parents d'Abigail étaient séparés ; à leur manière, du moins. Son père s'était installé dans le petit studio aménagé au-dessus du garage.

— Je parie que vous n'avez pas la moindre idée de ce que vos parents font ou ne font pas dans l'intimité.

Il lui avait trop rempli son verre, mais le vin – un pinot noir – était délicieux, et elle en but une longue gorgée. *Vas-y doucement*, se répétait-elle ; mais d'un autre côté, c'était un enterrement de vie de jeune fille (*son* enterrement de vie de jeune fille) et même si toutes ses amies avaient disparu dans la brume des dernières heures, Abigail était parfaitement en droit de partager une bouteille de vin avec ce mec barbu aux yeux bleus, qui portait une chemise en flanelle vintage et une alliance. Il avait tout à fait le look californien, avec ses dents à la blancheur éclatante et cette espèce de bracelet en cuir tressé au poignet, où pendillait une pierre verte, mais elle ne lui en tenait pas rigueur. Ils étaient en Californie, après tout, assis dans un patio au milieu des oliviers.

Abigail rapprocha son fauteuil Adirondack du brasero.

— C'est probablement tout aussi bien, dit-elle.

— Quoi donc ?

— Que je ne sache pas ce que mes parents font dans l'intimité.

— Bonne idée, dit-il en se levant. (L'espace d'un instant, Abigail ne comprit pas le sens de sa réplique. Puis il tira sa chaise plus près du feu.) Nous sommes les derniers clients.

— Vous n'aviez pas encore remarqué ?

— Je n'arrive pas à détacher mes yeux de votre visage, dit-il avec une pointe de dérision.

— Je crois que vous ne m'avez même pas dit comment vous vous appeliez, déclara Abigail. N'est-ce pas ?

— Si je vous le dis, est-ce que vous répondrez à une question ?

— Demandez toujours.

— Vous la connaissez déjà.

— Avec combien d'hommes ai-je couché ?

— Oui. Avec combien d'hommes avez-vous couché ?

2

Abigail Baskin avait perdu sa virginité dans les bras d'un acteur, de passage dans le théâtre d'été* que ses parents dirigeaient à Boxgrove, petite ville de l'ouest du Massachusetts. Elle avait dix-sept ans, le comédien prétendait en avoir vingt-deux. Abigail avait cependant vérifié plus tard sur le site IMDb, après que le comédien eut décroché quelques petits rôles pour la télé, et découvert qu'il avait été plus près des vingt-six. Peu importe. Il était beau et elle était prête.

En fait, à la seconde où elle avait posé les yeux sur lui, Abigail avait enterré son projet de longue date de perdre sa virginité avec Todd Heron. Elle et Todd se fréquentaient depuis l'âge de quatorze ans, mais elle avait lu assez de romans sentimentaux pour comprendre qu'ils avaient sombré dans une version adolescente du mariage dénué de passion. Ils étaient les meilleurs amis du monde, partageaient des fous rires, et, après une année de baisers amoureux, ils avaient enfin abordé le stade du rapport occasionnel

* En Amérique du Nord, théâtre généralement situé sur un lieu de vacances qui produit des pièces à succès ou en rodage jouées durant l'été par des troupes itinérantes. (Toutes les notes sont du traducteur.)

sans jamais dépasser les préliminaires très poussés. Ces rapports se concluaient en général par une conversation dans laquelle les deux parties s'accordaient sur le fait que ce n'était ni le bon moment ni le bon endroit – ils se retrouvaient habituellement dans la cave aménagée des parents de Todd. Ou ce n'était pas assez romantique. Ils envisagèrent alors des scénarios qui leur permettraient de perdre leur virginité dans un vrai lit, puis de s'endormir ensemble, sans parents dans les parages. Mais le père de Todd, capitaine des pompiers de la ville – qu'on sollicitait peu –, et sa mère, comptable de l'église congrégationaliste, étaient toujours dans les parages. Ceux d'Abigail n'étaient jamais loin non plus et travaillaient sans arrêt, même durant les mois où il n'y avait pas de représentations. Ils prétendaient ne pas voyager faute de temps, mais Abigail commençait à soupçonner qu'ils manquaient aussi d'argent.

L'été de ses dix-sept ans, elle et Todd s'étaient donc résignés à un statu quo : lui se levait tôt et travaillait toute la matinée au terrain de golf, elle travaillait le soir comme hôtesse à l'auberge de Boxgrove et se couchait tard. Leur relation finit par se résumer à des échanges de textos durant les rares heures où ils étaient tous les deux libres. Quand Abigail n'accueillait pas les clients à l'auberge, elle donnait un coup de main au théâtre, comme elle l'avait toujours fait. Cet été-là, Lawrence et Amelia Baskin présentaient cinq productions, deux de plus que d'habitude, dont une reprise du *Piège mortel* d'Ira Levin. Zachary Mason était monté de New York – comme tous les comédiens – pour interpréter le rôle de Clifford Anderson. Malgré ses béguins fréquents pour des stars de télé ou des acteurs de cinéma, Abigail ne pensait pas "avoir un type de garçon", jusqu'à ce qu'elle croise Zachary. Il était grand et mince, les pommettes hautes et les cheveux ébouriffés. Elle lui trouvait des airs d'Alain Delon dans *Plein soleil*, son obsession cinématographique du moment, et quand elle l'avait vu pour la première fois, un jour qu'elle préparait la salle pour une lecture, Abigail avait eu des papillons dans le ventre, telle une héroïne de roman à l'eau de rose. Cela devait se voir sur son visage, car Zachary avait laissé échapper un rire, avant de se présenter et de l'aider. L'engouement précipité d'Abigail s'était quelque peu dissipé sitôt qu'elle s'était rendu compte à quel point il ressemblait à tous les acteurs débutants qui défilaient chaque été : jean serré, foulard à franges enroulé à double tour, bien qu'on fût en juillet. Abigail avait également remarqué un tatouage à l'intérieur de son avant-bras ; elle n'avait pas réussi à tout déchiffrer, mais on aurait dit du Shakespeare.

— Tu es la fille ? avait-il lancé.

— Ça fait longtemps qu'ils ne me voient plus comme leur fille, avait-elle rétorqué. Plutôt comme une stagiaire bénévole.

— Eh bien, tu es le portrait craché de ton père.

C'était la première fois qu'Abigail s'entendait dire cela ; la plupart des gens trouvaient qu'elle ressemblait à sa mère, peut-être parce qu'elle était grande et brune comme elle. Abigail en revanche avait toujours pensé qu'elle ressemblait plus à son père. Elle avait le même front large, les mêmes paupières tombantes, la lèvre supérieure courte.

— C'est un compliment ? avait voulu savoir Abigail.

— Tu veux un vrai compliment ?

— Oh oui.

Il y avait du bruit dans le couloir à l'extérieur de la salle, un fourmillement de corps et des bribes de conversations. Zachary s'était penché vers elle et avait murmuré :

— Tu es très jolie, mais tu dois avoir seize ans à peine, et j'en ai vingt-deux, alors on va en rester là.

— J'ai dix-sept ans, avait-elle répondu, tandis que la salle se remplissait.

Piège mortel avait tenu l'affiche deux semaines et avait été l'une des meilleures productions de la saison ; l'ayant vue deux fois, Abigail avait découvert avec soulagement que Zachary n'était pas seulement bon, mais presque génial. Il avait la chance de partager la scène avec Martin Pilkingham, un acteur de feuilletons qui jouait chaque été à Boxgrove. Zachary et Martin avaient une excellente alchimie. Un critique de New York avait même fait le déplacement pour écrire une chronique qu'il avait intitulée : "Une reprise dans les Berkshires qui vaut le détour".

Un jour, vers la fin de la première semaine, alors qu'Abigail était sur la balancelle sous la galerie en train de relire *Dragon Rouge*, Zachary était passé nonchalamment sur le trottoir devant la maison. Quand elle avait jeté un coup d'œil à son téléphone, elle s'était aperçue qu'il était plus tard qu'elle ne le pensait. Elle l'avait interpellé et il s'était retourné, l'air surpris. *Eh bien, visiblement il ne passait pas par là dans l'espoir de me voir*, s'était-elle dit en descendant les quelques marches. Après tout tant pis, qu'est-ce que ça pouvait faire ? Ils avaient marché ensemble trois bons kilomètres dans la fraîcheur du soir, et Zachary lui avait parlé des rôles qu'il avait failli décrocher dans des séries télé ou des publicités. De retour devant la maison, Abigail s'était jetée dans ses bras pour l'embrasser. Il lui avait rendu son baiser en la soulevant pratiquement du sol.

— Je crois qu'on ne devrait pas…, avait-il dit d'une voix rauque.

— Mais si, avait répondu Abigail, avant de rentrer en courant pour couper court à ses objections.

Comme d'habitude, la fête de dernière s'était tenue dans le bar au sous-sol de l'auberge de Boxgrove. Abigail était arrivée un peu plus tôt pour aider Marie, la barmaid, à préparer le buffet ; pour la remercier, Marie lui avait servi discrètement un Sprite avec de la vodka. La veille encore, Abigail et Zachary s'étaient bécotés dans la loge. À un moment donné, Abigail avait cru qu'ils allaient faire l'amour et elle avait abordé la question du préservatif.

— Tu veux faire ça là, maintenant, dans ma loge ? avait-il demandé.

Zachary savait qu'Abigail était vierge parce qu'ils en avaient discuté.

— Je me fiche de l'endroit où je le fais, je veux juste que ce soit avec toi.

— Reparlons-en, d'accord ? Tu es vraiment sûre ? Dans trois jours, je rentre à New York et toi et moi on ne se…

— Tu veux un consentement écrit ? avait-elle dit en riant.

À l'époque, les affaires de harcèlement sexuel occupaient les gros titres. Abigail appréciait la prévenance de Zachary mais elle se savait prête.

— Pourquoi pas ? avait-il répondu, avant de rire à son tour.

Abigail avait prévu de rentrer à la maison avec ses parents après la soirée, puis de retrouver Zachary dans sa chambre à l'auberge. Mais son père comme sa mère étaient partis de bonne heure.

— Je t'assure, Abigail, je suis épuisée, avait dit sa mère. Mais reste, toi. Tu es jeune.

Abigail se tenait à distance de ses parents de peur qu'ils ne sentent la vodka dans son haleine. Tandis qu'ils montaient les marches, elle leur avait fait un signe de la main pour leur dire au revoir puis avait regagné le box où Martin Pilkingham discourait autour d'une bouteille de scotch. Elle connaissait Martin depuis toujours et le considérait presque comme son oncle.

Alors que l'heure de la fermeture approchait, Zachary, accroché à sa pinte de Guinness, avait emmené Abigail dans un recoin sombre. Le bar était pratiquement vide. Elle avait senti son haleine d'alcool quand il avait posé sa main sur son visage en lui disant :

— Je sais que c'est une erreur mais j'en meurs d'envie.

Ces mots sonnaient comme une réplique récitée de mémoire, mais lorsqu'il posa la main sur sa joue, Abigail sentit l'espace d'un instant ses genoux se dérober. Zachary l'avait entraînée dans les couloirs sinueux de l'auberge jusqu'à sa chambre.

Elle n'avait plus jamais revu Zachary, à part dans un épisode de *New York, unité spéciale*, ainsi que dans un très mauvais film d'horreur indépendant intitulé *Disparition*. Le lendemain de la fête, Abigail était allée courir avec son amie Zoe et lui avait tout raconté. Mais la personne à qui elle voulait vraiment le dire, c'était Todd ; c'était son ami après tout, et elle estimait qu'il méritait d'être informé de ce changement majeur dans sa vie.

Ils avaient déjeuné ensemble après son travail au golf et elle avait rompu. Selon elle, mieux valait qu'ils entament leur dernière année de lycée en célibataires. Il avait paru soulagé.

3

— J'AI COUCHÉ AVEC QUATRE HOMMES, répondit-elle au type barbu dont elle ignorait toujours le nom. Et une femme. Est-ce que ça compte ?

— Bien sûr.

— Je sais que ce n'est pas énorme.

— C'est probablement dans la moyenne.

Il était en train d'enfiler un gilet, et elle songea qu'elle aurait bien supporté une petite laine. Les quelques braises qui restaient dans le brasero n'émettaient plus de chaleur depuis longtemps. Mais le décor était trop idyllique pour retourner à l'intérieur : un ciel constellé d'étoiles et l'air qui embaumait la lavande bordant le patio.

— Il paraît que quand un homme vous annonce avec combien de femmes il a couché, il faut diviser ce chiffre par deux, en revanche si c'est une femme, alors il faut le *multiplier* par deux.

— Donc vous pensez que j'ai couché avec huit hommes ?

— Et deux femmes.

— Exact. Et deux femmes.

— Non, je pense que vous m'avez dit la vérité.

— Effectivement. Après tout je n'ai rien à perdre. On ne se reverra jamais.

— Sans doute. C'est un peu triste, tout de même.

Abigail s'avança légèrement sur son coussin pour se rapprocher du feu mourant.

— Vous avez froid ? demanda-t-il.

— Un peu. Mais pas assez pour retourner à l'intérieur.

— Vous voulez mon gilet ?

— Oui, se surprit-elle à répondre. Si c'est sans arrière-pensée.

Avant qu'elle ait terminé sa phrase, il l'avait ôté et le lui tendait. Abigail le devina mince et musclé sous sa chemise ajustée. Elle enfila le gilet encore tiède. Son téléphone vibra dans sa poche de jean. Kyra venait aux nouvelles : ÇA VA ?

ÇA VA, écrivit-elle. JE V PAS TARDER À ME COUCHER. ON SE VOIT AU PTIT DÉJ ?

Le domaine viticole abritait un hôtel de douze chambres, où logeaient les invitées d'Abigail. Elle disposait de sa propre suite ; Kyra partageait une chambre avec Rachel, et Zoe avec sa sœur Pam, venue de Seattle.

— Rappelez-moi pourquoi vous êtes ici ? demanda-t-elle.

Abigail se rendit compte qu'elle lui avait déjà posé cette question, peut-être même deux fois. Elle se passa la langue sur les dents ; un moyen infaillible de vérifier à quel point elle était saoule.

— Je participe à la soirée de “résurrection de vie de garçon” de mon ami Ron, expliqua-t-il, en mimant des guillemets. Ses fiançailles viennent d'être annulées et il m'a invité à fêter ça avec lui. Mais ça fait bien quatre ou cinq heures qu'il est HS.

— C'est vrai, vous me l'avez dit. Et vous venez de San Francisco et êtes comédien. Vous voyez, je n'ai pas tout oublié.

— Je joue dans une troupe de théâtre amateur, mais le reste du temps, je fabrique des meubles. C'est comme ça que je gagne ma vie.

— Voilà, vous êtes menuisier, lança-t-elle fièrement.

— C'est ça.

— Eh bien, gardez votre travail. Il n'y a aucun avenir dans la comédie.

Elle avait failli dire “commode” au lieu de “comédie”. Elle avait vraiment trop bu.

— Pourquoi dites-vous cela ?

— Mes parents ont passé vingt ans à la tête d'un petit théâtre, et ça a failli ruiner leur vie. Ça les a bel et bien ruinés en fait… financièrement. Et démolis sur le plan émotionnel. Ils ont fait faillite il y a deux ans et maintenant ils vont devoir rembourser leurs dettes le reste de leur vie. Mon père a retrouvé un travail dans un cinéma multiplex, et même s'ils continuent d'habiter ensemble, ils disent qu'ils sont séparés.

— Je suis navré.

— On verra bien ce que ça donne, dit-elle, consciente que son ton détaché ne reflétait pas du tout ses émotions.

Elle avait rendu visite à ses parents récemment, et ils semblaient effectivement vivre chacun leur vie. D'un côté son père, qui avait “déménagé”, de l'autre sa mère qui investissait toute son énergie dans une galerie d'art qu'elle ouvrait avec sa meilleure amie Patricia.

— Tout de même, tenir vingt ans, ce n'est pas rien, dit-il. Que ce soit une entreprise ou un mariage. Je suppose qu'ils aimaient ce qu'ils faisaient; ils créaient de l'art. Tout ne tourne pas toujours autour de l'argent ou du succès.

— Non, pour eux ça n'a jamais été le cas, jusqu'à ce qu'ils n'aient plus un sou. Dès lors l'argent est devenu leur seule préoccupation. C'est peut-être du cynisme, mais avec le recul je repense à toutes ces pièces qu'ils ont montées chaque été. Qu'en reste-t-il aujourd'hui… à part des photos et peut-être quelques souvenirs flous. Pas grand-chose, en vérité. Ça me rend triste quand j'y pense.

— Et vous, que faites-vous ?

— Je travaille dans l'édition, un autre secteur à l'agonie.

— À ce point ?

— Je travaille pour une maison indépendante qui publie surtout de la poésie, alors en ce qui me concerne, il est bel et bien à l'agonie.

— Sûrement, concéda-t-il. Alors vous êtes fan de poésie ?

Abigail laissa échapper un petit rire, sans doute à cause du terme qu'il avait employé : comme si la poésie ralliait des armées de fans, au même titre qu'une équipe de sport ou une série télé.

— Je lis de la poésie, oui, si c'est ce que vous voulez savoir. Et pas uniquement pour le travail.

— Qui sont vos écrivains favoris ?

Mes poètes, corrigea-t-elle mentalement. Elle répondit :

— En ce moment, je m'intéresse à Jenny Zhang. Mais mon poète préféré est Poe.

L'homme leva les yeux, comme s'il essayait de se remémorer quelque chose.

— "Car la lune jamais ne rayonne sans me faire rêver à la belle Annabel Lee", déclama-t-il.

Elle pouffa.

— Regardez-vous un peu : en train de réciter de la poésie au coin du feu.

Elle ne lui signala pas l'erreur dans sa citation.

— Coup de chance, répondit-il. C'est un des rares poèmes que je connais.

— Eh bien croyez-moi, de nos jours, il ne faut pas rater une occasion de réciter de la poésie. C'est un art en voie d'extinction.

— Dixit la jeune femme qui travaille chez un éditeur de poésie.

— Je m'accroche à mon boulot de toutes mes forces. C'est un bon éditeur en réalité.

L'homme eut un sourire en coin. Il était vraiment séduisant malgré son bracelet new age et ses dents blanchies.

— Quand je vous ai demandé ce que vous faisiez dans la vie, je pensais que vous alliez me répondre gestionnaire de fonds spéculatifs ou quelque chose du genre, vu la façon dont vous parlez de vos parents.

— Qu'est-ce que vous entendez par là ?

— Oh, juste que vous semblez porter un regard assez cynique sur leur espoir de gagner leur vie dans le domaine artistique. J'imaginais que vous aviez choisi un métier plus stable.

— Non. C'est le cas de mon fiancé en revanche. Il ne gère pas de fonds spéculatifs mais investit dans des start-up. Il est parfaitement à même de servir de mécène à ma carrière artistique, quoi qu'elle vaille.

— C'est pour ça que vous l'épousez ?

Une braise s'envola et atterrit sur le gilet d'Abigail. Elle se souvint que ce n'était pas le sien et l'éteignit d'une tape, en espérant ne pas laisser de marque.

— Vous disiez ?

— Je vous demandais si vous épousiez votre fiancé pour son argent. Mais maintenant que je répète ma question, je me rends compte que ce ne sont pas mes affaires.

— Ça ne me gêne pas de vous répondre. Non, je n'épouse pas Bruce pour son argent. Mais effectivement, j'aime les traits de caractère qui ont fait de lui un homme riche.

— Comment ça ?

— Avant de le rencontrer, j'ai été longtemps avec un autre homme. Il était écrivain ; poète. On avait beaucoup de points en commun, sans doute, mais c'était épuisant. Il me demandait constamment de lire ce qu'il avait écrit ou me parlait des textes qu'il avait lus. Il s'accrochait à cette image d'Épinal du couple d'artistes : fauchés mais heureux, ivres en permanence et incompris. J'en ai eu assez. Bruce est un homme simple, mais dans le bon sens du terme. Toute sa reconnaissance, il l'a gagnée par son travail, et ce travail consiste essentiellement à financer des gens créatifs. C'est si agréable d'aller au cinéma avec son petit ami sans avoir à subir des accès de colère ou de jalousie, ou un monologue sur les thèmes cachés du film.

— Vous êtes en train de dire qu'il est ennuyeux ?

— Qui ça, Bruce ? Oui, et c'est super.

— Et donc… l'écrivain, comment s'appelait-il ?

— Il s'appelait Ben.

— Et Ben était le numéro combien ?

— Pardon ?

— S'agit-il du deuxième homme avec qui vous avez couché ?

Ben Perez et Abigail étaient arrivés la même année à Wesleyan. Ils étudiaient tous deux la littérature mais ne s'étaient jamais croisés avant de partager un cours thématique sur Evelyn Waugh, Graham Greene et Muriel Spark durant le second semestre de leur année de licence.

Après ce premier cours, ils allèrent déjeuner au réfectoire comme de vieux camarades, puis se rendirent au Centre d'études cinématographiques sur le campus pour voir *Le Narcisse noir*. Ils veillèrent tard dans la petite chambre de Ben, la fenêtre entrouverte, se partageant un paquet de Camel Bleu et une bouteille de bourgogne bon marché en écoutant les bandes originales de Nino Rota. Abigail s'éprit tout de suite de Ben, et tout au long de ces premières vingt-quatre heures, elle ne put se défaire du sentiment excitant et terrifiant qu'elle venait peut-être de rencontrer la personne qui aurait le plus d'importance dans sa vie. L'année précédente, elle était sortie avec un étudiant de dernière année nommé Mark Copley, champion de tennis de l'université et rédacteur en chef de la revue littéraire. Abigail et Mark ne se voyaient que le week-end. Après la soirée du vendredi, elle passait la nuit dans son appartement en dehors du campus. Parfois elle y restait tout le week-end, mais pas toujours. Abigail, qui ne pouvait s'empêcher d'établir des parallèles entre ses lectures et sa propre vie, voyait en elle et Mark un couple sophistiqué vivant à la fois ensemble et séparé. À l'image de Tomas et Sabina dans *L'Insoutenable légèreté de l'être*, seule la rareté calculée de leurs moments partagés donnait du souffle à leur couple. Abigail s'était cependant sentie blessée quand Mark avait négligé de la présenter à ses parents lors du week-end de remise des diplômes. Et elle n'avait guère été surprise quand il lui avait annoncé que, maintenant qu'il ne serait plus à l'université, il jugeait préférable qu'ils arrêtent de se voir.

— Tu ne vas quand même pas gâcher tes trois prochaines années de fac avec un ancien, avait-il dit. Je serai juste un boulet.

— Dis plutôt que ce sera moi le boulet, avait-elle répliqué.

— Aussi.

Abigail trouva agréable de replonger aussi vite dans une autre relation beaucoup plus intense ; Ben et elle étaient inséparables, chacun devinant les pensées de l'autre. Ils aimaient les mêmes films, lisaient les mêmes livres. Lui rêvait d'écrire des poèmes, et elle – seul Ben était au courant – ambitionnait de devenir romancière. Ils passèrent ensemble les trois années qui suivirent et, sitôt leur diplôme en poche, partirent vivre à New York dans un appartement de Manhattan à peine plus grand qu'une place de parking. Ben commença à changer, même s'il fallut deux ans à Abigail pour s'en rendre compte. Jusque-là, il avait pris plaisir à étudier et à apprendre des autres, à affûter son métier et à se nourrir du monde. Mais après leur installation à New York et leur entrée dans la vie active – elle avait décroché un job dans une maison d'édition et lui travaillait dans une librairie –, le désir d'être un poète reconnu se mit à obséder Ben. Il se lia avec un cercle de slameurs et d'adeptes du *spoken word* (alors même qu'il disait mépriser ces genres) et consacra bientôt plus de temps à envoyer ses poèmes à des revues littéraires qu'à les écrire. Lorsqu'il recevait une lettre de refus, il boudait pendant plusieurs jours, et quand son texte était accepté, il retrouvait le sourire, mais cela durait de moins en moins longtemps. Il passait des heures en ligne à polémiquer sur des forums et buvait en permanence. Abigail l'accompagnait seulement le soir. Ils retrouvaient des amis à la Pete's Tavern et Ben ne tardait pas à débattre de n'importe quoi avec n'importe qui ; il avait toujours agi de la sorte, mais Abigail commençait à s'en lasser. Ils ramenaient les discussions à la maison, et parfois même, quand elle se réveillait le lendemain matin, fatiguée, avec la gueule de bois, elle avait oublié la raison de leur dispute. Ça tenait en général à des broutilles, comme la fois où Abigail avait dit à Ben qu'elle adorait *Shakespeare in Love* ; il en avait été si contrarié qu'il avait disparu toute une nuit.

Trois ans après l'université, Abigail était enfin prête à quitter Ben. Elle cherchait le meilleur moyen de le faire quand elle l'aperçut un soir, par hasard, sortant de la McSorley's Tavern au bras de Ruth, une amie commune créatrice de bijoux habitant Brooklyn. Abigail fut estomaquée ; elle sentit monter en elle une colère meurtrie, mais dont il ne resta rien au bout d'une heure. Ben venait de lui offrir une porte de sortie. Il lui fallut tout de même près d'un an pour s'extirper de leur relation, tant sur le plan émotionnel que pratique. Ce fut justement l'année où le théâtre de Boxgrove fit faillite. Ses parents, qui avaient toujours été à ses yeux des adultes responsables, lui apparurent soudain comme deux enfants effrayés. Abigail rentrait à Boxgrove tous les week-ends, d'abord pour les aider à faire le tri dans la quantité de matériel, costumes et accessoires accumulés en vingt ans, mais aussi pour leur apporter un soutien affectif. Ses parents n'étaient pas seulement anéantis par l'échec de leur théâtre, mais par ce qu'ils percevaient tous deux comme l'échec de leurs vies. Ils s'étaient endettés, en grande partie pour envoyer Abigail à Wesleyan.

Tout cela – la fin de sa relation avec Ben, les échecs de ses parents – la laissait sans but ni repère, empreinte d'un sentiment de vide.

Elle décida de rentrer à Boxgrove pour les soutenir – sur les plans affectif et financier – dans leur transition vers une nouvelle vie, mais ils refusèrent.

— Ne nous laisse pas t'entraîner dans notre débâcle, Abigail, lui dit sa mère. Vis ta vie. On va s'en sortir.

C'était surtout pour son père qu'elle s'inquiétait. Il avait pris dix ans depuis la fermeture du théâtre. Une nuit, après que sa mère était allée se coucher, Abigail et son père regardèrent *Voyage à deux* sur la chaîne Turner Classic Movies. Il but tout au long du film et finit par vider la bouteille de vin rouge du dîner, avant d'expliquer à sa fille qu'ils venaient de résilier leur abonnement premium : il s'efforçait donc de visionner le plus de vieux films possible avant la fin du mois. Abigail en fut si attristée qu'elle dut se lever et prétendre aller aux toilettes pour qu'il ne la voie pas pleurer.

À son retour, elle dit à son père, qui regardait désormais *Charade* :

— J'ai parlé à maman… elle n'est pas emballée, mais j'envisage de revenir m'installer un moment à la maison. Je pourrai certainement trouver un travail à…

— Non, non, Abi. Ta mère et moi en avons discuté. Pas question. C'est déjà très gentil de ta part de rentrer nous voir les week-ends. Et puis tu as un boulot génial…

— Il ne l'est pas tant que ça.

— Tu travailles dans l'édition. Dans la plus belle ville du monde. Pour nous tout va bien.

— D'accord, répondit-elle. Message reçu.

4

De retour à New York, déstabilisée par sa rupture avec Ben et se sentant impuissante à aider ses parents, Abigail emménagea dans une colocation avec deux inconnues et prit un second travail comme nounou pour une famille de l'Upper East Side qui lui permettait juste de payer sa part du loyer. Elle repensait sans cesse aux paroles de son père – elle avait un travail dans l'édition dans la plus belle ville du monde –, mais au lieu de lui remonter le moral, cela l'emplissait d'un sentiment de tristesse et d'inutilité. Elle avait beau être arrivée là où elle avait toujours voulu être, elle souffrait du syndrome de l'imposteur, une petite provinciale jouant à l'adulte dans la grande ville.

Elle commença à fréquenter son ancienne camarade de fac, Rebecca, qui vivait essentiellement aux crochets de ses parents dans son propre pied-à-terre près de Gramercy Park. Abigail savait qu'une partie de l'attachement que Rebecca lui portait relevait en fait d'une attirance physique. Un soir, après une sortie bien arrosée entre collègues, elle sonna chez elle peu après minuit, poussée à la fois par la curiosité et par un certain désir. Elles firent l'amour avec une maladresse qui laissait peu d'espoir de survie à leur amitié. L'avenir leur donna raison, même si elles continuèrent de s'échanger des messages ou de se voir à l'occasion pour prendre un verre ou un café. À cette époque, Abigail avait décrété que le mieux pour elle était de rentrer à Boxgrove, quelles que soient les protestations de ses parents, de s'installer chez eux ou chez Zoe, et de trouver un travail de serveuse pour les aider à régler quelques factures. Ce n'était pas seulement un souhait de sa part, mais aussi un besoin. Ce retour aux sources redonnerait un but à sa vie.

C'est alors qu'elle rencontra Bruce Lamb. Abigail prenait sa pause déjeuner dans un café et consultait les offres d'emploi dans l'ouest du Massachusetts quand il s'assit à la table voisine. Elle lui adressa un bref coup d'œil et leurs regards se croisèrent. Ils se sourirent – le genre de sourire qu'on s'échange en ville et qui n'engage à rien. Malgré le jean délavé et le blazer froissé, la tenue de ce trentenaire propre sur lui coûtait facilement deux mois de son loyer. Elle retourna à ses petites annonces.

Une fois sa salade de feta terminée, l'homme se leva, débarrassa son assiette puis s'approcha d'Abigail.

— Excusez-moi.

Elle le regarda d'un air interrogateur.

— Je peux vous inviter à dîner ce soir ? demanda-t-il.

Abigail rit, avant de répondre : "D'accord", avec une assurance et une rapidité qui l'étonnèrent un peu.

— Vous habitez le quartier ?

— Pas loin, répondit-elle.

Il lui indiqua le nom d'un restaurant à consonance française et ils convinrent de s'y retrouver à huit heures.

L'homme partit, laissant Abigail songeuse. Au moins, elle ne quitterait pas New York sans avoir dîné une fois avec un parfait inconnu dans un restaurant chic de Manhattan. Ce serait peut-être sa romance new-yorkaise.

Le dîner s'avéra agréable. Vu la façon cavalière dont il l'avait abordée, elle avait pensé avoir affaire à un coureur de jupons. Mais c'était simplement quelqu'un de spontané – pour ne pas dire nature. Il venait d'arriver à New York après avoir vécu dix ans dans la Silicon Valley ("enfin, pas vraiment vécu ; ma vie là-bas se résumait à faire de la programmation"). Il avait créé deux entreprises qu'il avait toutes les deux vendues, mais il s'était lassé du costume de créateur et souhaitait à présent endosser celui d'investisseur. Il avait donc démarré une activité de *business angel*. "Je ne voulais pas rester dans la Silicon Valley, expliqua-t-il. J'ai toujours rêvé de vivre à New York."

Lors de leur troisième rendez-vous, elle lui confia son projet de retourner vivre à Boxgrove, combien elle culpabilisait à cause des prêts universitaires contractés par ses parents, à quel point ils étaient démoralisés, et la lassitude que lui inspirait New York de toute manière. Elle parlait trop vite et sa voix se brisa sur le mot "impuissante", tandis qu'une autre dans sa tête lui murmurait que Bruce devait être en train de chercher la sortie de secours.

Mais lorsqu'elle eut fini de parler, il se contenta de dire :

— Je vais rembourser tes prêts étudiants.

— Quoi ?

— Je vais les payer. Ça représente quelle somme ?

— Ce n'est pas la question. Je ne peux pas te laisser payer mes prêts étudiants.

— Écoute, je passe mon temps à donner de l'argent à des œuvres de charité. J'ai plus d'argent à mon âge que je ne pourrais en dépenser même si je vivais mille ans. Tu es quelqu'un de bien. J'imagine que tes parents aussi. Laisse-moi rembourser ces prêts. Ça ne t'empêche pas de retourner t'installer chez eux. Je ne cherche pas à t'obliger à rester à New York.

— Mais c'est insensé. Nous nous connaissons à peine.

— Écoute, dit Bruce en inspirant profondément. (Ils étaient assis au comptoir dans un pub gastronomique devant une assiette d'œufs mimosa à la truffe, et ils devaient hausser la voix pour s'entendre.) Quand j'étais dans la Silicon Valley, on avait sans cesse des présentations à faire, et la règle parmi mes collègues était de répéter son texte pour le connaître sur le bout des doigts, puis de s'y tenir. Je faisais exactement l'inverse. Je débarquais à la réunion et je me contentais de décrire mon produit tel qu'il était, en y mettant toute ma sincérité. Je ne répétais jamais. Je ne me suis jamais demandé si j'allais assurer. Je parlais en toute franchise et ça rendait les choses beaucoup plus faciles.

— Quel rapport avec mes prêts étudiants ?

— Eh bien voilà, je crois que quand je t'ai dit que je voulais les rembourser, je n'étais pas tout à fait honnête. Alors je vais l'être maintenant. Je ne crois pas au coup de foudre, mais quand je t'ai vue assise dans ce café, il s'est produit en moi quelque chose qui y ressemble énormément. Je voulais te connaître… non, il *fallait* que je te connaisse mieux. Alors j'ai tenté ma chance. C'est notre troisième rendez-vous, et je sais maintenant avec certitude que je veux passer le reste de ma vie avec toi. Laisse-moi terminer. Tu es la femme la plus intéressante que j'aie jamais rencontrée. Tu aimes la poésie, les films d'horreur et tu t'habilles comme une femme des années 1950. Tu es bien plus maligne que je ne pourrai jamais espérer l'être, tu es bonne et altruiste. Et puis je trouve que nous formons un beau couple, et je sais que ça pourrait marcher si on y met du nôtre. J'ai bien l'impression que tu es devenue, d'une certaine façon, ma raison de vivre. Je n'attends pas de toi que tu ressentes la même chose. Je serais évidemment heureux si tu partageais certains de mes sentiments, mais je ne te dis pas tout ça dans ce but. Je veux simplement être franc avec toi. Je pense que nous devrions être ensemble. Et même si tu me réponds que je te fais flipper et que tu ne veux plus jamais me voir, j'insiste pour payer tes prêts étudiants, parce que tu es quelqu'un de bien et que tu ne devrais pas avoir à t'inquiéter d'un souci que je peux régler en un claquement de doigts. Tu n'as qu'à voir ça comme un dédommagement pour avoir écouté jusqu'au bout ma tirade embarrassante.

— Elle n'a rien d'embarrassant, répondit Abigail, qui avait du mal à regarder Bruce dans les yeux.

Sans doute le remarqua-t-il, car il devint tout à coup pâle d'inquiétude.

— Oh, j'ai dit une connerie.

— Non, non. Pas du tout. C'est juste que la franchise peut parfois être…

— Embarrassante ?

— Si on veut.

— Peut-être qu'on devrait faire comme si je n'avais rien dit ?

— Non, pas du tout. Moi aussi je t'apprécie, et je veux continuer à te voir. Pour ne rien te cacher, je ne suis pas aussi optimiste que toi sur l'avenir de notre relation, mais c'est peut-être parce que je suis fragile en ce moment. Voilà ce que je te propose : je reste un peu plus longtemps que prévu à New York, nous continuons de nous voir, et je vais réfléchir à ta proposition pour mes prêts. Mais je ne veux plus que tu abordes le sujet tant que je ne le fais pas.

Il eut l'air soulagé et ses joues retrouvèrent un peu de couleur.

— Marché conclu, dit-il.

Après cette conversation, Abigail s'autorisa peu à peu à se détendre aux côtés de cet homme nouveau et étrange. En dépit de sa fortune et de sa réussite, il y avait chez lui une part enfantine, une certaine candeur. Comme elle, il raffolait des films d'horreur, mais lui n'avait jamais vu aucun de ceux du siècle passé ; elle lui fit donc découvrir la grande époque des films d'horreur des années 1970. Elle l'emmena dans des coins de la ville où il n'aurait jamais mis les pieds et ensemble ils voyagèrent jusqu'à Philadelphie pour visiter le musée favori d'Abigail – le Mütter, un lieu célèbre pour ses expositions d'instruments médicaux anciens, de crânes et de squelettes. Elle s'aperçut qu'il partageait son penchant pour le macabre, ou tout au moins son intérêt. Bruce avait beaucoup aimé la plupart des vieux films qu'elle lui avait fait découvrir et il lui avoua qu'une des choses qui l'avait attiré lorsqu'il l'avait vue dans ce café était qu'elle semblait appartenir à une autre époque.

— Qu'est-ce que je portais ? demanda-t-elle. Je ne m'en souviens même plus.

Il lui décrivit alors sa tenue en détail : une robe noire avec un haut col blanc, ses cheveux retenus par un bandeau à pois. Elle s'abstint de préciser que c'était celui qu'elle mettait quand elle ne s'était pas lavé les cheveux depuis plusieurs jours.

Abigail craignait cependant de n'apprécier la compagnie de Bruce que parce qu'il la laissait l'initier à de nouvelles choses : peut-être qu'avec le temps, cela ne lui suffirait plus. Mais Bruce aussi lui faisait faire des découvertes. De super restaurants, par exemple. L'amour des cocktails. Il l'avait même emmenée à l'opéra ; ils étaient allés voir *Macbeth* et l'expérience l'avait pour ainsi dire métamorphosée.

Et puis il y avait chez Bruce des qualités qu'elle appréciait réellement. Malgré ses multiples réussites, il gardait une certaine vulnérabilité. Par certains aspects, il lui rappelait son père, à toujours remettre sa vie en question, ce besoin d'être rassuré. Il y avait en lui une forme de passivité qui la faisait se sentir plus forte. Elle ignorait si c'était une bonne chose, mais ça lui convenait tout à fait.

En son for intérieur, Abigail savait très bien que Bruce était plus amoureux qu'elle. Mais n'était-ce pas le cas dans chaque couple ? Dans toute relation, il y en avait toujours un des deux qui s'impliquait plus que l'autre. Et ne valait-il pas mieux être celle qui s'impliquait le moins ?

Un an après leur premier rendez-vous, ils étaient fiancés, les prêts étaient remboursés, et Bruce insistait déjà pour qu'Abigail le laisse injecter des fonds dans le théâtre de Boxgrove. Mais elle l'avertit :

— Prépare-toi à perdre de l'argent.

— Si c'est le cas, je pourrai toujours déduire les dons de mes impôts. D'une façon ou d'une autre, je suis gagnant.

— Je ne sais même pas si mes parents en ont envie. Ça réclamait beaucoup de travail. C'est sans doute ce qui a fini par avoir raison de leur mariage.

— Pose-leur la question.

— Et si on en reparlait après le mariage ?

On était en juin et le mariage était prévu début octobre.

— Quels que soient tes plans pour le mariage, ça m'ira, lui dit-il. Si tu veux une grande cérémonie, tu l'auras. Mais si tu préfères un mariage civil, ça me convient aussi. Par contre, je tiens à m'occuper de la lune de miel.

— Ah oui ? répondit Abigail, imaginant déjà un grand tour de l'Europe.

— Oui. J'ai une destination en tête…

— Vraiment ?

— Mais tu n'en sauras pas plus.

— Eh bien, il va tout de même falloir que tu m'en dises un peu plus. Par exemple quel type de vêtements je vais devoir mettre dans ma valise.

— D'accord. Mais c'est tout.

— Tu m'intrigues.

— Ce sera une expérience transcendante, déclara-t-il.

Qu'entendait-il par là ? Elle n'en avait pas la moindre idée. On ne pouvait jamais deviner ce qui l'impressionnerait. Elle l'avait emmené un soir dans un *diner* typique de New York et il avait été époustouflé. Il lui avait avoué n'avoir jamais franchi les portes d'un petit restaurant : avant de faire fortune, il mangeait presque exclusivement de la nourriture coréenne à emporter qu'il consommait chez lui tout en programmant ; et une fois devenu riche, ses nouveaux amis lui avaient fait découvrir les meilleures adresses, si bien qu'il avait complètement fait l'impasse sur les restaurants intermédiaires, les bars miteux et les années de vache maigre. Question relations amoureuses, il était à la fois innocent et expérimenté. Il avait eu une longue histoire avec une fille qu'il avait rencontrée lors de sa première année de fac – sa seule année en fait –, mais elle lui avait brisé le cœur en le quittant pour l'un de ses associés. Il restait vague sur les relations qu'il avait eues depuis ; Abigail soupçonnait qu'il avait eu recours à des prostituées avec ses collègues de la Silicon Valley. (Il avait évoqué un voyage en Thaïlande après sa première grosse vente.) Mais au lit, Bruce était plutôt conventionnel, et même si c'était agréable, Abigail regrettait quelquefois Ben et leur sexualité frénétique, alcoolisée et bavarde. Bruce n'arrêtait pas de la fixer avec sincérité lorsqu'ils faisaient l'amour et c'était parfois embarrassant, mais c'était sa manière d'être. Bruce était sincère. Et si le prix à payer pour passer sa vie entière au côté d'un homme comme lui était un excès de déférence sous les draps, elle pourrait certainement s'en accommoder.

L'enterrement de vie de jeune fille était l'idée de Bruce. Il prévoyait d'organiser son propre week-end en Californie et d'inviter tous ses amis sur une île du Puget Sound. "Le maître à bord là-bas s'appelle Chip Ramsay. Je te le présenterai, il est fabuleux", lui confia-t-il. "Transcendant" et "fabuleux" étaient deux des qualificatifs préférés de Bruce, un défaut qu'elle imputait au temps qu'il avait passé sur la côte Ouest. Abigail répondit qu'elle se contenterait d'une soirée entre filles à New York, mais il insista pour qu'elles partent en week-end quelque part et proposa bien évidemment de payer. Au détour d'une conversation, elle lâcha qu'elle avait toujours rêvé de visiter le nord de la Californie, et une heure de recherches sur Internet plus tard, il trouva l'endroit parfait : Piety Hills, un domaine vinicole disposant de son propre hôtel-restaurant. Il réserva immédiatement et paya cinq chambres, avant qu'Abigail le persuade que trois suffiraient.

— On peut cohabiter, lui expliqua-t-elle.

Elle lui était reconnaissante de ses attentions, mais cela l'agaçait tout de même un peu de le voir autant s'impliquer dans les préparatifs. Elle fut également contrariée quand on leur annonça, à leur arrivée à Piety Hills, qu'un dîner spécial leur serait servi à la cave – un repas en sept services déjà réglé. C'était très généreux de la part de Bruce, et adorable, mais ce n'était pas ce qu'elle avait eu en tête pour son enterrement de vie de jeune fille. Elle s'en ouvrit à ses amies au cours du dîner.

— Je sais pas trop, Abi, dit Zoe. On passe une soirée exceptionnelle.

— Mais je nous imaginais plutôt faire la fête dans le bar en haut.

— On pourra toujours y aller après le dîner, proposa Pam, la sœur de Zoe. Ils ferment tard.

— D'accord, dit Abigail. Je préfère ça. Bruce est… comment dire, un peu trop attentionné parfois.

— Ah là là. Ma pauvre.

— Je sais, je sais. Je ne me plains pas.

Après le dîner, elles remontèrent au bar et burent plusieurs autres bouteilles du délicieux vin du domaine, avant de terminer dans le patio autour du brasero, sous la voûte étoilée. Aux alentours de minuit, après un coup de fatigue, Abigail était passablement saoule et pleinement réveillée. Tout à coup le temps s'accéléra : ses amies se volatilisèrent l'une après l'autre, le feu mourait dans le brasero et elle portait le gilet d'un inconnu.

5

— Franchement, dit-elle en contemplant le reste de vin au fond de son verre, l'intérêt que vous portez à ma vie sexuelle commence à devenir flippant.

L'homme leva les mains pour se dédouaner.

— D'accord. J'arrête. Je deviens flippant, c'est vrai. Seulement je… vous semblez hésiter à faire le grand saut alors que votre mariage approche. Et n'étant moi-même pas particulièrement heureux dans mon mariage, je crois que je me projette sur votre situation.

— Parce que vous regrettez de ne pas avoir couché avec plus de femmes tant que vous étiez célibataire.

— J'ai couché avec un grand nombre de femmes. Mon problème, je pense, c'est que je n'avais jamais vécu de relation sérieuse avant de me marier. Elle non plus, je crois. Et quand on a appris qu'on ne pouvait pas avoir d'enfants, l'épreuve a été trop difficile pour notre couple ; aujourd'hui nous ne sommes plus heureux ensemble.

— Vous allez divorcer ?

— Probablement. Je crois qu'elle voit déjà quelqu'un d'autre, ce mec avec qui elle travaille, même si pour l'instant, ce n'est sûrement que platonique. Honnêtement, quand j'y pense, je m'inquiète plus de savoir lequel de nous deux aura la garde du chien. Et aussi pour mes parents, parce qu'ils l'aiment beaucoup tous les deux. Ils l'aiment plus que moi, sans doute.

— Oui, mais si vous n'êtes pas heureux…

— C'est vrai, dit-il en se redressant dans son siège. Assez parlé de moi. Revenons à vous. (Il leva son verre.) À la future mariée. Puissiez-vous avoir plus de chance que nous.

Abigail but la dernière gorgée de son vin.

— Votre main tremble, dit-elle. Vous avez froid ?

— Je me les gèle, admit-il en souriant.

— Oh mon Dieu. Reprenez votre gilet.

Il s'avança et posa sa main sur le bras d'Abigail.

— Gardez-le, sans quoi c'est vous qui aurez froid.

— Rentrons alors.

— Non. Je préfère avoir froid. Si nous retournons à l'intérieur, vous allez tout d'un coup vous rendre compte qu'il est tard et que vous êtes fatiguée, vous regagnerez votre chambre et je ne vous reverrai plus jamais.

— Quelle heure est-il ? demanda Abigail en regardant le poignet où elle portait d'habitude sa Fitbit, avant de se rappeler qu'elle l'avait retirée pour la soirée.

— Je ne vous le dirai pas, répondit l'homme en fouillant dans la poche avant de son pantalon pour en tirer un paquet de cigarettes ratatiné.

Il en sortit une, la plaça entre ses lèvres et dit :

— J'espère que ça ne vous dérange pas. Je me limite à une par jour, généralement en fin de soirée.

— Je ne sais pas comment vous faites. Je m'y étais mise en arrivant à la fac, et un mois plus tard, je fumais déjà près d'un paquet par jour.

— Vous en voulez une ?

Il lui tendit le paquet bleu – une marque française – et Abigail en prit une.

— Pourquoi pas ?

— Elles sont sans filtre, allez-y doucement. Je me dis que si je n'en fume qu'une par jour, autant qu'elle soit forte.

Il prit les allumettes glissées dans le paquet et lui alluma sa cigarette.

Abigail s'enfonça dans son fauteuil et souffla un panache de fumée dans la nuit. Le goût du tabac la fit se sentir plus jeune, plus jeune et plus ivre. Cette soirée lui semblait familière, et elle comprit soudain pourquoi : elle lui rappelait sa première nuit avec Ben Perez, cette impression qu'elle venait de rencontrer un inconnu avec qui tout était possible. Et même si elle rechignait à l'admettre, Abigail n'avait pas envie que cette nuit se termine. Ce mec lui plaisait. Ou du moins elle aimait sa compagnie. Elle aimait ses questions insistantes, et sa franchise. Et elle aimait aussi son gilet. C'était un cardigan jaune aux coudes rapiécés de velours côtelé. Il sentait le vieux, mais dans le bon sens du terme : après-rasage et naphtaline.

Abigail inclina la tête en arrière et regarda l'homme dans les yeux.

— Vous ne m'avez toujours pas dit votre nom. Rappelez-vous, ça faisait partie du marché. Je vous faisais l'historique de ma vie sexuelle et en échange vous me donniez votre nom.

— Peut-être bien qu'à ce stade, il vaudrait mieux qu'on ne se les dise pas.

— Et si on s'en inventait ? suggéra-t-elle.

— Pourquoi pas. Trouvez-m'en un et j'en inventerai un pour vous.

Il tapota sa cigarette et de la cendre tomba sur le patio. Elle n'était même pas certaine qu'on soit autorisé à fumer sur le vignoble.

— D'accord. Vous d'abord.

— Hmm… je vous appellerai Madeleine.

Abigail réfléchit un instant.

— Ma foi… Je peux vous demander pourquoi ?

— Je ne sais pas. C'est le premier prénom qui m'est venu à l'esprit. Je trouve qu'il vous va bien. Mais je vous appellerai Maddy. Et moi, comment est-ce que je m'appelle ?

— Scottie, répondit Abigail.

— Scottie ? Pourquoi Scottie ? C'est un nom de chien.

— C'est une référence cinématographique. Si je suis Madeleine, alors vous serez Scottie.

L'homme pinça les lèvres d'un air pensif, puis s'exclama :

— *Sueurs froides.*

Abigail sourit.

— Exact.

— Si je me souviens bien, ça finit mal.

— Écoutez, Scottie, c'est vous qui avez commencé en choisissant de m'appeler Madeleine, alors assumez.

— Vous êtes trop jeune pour connaître un film comme *Sueurs froides.*

Abigail tira une longue bouffée sur sa cigarette et sentit sa gorge la brûler ; elle retira un brin de tabac sur sa langue.

— C'est mon père qui s'est chargé de mon éducation cinématographique, et ma mère s'est occupée de mon éducation littéraire. Je suis fille unique, alors quelque part j'étais un peu leur œuvre.

— Qu'allez-vous faire de toutes ces connaissances une fois mariée ?

— Parlons d'autre chose pour le moment, vous voulez bien ?

— Pourquoi ? Le sujet vous ennuie ou vous ne comptez plus travailler une fois mariée ?

— Pourquoi dites-vous ça ?

L'homme passa un bras derrière sa tête, d'un air embarrassé.

— Parce que votre fiancé est riche.

— Le fait qu'il soit riche n'a rien à voir avec mon choix de continuer à travailler. Et non, ce n'est pas la raison pour laquelle je l'épouse, mais je dois admettre que c'est un aspect de sa personne que je trouve attirant. Je ne vais pas vous mentir, ce sera sûrement très agréable de ne plus devoir penser sans cesse à l'argent. Franchement, c'était l'unique sujet de discussion de mes parents avant qu'ils se séparent, et j'ai peur que ça les détruise. Vous semblez très inquiet à l'idée que je puisse épouser la mauvaise personne.

Tandis qu'elle disait cela, une autre voix dans sa tête était en train de lui reprocher son ton hautain, sur la défensive. Elle regarda la cigarette dans sa main, se rendit compte qu'elle lui donnait le tournis, et la jeta dans le brasero.

— C'est vrai, répondit-il. Mais si je me montre inquiet, c'est uniquement par jalousie. Vous m'avez convaincu. Il m'a l'air d'être un bon parti. Seulement, j'ai beau ne vous connaître que depuis deux heures à peine, vous semblez être quelqu'un d'extraordinaire, et je crois que vous ne devriez pas vous sous-estimer. C'est du reste de votre vie dont il est question, après tout.

Cette expression – "le reste de sa vie" – lui avait beaucoup trotté dans la tête au cours du week-end ; elle craignait que l'empressement de Bruce et son amour impérissable ne s'étiolent avec le temps.

L'homme se leva.

— Je crois que je vais prendre congé sur cette dernière remarque déplacée, tant qu'il en est temps.

Il lâcha le mégot sur les dalles du patio et l'écrasa sous son pied. Elle crut un instant qu'il allait le laisser là, mais il le ramassa et le glissa dans la poche de son jean.

Abigail se leva.

— C'était seulement un tout petit peu déplacé.

— Un verre de plus et je sens que je vais vous supplier de ne pas l'épouser et vous proposer de vous enfuir avec moi.

Abigail laissa échapper un rire.

— Un malheur n'arrive jamais seul. Oh, votre gilet.

Elle le retira dans un crépitement d'électricité statique et le lui rendit. L'homme tendit la main pour lui dire au revoir :

— Madeleine, je suis ravi d'avoir fait votre connaissance.

Elle lui serra la main, et leurs regards se croisèrent. Dans une sorte de dédoublement, elle observa le couple qu'elle formait avec cet inconnu, au centre du cercle de lumière. Abigail avait l'impression de contempler le dernier moment de romantisme spontané de sa vie. Il y eut un accroc dans sa respiration et pendant un instant d'angoisse, elle crut qu'elle allait pleurer.

— Et si vous me preniez plutôt dans vos bras ? dit-elle.

Il l'attira contre lui, et parce qu'elle avait froid, elle laissa l'étreinte se prolonger un peu trop. Il sentait la cigarette, mais ce n'était pas désagréable.

Ne fais pas ça, se dit-elle. *N'embrasse pas cet homme.*

Quand ils se reculèrent, il demanda :

— Pensez-vous qu'il puisse exister des petites bulles de temps et d'espace en dehors de nos vies ? Peut-être que ce moment en est une et que tout ce qui s'y passe ne compte pas ? On l'oubliera, ce sera notre secret.

Une phrase traversa l'esprit d'Abigail. *Un dernier plan drague.* C'est ce que Rachel lui avait dit un peu plus tôt dans la soirée, quand elle avait repéré l'homme à la chemise en flanelle assis de l'autre côté du bar. Remarquant le regard d'Abigail tourné dans la même direction, elle lui avait glissé à l'oreille :

— Une "dernière drague" ?

— Pardon ?

— C'est la tradition : "une dernière drague avant la bague".

— Comment ça, la tradition ?

— Je sais pas, Abigail. Te fâche pas, je plaisantais.

Ne fais pas ça, tu vas le regretter.

Ces mots continuaient de résonner dans sa tête tandis qu'elle embrassait une seconde fois l'inconnu, en se disant que ça n'irait pas plus loin. Qu'elle avait bien droit à un dernier baiser, un baiser alcoolisé, avant de se marier.

Mais le baiser était trop agréable, et elle se convainquit qu'il s'agissait peut-être effectivement d'une petite bulle hors du temps. Un espace sans prénoms ni conséquences. Le monde se mit à tourner, il embrassait bien, et lorsqu'il posa la main sur sa nuque, un frisson irrépressible la parcourut.

Quelques heures plus tard, une autre phrase lui traversa l'esprit tandis qu'elle était étendue, sobre et bien réveillée, dans le grand lit de sa chambre, à lui. *Lecteur*, songea-t-elle, *j'ai couché avec lui**.

* Allusion à l'une des plus célèbres phrases de la littérature anglaise : "Reader, I married him" ("Lecteur, je l'ai épousé"), qui clôt le roman *Jane Eyre* de Charlotte Brontë, publié en 1847, vue comme une affirmation féministe dans la société de l'époque.

6

— JE VEUX TOUT SAVOIR sur le dîner, dit Bruce après l'avoir serrée dans ses bras et embrassée ; et qu'elle se fut glissée face à lui sur la banquette d'un restaurant mexicain de Manhattan.

— Doux Jésus, répondit-elle. C'était une tuerie.

— Raconte-moi.

Abigail avait été nerveuse à l'idée de retrouver Bruce après son séjour en Californie, et elle était si soulagée qu'ils discutent tranquillement, sans qu'il ait soupçonné son infidélité, que les détails du repas lui sortirent complètement de la tête.

— Voyons… que je me souvienne, dit-elle.

Elle fut sauvée par l'arrivée de la serveuse leur demandant ce qu'ils désiraient boire.

Lorsqu'il lui reposa la question, le menu du dîner lui revint en mémoire et elle le lui décrivit en détail. Il semblait si content de l'écouter qu'Abigail se détendit, même si son sentiment de culpabilité augmentait d'un cran. Il n'y avait pas lieu de s'inquiéter, pensa-t-elle. Il n'y avait vu que du feu.

Une semaine plus tôt, après s'être faufilée en catimini hors de la chambre d'hôtel de Scottie (elle continuait de le nommer par le prénom qu'elle lui avait donné), elle avait tenté de s'endormir dans son propre lit, mais n'avait réussi à grappiller que deux heures d'un demi-sommeil agité. Chaque fois qu'elle s'apprêtait à basculer dans les bras de Morphée, des images de ce qu'elle venait de faire surgissaient dans son esprit. Avant qu'elle s'en rende compte, le matin était là ; elle avait envoyé un texto à ses amies pour leur dire qu'elle ferait la grasse matinée et zapperait le brunch, puis un autre à Zoe lui demandant de la rejoindre dans sa chambre dès qu'elle le pourrait. Cinq minutes plus tard, Zoe était arrivée avec une assiette de croissants et la mine de quelqu'un qui a dormi dix heures à poings fermés. Aussitôt la porte close, Abigail lui avait raconté ce qui s'était passé.

— Merde, dit Zoe. Ça ne te ressemble absolument pas.

— Oui. Je ne sais pas ce qui m'a pris. J'étais saoule, d'accord, mais pas à ce point. Je crois… peut-être que mon subconscient essaie de me dire quelque chose. Que je ne veux pas épouser Bruce.

— C'est aussi ce que je pense, répondit Zoe. Écoute, ne prends pas de décisions précipitées. Attends quelques jours. Vois comment tu vis vos retrouvailles. Et si tu continues à penser à ce mec…

— Ça n'a aucun rapport avec ce mec. D'accord, c'était romantique, mais il est marié, et puis ce n'était même pas mon type…

— Sans compter que tu ne connais pas son nom.

— Oh mon Dieu, c'est vrai. (Elle rit, et le simple fait de bouger les muscles de son visage était douloureux.) Je ne sais même pas comment il s'appelle.

— Ne sois pas trop dure avec toi-même. Laisse passer quelques jours et vois comment tu te sens. Peut-être que c'est effectivement un signal. Dans ce cas tu en parleras avec Bruce.

— Ça l'anéantirait.

— Ne t'inquiète pas de ça pour l'instant. Même si vous devez rompre, il n'a pas besoin de savoir ce qui s'est passé.

— OK, répondit Abigail, et elle prit une profonde inspiration.

Malgré une vie personnelle compliquée, Zoe était toujours de bon conseil. Abigail n'avait pas encore touché à son croissant. Elle en prit finalement une bouchée et quelques miettes tombèrent sur ses genoux.

— J'ai une question, demanda Zoe. Préservatif ?

— Oui, on a utilisé un préservatif.

— Très bien. Il en avait un sur lui ?

— Moi je n'en avais pas, donc oui… Toi aussi tu trouves ça louche qu'un homme marié ait un préservatif sur lui quand il part en week-end ?

— Je n'ai pas dit ça.

— Punaise, bien sûr que c'est louche. Non ? À ton avis il s'est fichu de moi ?

— Dis pas de bêtises et calme-toi. Est-ce que tu t'es amusée ?

— En fait oui, c'était plutôt sympa.

Mieux que sympa, songea Abigail, mais elle garda le commentaire pour elle.

— Eh bien, peut-être qu'il ne faut pas chercher plus loin. Tu t'es tapé un mec qui te draguait juste avant de te marier, personne n'a besoin de le savoir, à part moi. Ce sont des choses qui arrivent. Mieux vaut que ce soit maintenant plutôt que dans un an.

— D'accord. Garde ça pour toi, s'il te plaît.

— T'es bête ? À qui veux-tu que j'en parle ?

— Je sais. J'avais juste besoin de le dire.

— Je n'en parlerai à personne. Te rends pas malade. C'est arrivé, point.

Abigail avait suivi le conseil de son amie : ne prendre aucune décision tant qu'elle n'aurait pas revu son fiancé. Et voilà qu'ils déjeunaient aujourd'hui ensemble, comme si de rien n'était, Bruce trop heureux de la retrouver. Certes elle n'en demeurait pas moins coupable, mais peut-être avait-elle fait trop de cas de cette histoire. Elle serait fidèle une fois mariée, et cela était arrivé dans un dernier moment de célibat. Il en avait peut-être fait autant de son côté.

Sans doute était-ce le soulagement de voir que le déjeuner se passait bien, toujours est-il qu'Abigail but deux margaritas, et au moment du café, alors qu'ils se partageaient une part de tarte au citron vert, elle demanda sans réfléchir :

— Tu ne m'as pas raconté en détail ce que vous aviez fait pendant ton week-end d'enterrement de vie de garçon. Tu n'as rien à m'avouer ?

Il sourit et ses yeux se plissèrent.

— Pourquoi ? C'est ton cas ?

— Non. J'aimerais juste savoir ce que vous avez fait. Vous êtes restés entre mecs ? Vous êtes allés dans un club de strip-tease ?

— C'est vrai que les clubs de strip-tease du Puget Sound sont les plus réputés au monde. Tu ne le savais pas ?

— Oui, eh bien, tu aurais dû voir le spectacle des Chippendales de Piety Hills. On en a pris plein les yeux.

Son sourire s'effaça brusquement et il dit :

— Même si nous ne sommes pas encore mariés, je me considère comme engagé envers toi. Je le suis depuis notre premier baiser. Je sais que tu n'éprouvais pas la même chose au début, mais j'espère que c'est le cas maintenant.

— Oh, mais bien sûr. Oui. Excuse-moi. Je te taquinais.

— Tu es sûre qu'il ne s'est rien passé en Californie ?

Elle sentit ses joues s'empourprer et espéra qu'il mettrait ça sur le compte de l'alcool.

— À un moment donné, Zoe a eu les mains un peu baladeuses en refermant ma robe.

Un sourire revint sur son visage.

— Excuse-moi de m'être montré si sérieux. J'aimerais être comme tous ces types qui traitent ce genre d'histoires par-dessus la jambe, mais je ne peux pas. Je crois en la fidélité.

— Oui. Moi aussi.

Après le déjeuner, Abigail regagna son appartement à pied, sans se presser. Elle commençait à se sentir mieux et prenait conscience de toute la tension que son corps avait accumulée ces derniers jours. À peine rentrée, elle constata que Bruce lui manquait déjà et l'appela.

— Salut, dit-il, d'une voix inquiète.

— Salut.

— Tu as oublié quelque chose au restaurant ?

— Non. Je voulais juste continuer à te parler. Ça ne t'embête pas ?

— Bien sûr que non. Même si je pense que tu es saoule.

— Il va falloir t'y faire. Une fois mariés, ce sera deux margaritas au déjeuner tous les jours.

— Hmm, marmonna-t-il, puis elle entendit quelqu'un lui parler dans ce qui semblait être une pièce caverneuse.

— Où tu es ? demanda-t-elle.

— J'entre dans mon immeuble. David, le portier, voulait savoir si mon déjeuner avait été agréable. C'est lui qui m'a recommandé ce restaurant.

— Dis-lui que c'était super.

Elle entendit des bruits de conversation étouffés, puis Bruce reprit la ligne.

— C'est bon, dit-elle, tu peux raccrocher. J'appelais juste pour entendre ta voix.

— Je suis content. J'aime quand tu me dis ça. On n'est pas forcés de raccrocher, tu sais. Je vais passer un très long moment dans l'ascenseur.

— À ce propos, je voulais te demander : où nous vois-tu dans dix ans ?

— Où je nous vois ?

— Oui. À part toujours mariés, évidemment. Tu planifies tout, alors je suppose que tu y as déjà réfléchi. Je me demandais comment tu envisageais notre vie sur le long terme.

— Tu parles de fonder une famille ?

— Non, non. Mon Dieu. Je veux seulement savoir comment tu imagines notre vie ?

Il y eut un silence, mais elle entendait toujours un bruit de fond, des voix étouffées, le son de Bruce se déplaçant dans la pièce.

— Je nous vois heureux, dit-il finalement. Quel que soit mon secteur d'activité, les affaires marcheront, je serai toujours à la pointe des nouvelles technologies. Toi, je t'imagine auteur à succès. Dans dix ans, nous nous rendrons à la soirée de lancement de ton nouveau roman. Tous nos proches et nos amis seront là. Tes parents se seront remis ensemble, et peut-être qu'ils auront rouvert le théâtre, et cette fois, il marchera du tonnerre. Voilà comment je vois notre avenir. Bonheur et réussite.

— Tu es un homme optimiste, Bruce.

— C'est vrai. Tu l'avais déjà deviné, du moins je l'espère. Toute ma vie, j'ai su que je réussirais, c'est pour ça que j'ai réussi. Ce n'est pas si difficile en fait. Il suffit de le visualiser. C'est une question d'énergie mentale. Voilà où je nous vois. Nous allons conquérir le monde, chérie.

— D'accord. Là tu exagères.

Bruce laissa fuser un rire nerveux.

— Désolé d'être aussi optimiste… mais je ne changerai pas. Bon, je vais devoir raccrocher. Peut-on ajourner cette conversation ?

Elle s'apprêtait à le gronder, comme chaque fois qu'il employait son jargon professionnel avec elle, mais au lieu de cela, elle dit simplement :

— Je t'aime, Bruce. Toi et ton optimisme.

— Je t'aime aussi, Abigail.

Elle but un grand verre d'eau puis alla s'allonger sur son canapé et réfléchit aux paroles de Bruce. À l'époque du lycée, Abigail s'imaginait habiter à New York et avoir un bon travail. Mais en fin de compte, parvenir à son objectif ne l'avait pas rendue heureuse, ou du moins pas plus heureuse qu'elle ne l'était déjà. S'ils connaissaient vraiment le succès que Bruce leur prédisait d'ici dix ans, elle se demandait si elle continuerait de ressentir ce vide constamment niché en elle ? Peut-être était-ce simplement la solitude des enfants uniques ; elle n'avait jamais réussi à s'en débarrasser. À moins que ce ne soit autre chose – une insatisfaction atavique – et dans ce cas elle finirait comme ces femmes fortunées qui prennent des amants par ennui et boivent leur premier verre de vin à trois heures de l'après-midi.

Ou peut-être encore, et c'était ce qu'elle espérait, l'optimisme de Bruce, son regard lucide sur lui-même et sur le monde, finirait-il par déteindre sur elle. C'était une pensée pleine d'espoir, et ce jour-là, dans la lumière poussiéreuse de l'après-midi, elle choisit d'y croire. Elle s'était également convaincue depuis un moment que le fait qu'ils soient si différents était une bonne chose. Deux esprits forts et créatifs ne s'accordent pas vraiment, ou en tout cas ils ne font pas un mariage long et heureux. Bruce l'aiderait à garder les pieds sur terre et il viendrait tempérer sa nature.

Elle envoya un texto à Zoe :

LE MARIAGE AURA BIEN LIEU.

Sans attendre la réponse, elle se leva et se mit à arroser les plantes – elle préférait ne pas s'allonger. Elle repensa à Bruce et à sa façon si particulière de voir le monde. Abigail avait beau avoir grandi au sein d'une famille heureuse, avec un toit au-dessus de sa tête, elle avait toujours abrité un côté sombre, une partie d'elle qui voyait le monde comme une vague menace. Elle s'attendait constamment au pire et savait que tout pouvait s'effondrer en un battement de cils. Avait-elle hérité cela de ses parents ? Sans doute. Son père, derrière sa façade de rêveur, avait tôt fait de rendre les armes dès que les choses se corsaient. Chaque fois qu'ils montaient une nouvelle pièce, il débordait d'enthousiasme, électrisé par l'espoir de frôler la création parfaite. Mais il débordait aussi d'anxiété à l'idée que leur production fasse un four. En réalité, ce n'était jamais ni vraiment bon ni vraiment mauvais. Mais le fait qu'aucune de leurs productions n'ait brillé plus que les autres – à ses yeux du moins – continuait de le contrarier, et en fin de saison il sombrait invariablement dans un épisode dépressif qui durait tout le mois de septembre.

Sa mère voyait les choses différemment. Pour elle, la création passait après, le théâtre était d'abord une entreprise financière. Elle n'aurait pas été contre gagner un peu d'argent. Mais le théâtre ne rapportait quasiment rien.

Penser à ses parents lui donna soudain envie d'entendre leurs voix. Abigail composa le numéro du fixe et son père décrocha au bout de trois sonneries.

— Salut papa, dit-elle.

— Qui est à l'appareil ? demanda-t-il – c'était une vieille blague entre eux.

— Maman est sortie ?

— Oui. Pourquoi tu me poses cette question ? Parce que c'est moi qui ai décroché ?

— Oui. Disons que je m'attendais à tomber sur elle. Tu es revenu habiter dans la maison ?

— Non, j'habite toujours au-dessus du garage, mais j'ai profité de l'absence de ta mère pour revenir en douce. Je cherche mon livre sur l'imagerie de Shakespeare. Tu sais, celui de Caroline Spurgeon. Tu ne te rappellerais pas où il est, par hasard ?

— Non.

— La dernière fois que je l'ai vu, il était posé à côté du canapé dans le bureau. Ta mère a dû le déplacer.

— Papa, je pensais rentrer à la maison pour le week-end, passer un peu de temps avec vous deux avant le mariage, se surprit-elle à dire.

— Tout va bien ?

— Oui, oui. Je me disais juste que ça pourrait être sympa. Tu as quelque chose de prévu ce week-end ?

— Je travaille au cinéma samedi, répondit-il avec une note de dégoût. Mais ça te permettra d'avoir du temps avec ta mère. Viens, c'est une bonne idée. Nous serons ravis de te voir. Bruce t'accompagnera ?

— Nous allons passer le reste de notre vie ensemble… Et puis il est occupé tous les week-ends ; il prend le plus d'avance possible dans son travail en prévision du mariage et de la lune de miel. J'ai hâte de vous voir tous les deux.

— Viens. Ça me fera plaisir. Ça *nous* fera plaisir.

7

Elle prit le train jusqu'à Northampton, où Zoe vint la chercher. C'était la fin de l'après-midi et le deuxième week-end de septembre. Le premier qui ressemblait vraiment à un week-end de septembre. Le soleil brillait haut dans le ciel mais l'air était mordant. Zoe insista pour aller prendre un verre en ville avant de rentrer à Boxgrove.

— Comment c'était de revoir Bruce ? lui demanda-t-elle après qu'elles eurent commandé des Negronis au Tunnel, un bar à cocktail aménagé dans une ancienne galerie ferroviaire.

— C'était bien. Super. Il est très excité par le mariage.

— Il t'a donné des détails sur son week-end d'enterrement de vie de garçon ?

— Tu veux dire, est-ce que *je* lui ai donné des détails sur le mien ?

Zoe sourit et se recula tandis qu'on leur servait leurs cocktails.

— Si tu veux, dit-elle.

— Oui, je lui ai tout raconté. Il m'a répondu que ce n'était pas grave.

— Sérieux ?

Zoe s'avança de nouveau, incrédule.

— Non.

— Oh. Mais ça s'est bien passé sinon ?

— Ça m'a fait plaisir de le revoir. J'espère que je finirais par oublier certains détails de ce week-end. Et que toi aussi, d'ailleurs.

Zoe fit mine de fermer ses lèvres à double tour et de jeter la clé.

À six heures et demie, elle déposa Abigail chez ses parents. Tandis qu'elle remontait l'allée jusqu'à la porte d'entrée, Abigail les aperçut à travers les baies du salon ; son père se tenait près du bar, perdu dans ses pensées, et sa mère s'affairait dans la cuisine ouverte. Abigail s'était demandé en chemin si, devant elle, ils présenteraient un front uni. Elle avait sa réponse.

Un fumet de poulet rôti l'accueillit dès qu'elle ouvrit la porte.

Le dîner terminé, la mère d'Abigail fut la première à aller se coucher. La soirée avait été parfaitement agréable, et le sujet le plus polémique abordé avait été de savoir à quelle table on placerait le sinistre cousin Roger lors de la réception.

— Porto ? lui proposa son père maintenant qu'Amelia était partie.

— Oui. Pourquoi pas.

Il remplit deux verres, puis s'installa dans le fauteuil inclinable écossais qui avait toujours été son préféré.

— Maman et toi semblez en bons termes, lui fit-elle remarquer.

— On s'entend bien, tant qu'on évite les sujets qui fâchent et que je réintègre ensuite la dépendance.

— Ça n'a vraiment rien d'une séparation classique. Qui sait, vous trouverez peut-être un moyen de vous rabibocher, dit-elle en retenant tout espoir de sa voix.

Il fronça les sourcils.

— Je ne sais pas trop. Ta mère a fait une croix sur notre mariage. Et moi, je me suis installé dans la dépendance uniquement parce que je n'ai pas les moyens d'avoir mon propre appartement. On n'est pas fâchés, mais toutes ces années à gérer le théâtre ont épuisé notre couple. Nous n'étions plus que des associés, et maintenant que l'entreprise a rendu l'âme, notre mariage a suivi.

Il se renfonça dans son fauteuil, les épaules tombantes, et Abigail eut une vision soudaine de l'apparence qu'il aurait dans ses très vieux jours.

Elle faillit lui toucher un mot des intentions de Bruce de ressusciter le théâtre avec ses propres fonds, mais ça ne semblait pas le bon moment. Elle avait décidé de ne pas leur en parler avant le mariage. Elle demanda :

— Vous avez envisagé la thérapie de couple ?

Il haussa les épaules.

— Ce n'est pas gratuit, et je ne crois pas que ça changerait quoi que ce soit. Tu devrais te concentrer sur ton mariage, Abi, plutôt que sur le nôtre. Je ne veux pas que tu te lances dans une "opération" de sauvetage.

— Ah ah.

— Tu te souviens de "l'opération publicitaire" ?

— Quelle question.

C'était l'anecdote sur son enfance que son père aimait le plus raconter. Quand Abigail avait onze ans, elle avait surpris une conversation entre ses parents, qui déploraient la baisse du nombre de billets vendus cet été-là. À leur insu, elle avait échafaudé une “opération publicitaire”, confectionnant des prospectus écrits à la main qui annonçaient les productions de l’été, puis les distribuant depuis une table installée sur la pelouse. Abigail avait coiffé un béret qu’elle avait dégoté au service des costumes du théâtre, car, selon ses propres mots, il semblait “de circonstance”.

— Tu t’étais tellement démenée, rappela son père. Je n’en croyais pas mes yeux.

— Mais est-ce que ça avait porté ses fruits ? Tu crois que j’ai fait vendre un seul billet ?

— Je n’ai aucun doute là-dessus. Pam Hutchinson, la voisine d’en face, en avait acheté un. Elle nous avait dit y avoir été incitée par tes prospectus. Manque de chance, c’était pour *Lips Together, Teeth Apart**. Elle ne nous a plus jamais regardés de la même manière après ça.

— Et j’en avais vendu un… deux même, il me semble, pour *Le Conte d’hiver*.

— Tu as une bonne mémoire.

Ils restèrent assis un moment sans parler ; Abigail se demanda si elle avait réellement bonne mémoire, ou si c’était parce qu’elle l’avait entendue si souvent que cette histoire était restée gravée. Son père reprit :

— On se demandait de qui tu tenais cet esprit, parce que ta mère et moi sommes ambitieux dans une certaine mesure, mais aucun de nous n’a la fibre commerciale. Tu étais une boule d’énergie. On se disait : “Au moins on n’a pas à s’inquiéter pour Abi. Elle s’en sortira toujours.” Et c’est le cas.

— Papa, tu ne serais pas un peu saoul ?

* En français : “Pincez les lèvres et desserrez les dents.” Pièce de théâtre de T. McNally créée en 1991, dans laquelle deux couples hétérosexuels passent un week-end dans une communauté gay.

— Juste un peu. Je deviens sentimental à l'hiver de ma vie.

Cette nuit-là, allongée dans son ancienne chambre, les yeux fixés sur les étoiles adhésives qu'elle avait collées au plafond des années plus tôt, Abigail ne cessait de repenser aux paroles de son père : elle était une boule d'énergie. La preuve s'affichait en toutes lettres sur le plafond, son nom écrit au centre de la galaxie. Était-elle vraiment si nombriliste ou s'agissait-il seulement de confiance en ses capacités ? Pendant le plus clair de ses années collège et une partie de ses années lycée, Abigail avait toujours eu confiance en elle. Pour autant qu'elle s'en souvienne, elle n'avait jamais eu peur de rien ni reculé devant une bagarre. C'est ainsi qu'elle et Zoe étaient devenues de si bonnes amies, malgré leurs différences sur bien des points. Max Rafferty avait propagé la rumeur que Zoe lui avait fait une branlette après le bal du collège ; le lendemain, Abigail s'était faufilée derrière lui pendant qu'il faisait la queue à la cafétéria et lui avait baissé son pantalon – et son caleçon au passage. Avant cela, elle et Zoe étaient simplement camarades, sans plus. Après cet épisode, elles étaient devenues inséparables.

Ce ne fut pas la seule fois qu'Abigail joua les justicières.

Au cours de sa première année de lycée, elle eut vent qu'une de ses anciennes camarades, Kaitlyn Austin, racontait à qui voulait l'entendre que les parents d'Abigail étaient les pervers de la ville et qu'ils prenaient plaisir à mettre en scène des pièces dégoûtantes. C'était après une production de *L'Éveil du printemps*, qui avait causé de brefs remous parmi les éléments les plus conservateurs de la population. Aux dires de Kaitlyn Austin, les Baskin avaient seulement monté cette comédie musicale dans le but d'auditionner de jeunes acteurs et de coucher avec eux. Elle affirmait que tous les ans ils organisaient des orgies au théâtre de Boxgrove ; une idée si ridicule qu'Abigail avait d'abord été plus amusée que furieuse. Mais le bruit s'était bientôt répandu dans tout le lycée.

À la même époque, Abigail avait découvert les friperies. Un jour elle portait une jupe caniche des années 1950, et le lendemain une veste en cuir à franges. Kaitlyn l'avait surnommée "la zarbi" et le sobriquet lui était resté pendant au moins un an. Elle ne se souciait pas plus que ça d'être affublée d'un surnom, ce qui l'irritait, c'était qu'il vienne de Kaitlyn. Abigail était dévorée par l'idée de se venger. La dernière année, elle finit par y parvenir. Sachant que Kaitlyn et sa famille partaient pour le week-end de Columbus Day, elle avait traversé la ville à pied un peu avant minuit et s'était introduite chez eux par une fenêtre laissée ouverte. Elle s'était aussitôt dirigée vers la chambre de Kaitlyn, l'avait fouillée puis y avait dérobé plusieurs de ses journaux intimes. En ressortant, elle lui avait crevé les quatre pneus de sa Subaru. Elle se rappelait encore la sensation du couteau perçant le caoutchouc, le sifflement de l'air qui s'échappait.

Cette nuit-là l'avait laissée à la fois dégoûtée d'elle-même et presque euphorique. Elle n'en avait jamais parlé à personne, pas même à Zoe.

En repensant à l'adolescente qu'elle avait été, Abigail se demanda si elle avait changé, si les années avaient pu émousser cette énergie. Elle n'en était pas vraiment sûre. Certes elle aurait pu choisir de revenir à Boxgrove après l'université, mais au lieu de ça, elle était allée à New York et y avait décroché un travail dans l'édition. Aucune de ses camarades de lycée ne pouvait en dire autant. Pourtant, même si elle vivait toujours à New York, il lui semblait que quelque chose en elle avait changé. Peut-être était-ce son mariage à venir. Le fait que

Bruce soit si riche, qu'il ait fait le premier pas et qu'il soit si impliqué dans ses activités lui donnait le sentiment qu'il la plaçait après ses ambitions. Ou plutôt qu'il l'avait invitée à monter à bord de son bateau et qu'à présent, le bateau descendait des rapides. Mais où était le mal? En outre, ce mariage lui apporterait, entre autres, la sécurité financière, autrement dit du temps libre, autrement dit la possibilité de terminer son roman. Et ce roman serait son pré carré.

La fatigue la gagna et elle se tourna sur le côté. L'image du bateau demeura dans son esprit tandis qu'elle s'endormait, et elle glissa sans effort le long d'une rivière tumultueuse, le grondement de l'eau résonnant dans ses oreilles.

Abigail passa la journée suivante avec sa mère. Elles déjeunèrent à l'auberge de Boxgrove, puis se rendirent en voiture dans une petite boutique de vêtements de la ville voisine afin de trouver à Amelia une robe pour le mariage.

C'est seulement une fois rentrées à la maison, alors qu'elles buvaient un thé, enfoncées dans le canapé, qu'Abigail aborda avec sa mère la question de la séparation.

— Rhaaa, fit Amelia. Je ne déteste pas ton père. Tu l'as compris j'espère. Je ne pourrais jamais. C'est juste que… on a passé tellement de temps à essayer de faire tourner le théâtre, on y a dépensé toute notre énergie. Aujourd'hui je n'ai plus rien à lui offrir, et il en est tout à fait conscient.

— Mais tu tiens toujours à lui?

— Oui. Bien sûr que je tiens à lui. Voilà le problème, Abi: quand j'imagine ma vie – ma vie à venir, je veux dire –, je sais exactement à quoi elle va ressembler si je reste avec ton père. En revanche, si on se sépare, que chacun se donne une autre chance, alors peut-être qu'il se passera autre chose. Un truc excitant.

— Tu parles de rencontrer quelqu'un ?

— Pas seulement ça, même si j'y ai pensé. C'est juste que j'ai besoin d'espace pour me réaliser, changer un peu, laisser faire les choses. Il est probable que ce soit ton père qui rencontre quelqu'un d'autre.

— Pourquoi tu dis ça ?

— Disons qu'il tombe facilement amoureux.

Abigail se redressa brusquement.

— Papa a eu des aventures ?

— Je ne sais pas, répondit Amelia, en baissant la voix, bien qu'elles fussent seules dans la maison. Je n'appellerais pas ça des aventures, mais la plupart du temps, l'été, il s'amourachait d'une des comédiennes qui jouait dans une des pièces. Il n'était pas doué pour le cacher. Pas plus à moi qu'à elles, d'ailleurs. Tu te souviens d'Audra Johnson ?

— Oui.

— Eh bien, je ne pense pas qu'ils aient couché ensemble, mais ils ont eu une relation platonique, je n'ai aucun doute là-dessus. Cet été-là a été très éprouvant.

— Je tombe des nues, dit Abigail. Et toi, tu n'as jamais…

— Moi ? Non. Entre le théâtre et la maison, je n'avais pas une minute à moi. C'est pour ça que je veux faire une pause maintenant. Ces vingt dernières années nous ont demandé tellement de travail. Et aujourd'hui j'en viens à me… je me demande si ça en valait vraiment la peine.

— Voyons, maman. Bien sûr que ça en valait la peine. Pense à tout ce que tu as accompli, toutes ces pièces que tu as montées, tous ces acteurs que tu as employés, tous ces gens que vos spectacles ont divertis ou fait réfléchir. Tu as créé de l'art.

Abigail était consciente, alors qu'elle prononçait ces mots, qu'elle ne faisait que répéter comme un perroquet ce que Scottie lui avait dit à sa soirée d'enterrement de vie de jeune fille. Elle ressentit une bouffée d'émotion en songeant à cet homme, dont elle ne connaissait même pas le véritable nom.

— Non, je sais, répondit Amelia en reposant sa tasse sur la table basse. C'est ce que je n'arrête pas de me dire. Ce n'est pas parce qu'une chose prend fin qu'elle n'avait pas de valeur. Ton père et moi…

Au bout d'un long silence, Abigail comprit que sa mère ne comptait pas terminer sa phrase.

— J'imagine que le mariage n'est pas une sinécure, déclara-t-elle.

— Il l'est peut-être pour certaines personnes, chérie. Peut-être qu'il le sera pour toi. Nous aimons beaucoup Bruce, tu sais ?

— Je sais.

— Et nous attendons impatiemment le jour du mariage.

— Tu ne pleureras pas, hein ?

— Je vais essayer. En revanche je ne peux rien te promettre pour ton père. Bon, qu'est-ce que tu veux manger pour le dîner ? Si tu n'étais pas là, je me contenterais sans doute d'un bol de céréales.

Assise sur le bord du canapé, les mains sur les genoux, prête à se mettre debout, Amelia était tout à coup revenue à des considérations plus pratiques.

— Va pour les céréales, répondit Abigail.

Elle attendit que sa mère se lève pour aller dans la cuisine, mais Amelia resta assise encore un moment.

— Tu sais, Abi, dit-elle, tous les trois, nous serons toujours une famille. Ça ne changera jamais.

— Je sais, maman.

Cette nuit-là, Abigail se réveilla juste avant les premières lueurs du jour, aux prises avec un cauchemar dont les détails se dissipèrent dès qu'elle tenta de s'en souvenir. Elle avait du mal à respirer et le front en sueur. Elle resta allongée pendant un petit moment sans bouger, en se demandant si elle réussirait à se rendormir. Tout son corps la picotait comme si elle avait bu trop de café. Elle regarda la fenêtre de la chambre s'emplir des lumières grises de l'aube et pensa à ses parents. Jamais ils ne lui étaient apparus aussi vulnérables. Cependant, il était clair pour elle que le projet de Bruce de réinjecter des fonds dans le théâtre de Boxgrove n'aboutirait pas. À en juger par ce qu'elle venait de voir, du moins. L'idée de repartir pour un tour n'emballait pas sa mère, et elle n'était pas certaine que son père en ait l'énergie.

Son train quittait Northampton à dix heures ce matin-là. Pendant quelques minutes, Abigail ne fut pas sûre de vouloir rentrer à New York. Non qu'elle eût nécessairement envie de passer d'autres nuits dans la maison de son enfance à consoler ses parents, mais elle se prit soudain à imaginer ce que serait sa vie si elle revenait habiter à Boxgrove. Pourquoi pas dans un joli studio près du centre-ville, avec un loyer modeste pour qu'elle n'ait pas à travailler à plein temps et puisse se consacrer à l'écriture. Elle prendrait ses cafés au Rockwell Diner et passerait ses vendredis soir au bar de l'auberge, où elle connaîtrait probablement tout le monde. Elle pensa à Bruce, et pendant dix secondes irréelles, elle fut incapable de se figurer les traits de son visage. Puis ils lui revinrent, et aussitôt son fantasme de retour aux sources s'éclipsa.

8

APRÈS LE RETOUR D'ABIGAIL en ville, Bruce suggéra qu'ils passent les dernières nuits avant le mariage dans leurs appartements respectifs. Dans un premier temps, Abigail n'avait pas compris l'intérêt d'une telle restriction, puis elle finit par y voir un certain charme. Il ne restait que deux semaines avant le mariage et il y avait quelque chose de romantiquement désuet à ce que Bruce la raccompagne chez elle après le dîner. Ils s'embrassaient sous le réverbère pour se dire bonne nuit. Bruce avait aussi proposé qu'ils visionnent tous les deux le même film, chacun de leur côté, pour pouvoir ensuite en discuter. Ils avaient regardé *La Malédiction* et *Carrie* (les choix d'Abigail), puis *The Descent* et *Le Collectionneur* (ceux de Bruce). Après quelques journées chaudes en septembre, les températures avaient baissé et Manhattan était redevenue vivable. Ces soirées à marcher bras dessus bras dessous après le dîner jusqu'à son appartement, tout en échangeant sur le film qu'ils allaient regarder, lui donnaient l'impression de retomber amoureuse, non seulement de Bruce, mais de la ville même.

Tout était prêt pour le mariage. Ils se diraient oui dans une grange rénovée de la vallée de l'Hudson, qui abritait un restaurant étoilé au Michelin et un hôtel de charme. Pas plus de quatre-vingt-dix invités, dont soixante seraient des amis ou de la famille d'Abigail. Bruce consentant à toutes les décisions d'Abigail, l'organisation du mariage posa peu de tracas. Le fait que l'argent ne fût pas un problème y était pour beaucoup. Malgré cela, elle s'assura que, exception faite de l'opulence rustique du lieu, le mariage en lui-même ne sombre pas dans la démesure. Pas de caviar à la réception, ni de robe de créateur dessinée expressément pour l'occasion. Pas non plus de DJ susceptible de jouer du Ed Sheeran. Abigail avait déniché un groupe de reprises intéressant qui se spécialisait dans la variété française des années 1960.

Plusieurs amis de Bruce assisteraient à la cérémonie, mais très peu de membres de sa famille ; seulement son père, la sœur de son père et sa famille. La mère de Bruce était encore de ce monde, mais ils étaient brouillés. "Elle sait que je vais me marier, lui avait confié Bruce, mais honnêtement, les mariages, ce n'est pas son truc. Le mariage, ce n'était pas son truc." Les parents d'Abigail étaient issus de familles plutôt nombreuses et on attendait une tripotée de cousins, arrivant de plus ou moins loin. En dépit de leur situation conjugale, Lawrence et Amelia Baskin s'enthousiasmaient pour les noces de leur fille, ils étaient impatients de revoir la famille – et probablement aussi de passer un week-end qui leur ferait oublier l'échec de leur théâtre et de leur propre mariage.

Abigail conserverait son emploi chez Bonespar Press mais avait négocié un mi-temps. Le manque à gagner ne leur ferait pas vraiment défaut, et elle pourrait ainsi se consacrer sérieusement à l'écriture de son roman – un thriller psychologique racontant l'histoire de jumelles qui avaient grandi en ville dans une bâtisse délabrée que leurs parents, tous deux artistes, refusaient de quitter. L'une des sœurs voulait rester dans la maison, tandis que l'autre voulait partir. Pour l'instant, la trame s'arrêtait là ; c'était trop sommaire pour qu'elle la partage avec son entourage, y compris Bruce. Elle en avait écrit les quatre-vingt-dix premières pages – un peu plus même – et n'en était pas trop mécontente. Elle attendait maintenant de voir où l'histoire l'emmènerait.

Abigail avait également négocié avec son employeur un congé sans solde de deux mois, qui démarrerait une semaine avant le mariage. Elle avait passé deux jours à former sa remplaçante, puis, la veille de son départ, elle était allée boire quelques verres avec ses collègues. Tout le monde s'était retrouvé dans le bar préféré d'Abigail à East Village, et c'est là qu'elle avait croisé par hasard son ex-petit ami, Ben Perez. Il était entré dans le bar à minuit. L'espace d'un instant, Abigail avait cru qu'il était venu dans l'intention de lui parler, mais elle avait vite compris à son air surpris qu'il était simplement là par hasard. Ils s'étaient dit bonjour ; Ben était ivre et n'arrêtait pas de répéter qu'il avait passé la soirée avec une bande d'amis écrivains et était juste entré pour prendre un dernier verre avant d'aller se coucher.

Abigail lui offrit un bourbon sour et lui annonça qu'elle se mariait.

— Ouais, je sais, dit-il. Je croise souvent tes amies…

— Lesquelles ? voulut savoir Abigail.

— Eh bien, déjà Kyra. Elle m'a raconté que tu allais épouser un milliardaire. À l'entendre, tu l'épouses juste pour son fric.

— Elle t'a dit ça ?

— Quasiment.

Abigail se doutait bien que son mariage avec un homme fortuné ferait parler, mais tout de même, apprendre que Kyra avait tenu des propos aussi odieux lui causait beaucoup de peine.

— Je ne l'épouse pas pour son argent, rétorqua-t-elle aussitôt, irritée de devoir se défendre devant Ben.

— J'ai pas dit ça. Je te répète seulement ses paroles.

Les collègues d'Abigail étaient en train d'enfiler leurs manteaux et de régler leurs notes ; Abigail, qui n'avait aucune envie de rester coincée là avec Ben à ressasser le passé, leur emboîta le pas. Le lendemain, elle faillit prendre son téléphone pour sommer Kyra de s'expliquer, mais elle préféra finalement appeler Bruce. Elle craignait que sa rencontre fortuite avec son ex ne le contrarie, mais il ne sembla pas le moins du monde inquiet.

— Je suis sûr que Kyra n'est pas la seule à faire ce genre de commentaire, déclara-t-il. Les gens deviennent bizarres dès qu'il est question d'argent. Une fois mariée, tu vas sûrement perdre une ou un ami(e), quelqu'un qui ne supportera pas un tel changement. C'est ce qui m'est arrivé quand je suis devenu riche. Je me dis que ce n'étaient sans doute pas de véritables amis.

— D'accord, merci, répondit-elle, un peu rassurée.

Dès lors, Abigail cessa de se préoccuper de ce que Kyra et ses amis pensaient de Bruce. Elle avait d'autres chats à fouetter. Pour l'instant son principal souci était de déterminer qui dormirait à l'auberge de Blue Barn – qui ne disposait que de vingt-cinq chambres – et qui dormirait au bed and breakfast situé à cinq cents mètres. Devaient-ils aussi prévoir une navette pour que les gens puissent boire en toute tranquillité ? Il y avait encore la question de son déménagement. Elle avait donné son préavis et n'avait plus qu'à empaqueter ses affaires, essentiellement des livres, et à décider de ce qu'elle ferait de ses quelques meubles – la plupart ne la suivraient pas chez Bruce. Abigail se faisait aussi du souci pour Zoe, qui habitait encore à Boxgrove et venait à nouveau de se disputer violemment avec son petit ami, qui partageait sa vie depuis sept ans et qu'elle ne voulait pas voir au mariage. Abigail pouvait toujours compter sur Zoe – elle était son roc –, mais dès que les choses tournaient au vinaigre avec Dan, elle devenait ingérable.

Alors que le mariage approchait, c'étaient là les principaux soucis d'Abigail. Elle se sentait plutôt bien. Le souvenir de l'inconnu dans le vignoble californien lui faisait désormais l'impression d'un rêve flou et évanescent, ou d'une histoire qui lui était arrivée il y a très longtemps. Une histoire qui l'avait même confortée dans son choix de se marier avec Bruce. Cette soirée romantique et troublante ne rendait que plus séduisants le confort et la stabilité du mariage. Elle était certaine que tout s'arrangerait.

Jusqu'à ce qu'elle repère Scottie dans ce café.

Le sol s'était dérobé sous ses pieds, un gouffre noir sans fond l'attirant de manière inexorable. C'était pour elle qu'il avait fait tout ce chemin, traversé le pays ; il comptait détruire sa vie. Mais l'e-mail qu'il lui envoya dans la journée constitua un petit espoir, lui offrant une possibilité de contact, une chance de tuer la menace dans l'œuf. Une fois sa réponse expédiée, son réconfort fut de courte durée et sa nuit remplie d'angoisses. Des images de la Californie se bousculaient dans sa tête, des frissons nerveux lui parcouraient la peau. Pour essayer de se détendre, elle se retourna sur le ventre et se masturba ; les pensées qui l'assaillaient lui inspirant un mélange de dégoût et d'excitation. Son orgasme atteint, elle se sentit épuisée, vidée, mais au moins parvint-elle à dormir un peu.

Le gouffre noir sans fond était toujours là. Impossible de le chasser complètement de son esprit.

9

À EN CROIRE les quelques amies d'Abigail qui étaient mariées, le grand jour passait comme un éclair : on n'avait pas une minute pour manger, encore moins pour savourer les mets, et les mariés pouvaient s'estimer heureux s'ils se voyaient accorder un moment d'intimité. La plupart de ces prévisions se vérifièrent pour Abigail, mais au bout du compte, elle passa tout de même une agréable journée.

La cérémonie, qui se déroula à l'étage supérieur de la grange, dans une salle éclairée de bougies blanches, fut digne d'un conte de fées. Abigail, qui craignait d'être nerveuse – au souvenir de ses quelques expériences sur scène au lycée –, fut plutôt à l'aise, et surprise d'être aussi émue par la solennité du moment et la prise de conscience du sens profond de ses vœux d'engagement exclusif et permanent. Elle se sentait belle dans sa robe. Abigail n'était pourtant pas le genre de fille à rêver d'un mariage en blanc ; elle avait même envisagé de porter du noir, pour se démarquer, jusqu'à ce qu'elle tombe sur un site proposant des tenues de mariée vintage et craque pour une robe des années 1940 en organza crème. Elle était simple – un corsage sans manches et une jupe trapèze – mais brodée de perles et de sequins. La jupe était assez longue pour cacher son seul tatouage, un arbre nu qui partait de sa hanche gauche et descendait jusqu'au milieu de sa cuisse. Lorsqu'elle s'était vue habillée, maquillée et coiffée (elle avait fourni à la coiffeuse des photos d'Audrey Hepburn dans *Vacances romaines*), Abigail avait eu l'impression d'être face à une étrangère. Un personnage de fiction, une usurpatrice. Est-ce que toutes les mariées ressentaient cela ? Ce sentiment de dissociation était lié à ce qui s'était passé en Californie (Dieu merci, Scottie n'avait pas répondu à son e-mail), mais s'expliquait aussi par la personnalité de Bruce. Qui était vraiment ce millionnaire si attentionné ? Et qui était-elle vraiment ? Qui était la femme sur le point de l'épouser ? Ce n'était pas seulement lui qui lui faisait l'effet d'un inconnu ; elle-même se percevait par moments comme une inconnue. Comme si tout se déroulait de manière automatique. Elle se contentait d'avancer étape par étape, dans une espèce de mécanique, et ce n'était pas si désagréable. C'était simplement bizarre. Était-elle encore cette aspirante artiste montée à New York dans l'espoir de devenir romancière ? Ou une jeune provinciale, à l'image de son amie Zoe ? Ni l'une ni l'autre, apparemment. Abigail était sur le point de devenir la femme d'un homme très riche. Et rien ne lui semblait moins étrange.

Bruce portait un smoking Brunello Cucinelli, très classique, et Abigail se rendit compte qu'elle ne l'avait encore jamais vu en costume. Il était beau et détendu, et débarrassé du rhume qu'il avait combattu ces derniers jours.

Le père de Bruce, qu'Abigail n'avait rencontré qu'une seule fois, était assis à côté de ses parents, et tout le monde s'entendait bien, en apparence du moins. Bill Lamb, chauffeur de poids lourds à la retraite, était une version plus austère de Bruce, visiblement mal à l'aise dans le costume que son fils avait acheté pour lui. Mais il ne cessait de répéter que c'était le plus beau jour de sa vie, et il se décida même à taquiner la piste en fin de soirée, dansant plusieurs fois avec la mère d'Abigail, et plus tard avec toutes les demoiselles d'honneur.

Le moment qu'Abigail préféra fut le cocktail. La séance photo avait eu lieu avant la cérémonie – que son futur époux la voie dans sa robe avant l'échange des vœux ne l'inquiétait pas –, de sorte qu'aussitôt après qu'Abigail et Bruce eurent été déclarés mari et femme, tout le monde se rendit directement à la réception, qui se tenait sur une pelouse en pente avec vue au loin sur l'Hudson River. Les tentes, qui avaient été installées au cas où, s'avérèrent inutiles. Le ciel était dégagé et la température avoisinait les 20 °C. C'était idéal. Le cocktail signature, un Side-car, fut servi dans une coupe. On porta des toasts, le bar à huîtres ne désemplit pas, et quand le talon d'Abigail s'enfonça dans la pelouse et qu'elle faillit tomber, Bruce la rattrapa de justesse.

Le souvenir du dîner resta très flou dans l'esprit d'Abigail, mais c'était peut-être à cause des deux cocktails qu'elle avait bus. Elle réussit à manger la moitié de son bar à la crème de persil – étonnamment, rien dans son goût ne laissait deviner qu'il avait végété pendant deux heures dans le chauffe-plats. Suivirent d'autres discours, dont un de Martin Pilkingham ; le comédien embarrassa Abigail en énumérant la liste des acteurs passés par Boxgrove pour qui elle avait eu le béguin ; il mentionna notamment Zachary Mason, qui lui avait fait perdre sa virginité. Assise à côté d'Abigail, Zoe fit bonne figure tout au long du repas, bien qu'elle fût toujours brouillée avec Dan. Elle qui d'ordinaire avait un bon coup de fourchette se contenta d'avaler trois asperges et but une demi-bouteille de vin ; et sitôt qu'on en eut fini avec les danses traditionnelles, Zoe fut la première sur la piste. Au cours du deuxième set du groupe, elle glissa, et quand le témoin de Bruce, Darryl Cho – un programmeur de Californie marié –, l'aida à se relever, elle le remercia en l'embrassant à pleine bouche. Les autres demoiselles d'honneur la raccompagnèrent dans sa chambre, puis revinrent informer Abigail qu'elles avaient réussi à lui retirer sa robe avant qu'elle s'écroule sur le lit.

Vers la fin de la soirée, Abigail aperçut ses parents assis à une table en bord de piste. Ils étaient tous deux épuisés et ruisselants de sueur après avoir dansé chacun de leur côté. Elle les rejoignit.

— Les Baskin sont de retour, lança Lawrence. Dans leur formation originale.

— Vous avez passé un bon moment ? demanda-t-elle.

— Mon Dieu, oui, répondit Amelia. Tu as vu ta tante Mary tout à l'heure sur la piste ?

— Difficile de la rater.

— Bruce a été gentil, dit Lawrence. Il s'est présenté à toute la famille en se comportant comme si nous étions des gens normaux.

— Et il nous a invités à venir à New York, une fois que vous serez rentrés de votre voyage de noces, pour voir un spectacle, ajouta sa mère.

Abigail, un brin éméchée, lâcha soudain :

— Il veut vous parler du théâtre. Il a l'intention de le rouvrir.

— Quel théâtre ? s'étonna Amelia. Le nôtre ?

— Oui.

— Oh, mon Dieu. Dissuade-le, s'il te plaît. Je crois que je n'en aurai pas la force.

— Et toi, papa ?

— Il veut investir de l'argent pour rouvrir le théâtre ?

— C'est ça. Il semble vraiment décidé.

Lawrence prit une grande inspiration.

— Il y a deux ans, j'aurais tout donné pour trouver un investisseur. Mais aujourd'hui ce qui est fait est fait.

— Bon, eh bien, laissez-le quand même vous en parler. Il est tellement impatient.

Tandis qu'Abigail regagnait la piste sous les premiers accords d'une reprise swing de *Friday I'm in Love*, elle aperçut ses parents penchés l'un vers l'autre, un demi-sourire sur les lèvres. Une évidence la frappa alors : non pas qu'ils finiraient par se remettre ensemble, mais que cela n'arriverait jamais. Ils vivaient beaucoup trop bien leur rupture. Ils seraient dorénavant amis, et rien de plus.

Le bal se termina sur une reprise bossa nova de *Every Breath You Take,* de Police. Abigail et Bruce dansaient l'un contre l'autre, et elle sentait son souffle contre son cou pendant qu'il murmurait les paroles. Elle songea, pas pour la première fois, combien elles pouvaient faire froid dans le dos.

— Alors, qu'as-tu pensé de ta journée ? lui demanda-t-il tandis qu'elle posait la tête sur son épaule.

Elle aurait pu s'endormir avant la fin de la chanson.

— Oh, c'était sympa.

Elle lui sourit, et l'espace d'un instant il parut préoccupé. Puis il comprit qu'elle plaisantait et sourit à son tour.

— D'accord. Juste sympa…

— J'avais demandé *Don't Fear the Reaper*, mais l'orchestre ne l'a pas joué.

— Quels enfoirés.

— Et je n'ai pas mangé une seule huître.

— Moi non plus, répondit-il.

— Mais je me suis mariée.

— Idem.

Elle bascula la tête en arrière pour chercher son regard. Lui aussi paraissait fatigué, mais une bonne fatigue. Épuisé mais satisfait.

— Je ne pourrais pas être plus heureuse, Bruce.

— Tu es prête pour la lune de miel ?

— Oui, mais je t'avoue que j'y ai à peine pensé. Je ne pensais qu'à la journée d'aujourd'hui.

— Elle n'est pas finie.

— Techniquement, si. Nous avons entamé notre deuxième jour de mariage.

Lorsque la chanson fut terminée, ils souhaitèrent une bonne nuit aux quelques invités restants puis descendirent la route menant à l'ancienne remise à calèches où ils devaient dormir. Un peu plus bas entre les arbres, un invité fumait une cigarette, et l'odeur flotta jusqu'à eux. Dès qu'elle parvint aux narines d'Abigail, sa mémoire olfactive la renvoya brutalement à la fameuse nuit en Californie. Ce n'était pas juste l'odeur de la cigarette, mais quelque chose de plus précis. La personne dans ce bosquet fumait la même marque de cigarettes que Scottie ce soir-là : des Gauloises. Cette cigarette française sans filtre qui avait tellement tourné la tête d'Abigail. Elle scruta la pénombre pour identifier l'homme, mais il était complètement invisible, seul le bout orangé de sa cigarette indiquant où il se trouvait.

— Tout va bien ? s'enquit Bruce.

— Oui, désolée. Tu sais qui est en train de fumer là-bas ?

À peine eut-elle posé la question qu'elle paniqua. Et s'il s'agissait bel et bien de Scottie, et que Bruce allait à sa rencontre…

— Probablement mon ami Mike, répondit-il. Pourquoi, tu en veux une ?

— Ah. Non.

Ils reprirent leur chemin. La nuit s'était rafraîchie et Abigail frissonna. Elle se blottit contre Bruce tandis qu'il ouvrait la porte de la chambre. Puis il la souleva dans ses bras pour lui faire franchir le seuil, lui tirant un cri de surprise qui n'avait rien de simulé. Le lit à baldaquin était ouvert et la pièce remplie de fleurs fraîches. Leurs bagages les attendaient dans un coin. Abigail prit son sac de voyage et ses affaires de toilette et se rendit dans la salle de bains. Ici aussi il y avait des fleurs, ainsi que plusieurs bougies allumées. Le sol, en pierre, était chauffé.

Elle contempla un moment son reflet dans le miroir et se dit qu'elle était en train de tomber dans la paranoïa. Scottie n'était pas venu la traquer jusqu'à son mariage.

Il t'a bien traquée jusqu'à New York.

Du reste, toutes les cigarettes avaient la même odeur, non ? Et il arrivait très souvent que les gens fument aux mariages, même ceux qui avaient arrêté. Elle avait aperçu Kyra une cigarette aux lèvres plus tôt dans la soirée, ainsi que son oncle Evan, qui ne fumait plus depuis des années. C'était ridicule d'imaginer Scottie rôdant parmi ses invités. Que serait-il venu faire ? Jouer les spectateurs ? Non, sa seule raison aurait été de vouloir interrompre la cérémonie d'une manière ou d'une autre, or il ne l'avait pas fait. Ce n'était donc pas lui mais simplement un invité parmi d'autres. Qui pouvait très bien fumer des cigarettes françaises sans filtre. C'était fort possible.

Après s'être nettoyé le visage, Abigail retira sa robe et enfila une nuisette transparente bleu ciel, à manches bouffantes et froncées sur les bords. Elle se sentit un peu ridicule, mais après tout, c'était sa nuit de noces : quelle autre occasion aurait-elle de porter ce genre de tenue ? Quand Abigail sortit de la salle de bains, Bruce était déjà couché, torse nu. Elle virevolta pour faire onduler sa nuisette, puis se glissa sous les draps et tenta de ne plus penser à l'homme entre les arbres, à Scottie, à cette odeur de cigarette.

10

— Comment ça, il n'y a pas l'électricité ?

— Disons qu'il y en a un peu, assez pour faire fonctionner un sèche-cheveux, par exemple. Ou en cas d'urgence.

— Tu m'emmènes où, au juste ? demanda Abigail en riant.

Ils roulaient vers le nord à bord de la Tesla électrique de Bruce.

— Ça fait partie intégrante de l'expérience. Pas de téléphone, ni de télé, ni d'ordinateurs.

— Ça ne me pose aucun problème.

— Tu t'inquiètes seulement pour tes cheveux ?

— Plus ou moins, oui.

— Eh bien, il y a des prises dans les salles de bains.

Ils venaient d'entrer dans le Massachusetts. La journée avait commencé par un soleil radieux, mais un fin voile de nuages se tissait maintenant dans le ciel, entraînant une chute des températures. La météo pour la semaine prévoyait des vents forts et des averses ponctuelles. Bruce avait déclaré que leur lune de miel n'en serait que plus romantique.

— Et pour les lampes ?

— Il y en a.

— Des vraies ?

— La nuit, on s'éclaire principalement à la bougie, mais si tu as besoin de te rendre quelque part à pied, le personnel te fournira une lanterne. On jurerait d'authentiques lampes à huile d'époque, mais en réalité elles fonctionnent à piles. Je les trouve magnifiques. Crois-moi, après une semaine à vivre ainsi, tu n'auras plus envie de retourner dans le monde réel.

— À quand remonte ton dernier séjour là-bas, déjà ? J'ai oublié.

— J'en ai fait plusieurs. Le plus long date d'il y a trois ans. À l'époque Chip venait d'ouvrir le club. J'ai été l'un des premiers à y séjourner. À la base, l'idée était de proposer aux gens qui travaillent dans l'industrie informatique un club de vacances où ils puissent se reconnecter avec la nature et lever un peu le nez de leurs écrans. C'est le concept. On y organise beaucoup de séminaires de *team building*, ce genre d'événements. Depuis peu, l'île fait également fureur auprès des jeunes mariés pour leur voyage de noces, essentiellement pour les mêmes raisons : l'absence de distractions extérieures. Et puis la nourriture est incroyable.

— Que font les gens là-bas ?

— Comment ça ?

— Est-ce qu'il y a des activités ?

— Oui. On peut faire de belles promenades autour de l'île. Il y a une piscine couverte qui en met plein la vue. Et un spa. Sinon, on retrouve pratiquement les mêmes activités que dans un camp de vacances, mais pour adultes. Rien ne t'oblige à y prendre part, mais si ça t'intéresse, tu peux faire du tir à l'arc ou de la voile sur l'étang. Il y a aussi un atelier d'art très complet où tu pourras t'adonner à la peinture ou à la poterie.

— Ah bon ?

— Oui. Mais aucune de ces activités n'est obligatoire. Personnellement, j'aime beaucoup passer du temps au grand pavillon. On peut lire au coin du feu en buvant un verre. C'est sympa. Et je te promets que ça ne grouillera pas d'hommes d'affaires. Chip m'a assuré qu'il y aurait très peu de monde. L'endroit a un petit côté gothique, tu vas adorer.

Craignant d'avoir contrarié Bruce avec ses questions, Abigail s'empressa de conclure :

— Ça a l'air génial. J'ai hâte d'y être.

Ils firent une halte dans le sud du Maine et déjeunèrent dans une auberge près du port de Kennewick. Abigail, qui s'était mise à la diète – juste un peu – avant le mariage, dévora un cheeseburger frites et jura qu'elle n'en avait jamais mangé de meilleur. Bruce commanda un sandwich de homard, et ils burent une bouteille de sancerre.

— Je n'arrête pas de me répéter que je suis mariée, confia Abigail. Enfin… que *nous* sommes mariés. Mais je n'arrive toujours pas à y croire.

— Tu regrettes ? demanda Bruce.

— Pas encore, répondit-elle. (Aussitôt, malgré l'éclairage tamisé, elle perçut un léger changement dans le regard de Bruce.) Non, je plaisante, se hâta-t-elle de préciser.

— Je sais.

— Et toi, tu regrettes ?

— Non. Je me sens ridiculement chanceux, comme si je ne te méritais pas. La seule chose que j'éprouve en fait, c'est un sentiment de culpabilité.

— Bien sûr que tu me mérites, répondit Abigail. Enfin, ce n'est pas ce que je voulais dire. Disons qu'on se mérite mutuellement.

— D'accord. Alors trêve de scrupules et profitons de notre lune de miel.

Ils arrivèrent à un petit aéroport à une trentaine de kilomètres au nord de Portland. Abigail était nerveuse à l'idée de prendre l'avion, mais Bruce lui avait assuré qu'il n'y avait pas le moindre risque.

— J'ai l'impression qu'il ne se passe pas un jour sans qu'on entende qu'un avion de tourisme s'est écrasé.

— Le plus souvent c'est à cause du mauvais temps, expliqua-t-il. Aujourd'hui il fait beau. Et puis le vol dure à peine une vingtaine de minutes.

En accédant à la salle d'embarquement, ils furent accueillis par un homme grand et costaud qui avait tout de l'ancien militaire. Il se tenait derrière un pupitre affichant CASCO AIR et un logo représentant un avion survolant un phare. L'homme les regarda à tour de rôle :

— Heart Pond ? dit-il.

— C'est ça.

— Vous avez choisi le bon jour. Vous n'avez que ça comme bagages ?

— Il y a deux autres valises dans la voiture, répondit Abigail.

— Pas de souci. Je vais envoyer quelqu'un les chercher. Chip m'a dit que vous étiez ses clients spéciaux et que je devais sortir le grand jeu. Si vous voulez bien prendre place, je vous ferai savoir quand nous serons prêts à partir.

Vingt minutes plus tard, ils étaient assis à bord d'un avion six places, tout près du pare-brise. Jamais Abigail n'était montée dans un avion aussi petit et elle se préparait à vivre un cauchemar. Pourtant, dès qu'ils s'élevèrent au niveau des nuages, le panorama sur l'Atlantique remplaça l'angoisse par l'excitation. *Voilà ma vie désormais*, songea-t-elle. *Aventure sur aventure.* Elle s'étira le dos et sentit son cou craquer, ainsi que son épaule. L'avion leva légèrement le nez et aussitôt, une onde de détente la parcourut, soudaine, et si intense qu'elle aurait sûrement perduré même si l'avion s'était mis à piquer vers l'océan. Ses doigts étaient entrelacés à ceux de Bruce. Il se pencha au-dessus d'elle et pointa le hublot.

— Tu la vois là-bas ?

L'île était oblongue et bordée de tout côté par des rivages rocheux, à l'exception d'une crique sablonneuse. Au centre se trouvait l'étang qui avait donné son nom à l'île. Avec sa forme en triangle et la langue de terre boisée qui s'avançait sur l'un de ses côtés, il ressemblait effectivement à un cœur*. Tandis que l'avion amorçait sa descente en décrivant des cercles, Abigail distingua deux ensembles de bâtiments de part et d'autre de l'étang.

— Où est-ce qu'on va atterrir ? demanda-t-elle, et Bruce lui montra une piste, qui semblait trop courte, le long de la côte sud de l'île.

Une rafale souffla et Abigail eut la sensation que l'avion dérapait sur l'air. Mais elle resta calme ; le pilote maîtrisait certainement la situation. Quelques instants plus tard, l'avion atterrit avec une légère secousse sur la piste, avant

* En anglais, *Heart Pond* signifie "Étang Cœur".

de se diriger vers un hangar de taille moyenne. Le pilote abaissa l'escalier et ils sortirent tous les trois dans l'air marin. Il faisait frisquet, encore plus qu'à l'aéroport. Abigail chercha un pull dans son sac de voyage et l'enfila tandis que les hélices de l'avion ralentissaient dans un cliquetis.

— Par ici, dit le jeune pilote.

Bruce la prit par le bras et ils marchèrent en direction du hangar. C'est alors qu'un Land Rover s'arrêta en travers de leur chemin ; un homme trapu à la barbe rousse en descendit et courut vers eux.

— Salut, Bruce, dit-il, et Abigail, à sa grande surprise, vit Bruce et l'homme échanger une accolade.

C'était la première fois qu'elle voyait son mari serrer un homme dans ses bras.

— Tu n'étais pas obligé de te déplacer, dit Bruce. Mais merci.

— Tu plaisantes, répondit l'autre. Tu dois être Abigail ?

Bruce fit les présentations en précisant à Abigail que tout ce qu'elle verrait sur l'île appartenait à cet homme, Chip Ramsay.

— C'est le patron.

Malgré le froid, Chip portait un short cargo et un T-shirt à manches courtes. Les poils de ses bras et de ses jambes étaient aussi roux que ses cheveux. Il avait à la ceinture ce qui ressemblait à un talkie-walkie.

Avec l'aide du pilote, ils récupérèrent leurs bagages et les chargèrent dans le 4x4.

— Un petit tour de l'île ? proposa Chip. Ou vous préférez aller directement à votre chambre ?

— Directement à notre chambre ? répondit Bruce en se tournant vers Abigail.

— Ça me va, dit-elle.

Chip emprunta une piste en terre traversant une épaisse pinède puis monta une pente et franchit une entrée marquée par deux piliers de pierre. Au-dessus, un panneau usé indiquait CAMP PASSAMAQUODDY.

— Bienvenue à Quoddy, dit Chip.

Ils débouchèrent dans une clairière. À leur gauche se dressait un large bâtiment fait de pierre brute et de bois sombre. Malgré les vitres fermées, Abigail sentit une odeur de feu de bois.

— C'est splendide, déclara-t-elle.

Ils continuèrent, redescendant et dépassant un peu plus bas une rangée de dix répliques plus petites du grand pavillon. Elles dataient vraisemblablement du temps où l'endroit était encore un camp de vacances.

— Je vous ai installés à River Rock, annonça Chip. Ce n'est pas le dortoir où tu loges d'habitude, mais celui-là vous conviendra mieux.

— Ce sont des dortoirs ? demanda Abigail.

Chip laissa échapper un hoquet nasillard, probablement en guise de rire.

— Pardon. On continue d'utiliser le mot "dortoirs" pour désigner les bungalows. Histoire de perpétuer la tradition.

Chip s'arrêta juste devant le bungalow. Le toit bas était recouvert d'une mousse vert vif et la porte d'entrée en bois encadrée de plantes grimpantes en fleurs. Abigail la contemplait quand le battant s'ouvrit brusquement. Elle sursauta sur son siège en voyant un grand Asiatique surgir dans la lumière du crépuscule, vêtu d'un pantalon en toile beige et d'une chemise d'un blanc immaculé. Il les rejoignit en deux enjambées et ouvrit la portière du Land Rover.

— Je vous présente Paul, dit Chip. Il se chargera de satisfaire tous vos besoins pendant votre séjour. S'il faut remplir le frigo, vous apporter des couvertures supplémentaires, ou vous réveiller à une heure donnée – même si j'espère que ce ne sera pas le cas. Il s'occupe exclusivement de River Rock, alors n'hésitez pas à faire appel à lui n'importe quand.

Paul leur ouvrit la porte. Abigail s'attendait à ce que ce soit chic, mais n'était pas vraiment préparée à la sérénité qui émanait de l'intérieur. Une grande cheminée en pierre, où brûlait déjà un feu, occupait le centre du bungalow (ou plutôt du “dortoir”). Devant elle, un canapé en cuir confortable ainsi qu'une magnifique table basse taillée dans un bloc de pierre vert foncé moucheté de jaune.

— C'est de là que le dortoir tire son nom, expliqua Paul tandis qu'Abigail touchait la table. C'est de la roche de rivière.

— Elle est sublime.

— Tout ici a été façonné à la main, dit Chip. Y compris le lit.

Abigail s'approcha du lit king-size. Le châssis en forme de traîneau était fait de bois rénové. Des lanternes étaient allumées de chaque côté, et Abigail les crut vraies, jusqu'à ce qu'elle se souvienne des explications de Bruce; il s'agissait d'imitations fonctionnant à piles. Au-dessus du lit, elle découvrit une affiche encadrée du film *Piège à minuit*, avec Doris Day et Rex Harrison. Abigail se retourna et regarda Bruce.

— Non, ce n'est pas une coïncidence, dit-il. C'est un cadeau.

C'était le premier film qu'ils avaient visionné ensemble, lors de la deuxième nuit qu'elle avait passée chez lui dans son appartement new-yorkais. Alors qu'ils discutaient de leurs thrillers favoris – c'était surtout elle qui parlait –, Bruce avait cité *Piège à minuit*, un film qu'il avait regardé avec sa mère étant plus jeune. Abigail en avait entendu parler mais ne l'avait jamais vu, alors ils l'avaient visionné au petit matin en mangeant du pop-corn et en buvant du champagne au lit. Elle l'avait adoré.

— C'est le plus beau cadeau que tu m'aies fait, dit-elle en contemplant l'affiche, quelque peu gênée par la présence de Chip et Paul dans la pièce.

— Plus beau que la bague ? dit Bruce.

— Oui, répondit-elle sans hésiter.

— Je crois qu'elle est sincère, lança Chip, avant d'ajouter aussitôt : Un dernier détail et on vous laisse tranquilles. Comme Bruce a dû te l'expliquer, il y a quelques prises dans la salle de bains, et vous disposez d'un frigo, mais ça s'arrête là pour ce qui est des appareils électriques. Il n'y a aucun écran nulle part sur l'île, et si tu as apporté un téléphone ou un ordinateur portable, le mieux est de le ranger hors de vue. Il n'y a ni wifi ni réseau. Tu as communiqué notre numéro à un proche ?

Abigail répondit par l'affirmative. Ses parents, ainsi que Zoe, disposaient du numéro de téléphone de la ligne fixe du club, en cas d'urgence.

— Je vais être franc avec toi, certains de nos clients sont un peu nerveux durant les premières vingt-quatre heures à l'idée de ne pas avoir accès à Internet. Mais crois-moi, ils finissent par s'y faire. D'ici demain soir tu n'y penseras plus, et la semaine prochaine, au moment de repartir, tu rallumeras ton téléphone à contrecœur.

— J'ai hâte, dit Abigail.

Ce n'étaient pas des paroles en l'air. Elle avait beau avoir grandi à l'ère des réseaux sociaux, ses parents avaient refusé qu'elle ait un smartphone avant ses quinze ans, et elle se souvenait parfois avec nostalgie de la vie avant Instagram et Snapchat.

— Bon, eh bien, je vais vous laisser, dit Chip. Paul, tu veux bien leur montrer les provisions ?

Paul les conduisit jusqu'au réfrigérateur, soigneusement escamoté derrière une cloison coulissante qu'elle avait d'abord prise pour un mur. À l'intérieur, Abigail et Bruce découvrirent des bières artisanales, plusieurs bouteilles de vin, et tout un choix de fromages, charcuteries, olives et eaux de marque.

— Ça, c'est pour commencer, dit Paul. Si vous désirez autre chose, faites-le-moi savoir et je vous le procurerai.

— Des Oreo, s'exclama Abigail, et Paul hocha aussitôt la tête. (Elle se rendit compte qu'il l'avait prise au sérieux et s'empressa d'ajouter :) Je plaisante. Vous n'avez pas ça ici, j'imagine ?

— Non, mais comme je vous l'ai dit, si vous en voulez, on peut vous en trouver.

— Non, non. Je plaisantais.

Une porte-fenêtre ouvrait sur la terrasse, offrant une vue sur l'étang que le soleil couchant colorait maintenant d'orange.

— Des cocktails sont servis à six heures au grand pavillon, mais certains clients préfèrent les prendre en chambre.

Abigail consulta Bruce du regard et haussa les épaules.

— Nous irons au grand pavillon, répondit-il. (Il ajouta à l'intention d'Abigail :) Il faut que tu le voies.

Paul leur montra quelques autres commodités, ainsi qu'un bouton sur lequel ils pouvaient appuyer pour l'appeler, puis il ressortit en silence en les laissant tous les deux. Elle partit d'un rire.

— Tu ne m'avais pas dit que nous aurions un majordome.

— Il va falloir t'y habituer, chérie.

— Je ne sais pas si je pourrai. En tout cas cet endroit est magnifique. J'ai bien envie de passer toute la semaine dans ce dortoir.

— Rien ne t'en empêche.

Après avoir déballé leurs affaires, Abigail et Bruce prirent un bain ensemble dans la profonde baignoire en îlot, entourés de chandelles. Bruce expliqua qu'elle était en grès.

— Si ça se trouve, tu me racontes des bêtises, répondit-elle, mais je te crois.

Lentement, elle se glissa dans l'eau et entre ses bras. Ils s'embrassèrent. Abigail pouvait entendre le doux clapotis de l'eau contre le bord de la baignoire.

— C'est tellement calme, dit-elle. On en oublie combien nos journées sont bruyantes en temps normal.

— Si tu trouves le silence trop pesant, on peut mettre une musique d'ambiance, proposa Bruce. En réalité, il y a une chaîne stéréo dissimulée à notre disposition.

— Je le savais. Tu me faisais marcher quand tu disais qu'il n'y avait pas d'électricité. Elle est simplement cachée.

— Si on veut.

Quand ils sortirent du bain, Bruce sécha Abigail à l'aide d'une large serviette, méticuleusement, en s'attardant sur chaque centimètre de sa peau. Même s'ils n'avaient jamais abordé la question, Abigail avait deviné l'importance que

Bruce accordait à la stimulation visuelle. La première nuit où ils avaient fait l'amour, il lui avait demandé de se déshabiller devant lui et l'avait contemplée avec une fascination qui l'avait presque mise mal à l'aise ; sur le moment, elle avait probablement tourné la chose à la dérision. C'était le seul aspect un peu insolite de leur vie sexuelle. Abigail se demandait s'il fallait en chercher l'origine dans l'importance que la pornographie avait prise dans le quotidien. Peut-être la vue en vrai d'un corps de femme nu était-elle comparable à contempler le Grand Canyon de ses propres yeux après l'avoir admiré des années sur des photos. Une sensation à la fois familière et complètement nouvelle. Ça ne la dérangeait pas tant que ça, et quand Bruce lui faisait l'amour, l'action prenait à un moment le pas sur l'observation. Ça n'avait rien de si insolite en fin de compte. La seule crainte d'Abigail était que l'intérêt de Bruce finisse par s'estomper à mesure que les années passeraient et que son corps changerait.

Abigail sortit de la salle de bains la première et s'assit sur le bord du lit, nue, supposant que Bruce voudrait faire l'amour. Comme d'habitude, elle était partagée entre deux émotions tant qu'il n'avait pas posé les mains sur elle. Tandis que Bruce se séchait, Abigail balaya par réflexe la pièce du regard en quête de son portable, avant de se rappeler qu'elle l'avait rangé dans le tiroir parmi ses sous-vêtements. Ne pas avoir de téléphone allait certainement être étrange. Comment remplir tous ces petits intermèdes au cours de la journée ? C'est à ce moment que Bruce sortit de la salle de bains, la serviette enroulée autour de la taille. Elle le regarda traverser la pièce. Malgré son corps svelte et athlétique – il ne restait jamais plus de deux jours sans se rendre à la salle de sport –, Bruce manquait singulièrement de grâce ; elle imaginait aisément l'adolescent gauche et maigrichon qu'il avait dû être, perpétuellement collé à son ordinateur. Elle ne l'en aimait pas moins, bien au contraire.

Il laissa tomber sa serviette sur le sol, et c'est en le voyant remonter son caleçon qu'elle comprit qu'il ne comptait pas entreprendre quoi que ce soit. À sa surprise, elle en ressentit un certain dépit. Elle prononça son prénom afin d'attirer son attention, mais lorsqu'il se retourna, quelque chose dans son expression – une lueur distraite – la dissuada de l'inviter sur le lit.

— Rien, dit-elle finalement.

Elle se leva à son tour et marcha jusqu'à la commode qu'elle s'était attribuée.

11

La salle principale du grand pavillon évoquait davantage un château qu'un ancien camp de vacances. Le foyer de la cheminée aurait aisément pu contenir une équipe de basket au complet, et le plafond culminait deux étages plus haut. Un imposant lustre en laiton garni de bougies pendait en son centre et Abigail se demanda par quel miracle on réussissait à les allumer. Est-ce que l'un des majordomes accourait avec un immense escabeau quand tout le monde avait le dos tourné ?

Il n'y avait guère plus qu'une dizaine de personnes dans la salle, en train de discuter ; la plupart étaient debout près de la cheminée ou assis dans de confortables fauteuils.

— On s'installe au bar ? proposa Bruce.

Ils traversèrent le sol en pierre, recouvert par endroits de tapis luxueux, en direction du bar, bien fourni ; derrière un comptoir en bois sombre sculpté imitant des colonnes envahies de lierre se tenait un barman d'âge moyen, moustache grisonnante rebiquant légèrement aux extrémités. À l'image de Paul, l'homme assigné au service de leur bungalow, il portait un pantalon de toile beige et une chemise d'un blanc immaculé.

— Bruce, mon pote, lança-t-il avec un accent indéchiffrable. Te revoilà. Bienvenue.

— Bonsoir, Carl. Je te présente ma femme, Abigail.

— Oui, on m'a dit que tu t'étais marié. Félicitations. Qu'est-ce que je vous offre ? Un cocktail au champagne ?

— Tu n'as rien de mieux à nous proposer ? Tu te souviens de ce Manhattan que tu m'avais concocté lors de mon dernier séjour ?

— Bien sûr.

— Tu nous en sers deux ?

Abigail se tourna vers Bruce et le regarda, un peu surprise qu'il ait commandé pour elle. Il n'avait jamais agi de la sorte auparavant, ni lui ni aucun de ses petits amis. Croisant son regard, il s'empressa de demander :

— Tu n'aimes pas les Manhattan ?

— Si. Désolée, c'est juste que ça m'a surprise.

— Que je commande pour toi ? Ça ne se reproduira plus, je te le promets. Mais il faut vraiment que tu goûtes à ce cocktail. Il est exceptionnel.

— Whistle Pig Rye et Punt e Mes*, confia le barman.

Abigail dut reconnaître qu'il était délicieux ; le meilleur Manhattan qu'elle ait jamais bu. Elle demeurait un peu contrariée cependant, pas seulement parce qu'il avait commandé à sa place, mais surtout parce qu'il lui semblait de plus en plus évident que Bruce avait passé beaucoup de temps dans ce club : il l'avait emmenée quelque part où il se sentait chez lui. Leur lune de miel aurait sans doute été plus “spéciale” s'ils avaient choisi une destination que ni lui ni elle ne connaissaient. Mais c'était un détail. Elle se

* Whiskey de Nouvelle-Angleterre et vin italien.

concentra sur le délicieux cocktail et la somptuosité des lieux.

— On va faire connaissance ou on reste au bar ? demanda Bruce.

— Restons ici, au moins le temps de boire notre cocktail ? répondit-elle.

— Très bonne idée.

Deux hommes approchèrent et Carl s'enquit de ce qu'ils désiraient. Ils étaient jeunes et branchés, portaient barbe, jean et pull décontracté. Sans doute des petits génies ayant fait fortune dans l'informatique, à l'instar de Bruce. Elle fut étonnée qu'il ne les connaisse pas. Ils commandèrent une boisson nommée Peeper, à la pression, puis se mirent à discuter à voix basse. À l'intérieur du pavillon, et partout ailleurs sur cette île, régnait un silence presque angoissant.

Comme s'il avait lu dans les pensées d'Abigail, Bruce déclara :

— Certains soirs il y a de la musique ici. Chip fait venir des groupes par avion.

— Des groupes de rock ? demanda Abigail en s'efforçant d'imaginer la chose.

— Plutôt des quatuors à cordes, mais aussi pas mal de groupes expérimentaux. De la musique électronique.

Il cita quelques artistes dont Abigail n'avait jamais entendu parler.

Bruce lui décrivit ensuite le dîner à venir, la philosophie autour de la nourriture. Abigail écoutait d'une oreille, tout en pensant à cet endroit, à la personne qui l'accompagnait, et à tout ce qui s'était passé au cours des dernières semaines. Depuis qu'elle avait rencontré Bruce, elle se sentait parfois comme spectatrice de sa nouvelle vie, qui lui semblait presque irréelle. L'argent, notamment : hier encore elle peinait à payer son loyer et voilà qu'elle était désormais mariée à un homme probablement milliardaire (elle ignorait le montant exact de la fortune de Bruce, et il ne lui avait d'ailleurs demandé de signer aucun contrat prénuptial). Mais c'était aussi lié à Bruce lui-même. Dans ces moments, elle prenait conscience de façon nette et soudaine qu'il était un inconnu. Ce sentiment ne durait pas et elle se rappelait alors tout ce qu'ils avaient partagé depuis leur rencontre. Pas seulement des expériences, mais de longues conversations. Il lui avait raconté en détail son enfance de fils unique, le mariage malheureux de ses parents. Bruce avait douze ans quand sa mère avait quitté son père pour un autre homme, qui avait mieux réussi. Il lui avait confié cette histoire une nuit où ils avaient veillé chez lui jusqu'à l'aube. Alors pourquoi lui faisait-il parfois l'effet d'être un inconnu ? Pourquoi ce sentiment persistait-il encore maintenant, alors qu'ils sirotaient des Manhattan au lendemain de leur mariage ? Elle savait que ce malaise se dissiperait vite. Comme toujours. Ou peut-être qu'elle le ressentirait de temps à autre pendant les premières années. Les seules personnes dans sa vie qui ne lui semblaient pas étrangères étaient ses parents, naturellement, et Zoe, qui ne lui avait jamais rien caché de ses sentiments et de ses expériences. Tous les autres – ses amis de fac, Ben Perez – étaient demeurés au moins en partie des énigmes ; elle n'avait jamais su précisément ce qui se tramait dans leurs esprits.

— Un autre ? proposa Bruce, et il fallut un moment à Abigail pour comprendre qu'il désignait son verre, maintenant vide.

— D'accord pour un autre verre. Mais pas un Manhattan, sans ça je n'arriverai pas à marcher jusqu'à la table du dîner. Du vin peut-être ?

Carl venait de poser deux martinis sur un plateau afin que le serveur les emporte en direction de la cheminée. Abigail se demanda si la présence d'un serveur se justifiait vraiment, puisqu'il y avait déjà un barman. Peut-être le "Quoddy" accueillait-il parfois plus de monde. Ce soir-là elle ne comptait qu'une dizaine de personnes autour d'eux.

Une fois servis (Abigail avait commandé un verre de Malbec et Bruce une IPA), ils se baladèrent à l'intérieur du pavillon, admirant les tentures et les œuvres d'art accrochées aux murs. Un pan entier regroupait des gravures encadrées, inspirées pour la plupart de contes de fées. Une fille poussait une vieille femme dans un four. Un chevalier affrontait une bête nue et velue dans une forêt. Plusieurs estampes représentaient des loups ; sur la plus grande, une espèce de dieu romain transformait un homme en loup – seule sa tête était métamorphosée, son corps resté humain était drapé dans une toge. La plus facile à identifier représentait le Petit Chaperon rouge face au loup dans la forêt.

— "Les bois sont beaux, sombres et profonds", dit Abigail à voix haute.

Bruce afficha un air perplexe.

— Pardon. Je citais Robert Frost.

Ils passèrent à un autre mur où étaient exposées des photographies en noir et blanc du camp d'origine ; on y voyait des groupes de garçons aux visages sales posant devant leurs lits superposés.

— Je crois que ce camp de vacances a seulement été ouvert des années 1930 aux années 1960. Il était complètement à l'abandon quand Chip l'a racheté.

— Il n'y avait que des garçons ?

— Dans celui-ci, oui. Le camp des filles était de l'autre côté. J'imagine qu'ils étaient réunis lors des activités de groupe et des fêtes. Des bals…

— Des razzias de petites culottes*.

— Sûrement.

Bruce et Abigail se présentèrent aux quelques personnes réunies près de la cheminée. La plupart étaient des hommes, mais ils rencontrèrent un jeune couple, Alec et Jill, qui sirotaient leur champagne dans un verre tulipe au fond duquel reposait une framboise. Tandis que Bruce et Alec entamaient la conversation à la volée, Jill se tourna vers Abigail :

— On s'est mariés le week-end dernier. On a passé quelques nuits à Bar Harbor et ça fait maintenant trois jours qu'on est sur l'île. Cet endroit est tout simplement incroyable. Et attendez de goûter leur cuisine !

— Alors ça, j'en ai entendu parler. Elle a intérêt à être excellente, sinon je ne vais pas être de bonne humeur.

— Ah mince. Je me suis peut-être un peu trop avancée.

Jill avait un physique de top model et des cheveux blond naturel, mais son nez fin et rectiligne était à l'évidence passé sous le bistouri. Elle paraissait réellement soucieuse.

— Je plaisante, dit aussitôt Abigail. Croyez-moi, côté cuisine, il en faut peu pour m'impressionner. Une soirée pizza et je suis heureuse.

Jill sembla soulagée. Abigail lui demanda d'où elle venait et ne fut guère étonnée quand Jill lui répondit qu'elle avait grandi dans le Dakota du Nord. Au-delà de ses grands yeux candides et de sa politesse marquée, elle

* Rite universitaire américain apparu dans les années 1950, consistant pour les garçons à entrer dans les dortoirs des filles pour s'emparer de leurs culottes puis à les exhiber comme des trophées.

avait gardé des traces de son accent monocorde. Jill avait vécu pendant cinq ans à Los Angeles avec le projet de percer comme actrice (“c’est beaucoup plus dur qu’on le croit”, confia-t-elle). Et puis elle avait rencontré Alec, producteur de plusieurs films d’action qui avaient tous bien marché à l’étranger. Jill cita un film en particulier, un thriller d’alpinisme qui venait de sortir sur Netflix, mais Abigail n’en avait pas entendu parler.

— Et la règle du sans écran ? demanda Abigail. Pas trop difficile ?

— Mon Dieu. Les premiers temps, j’ai cru que j’allais craquer, mais ça va mieux maintenant. Je ne sais pas combien de fois par jour j’ai le réflexe de vouloir vérifier mes messages.

— Je crois que je suis impatiente de faire cette expérience. Vivre sans téléphone.

— Ah, mais je suis tout à fait d’accord. C’est génial. Honnêtement, j’ai le sentiment d’avoir vécu plus de choses ces derniers jours que pendant les deux dernières années. Je suis allée nager tous les jours. Ce matin j’ai peint un tableau. Alec et moi sommes tellement… connectés l’un à l’autre. Je n’en reviens toujours pas.

Jill parlait à toute allure, et d’une voix anormalement haut perchée, si bien qu’Abigail finit par se demander s’il s’agissait de sa voix habituelle ou s’il était possible que sa lune de miel soit moins idyllique qu’elle cherchait à le faire croire.

— Vous restez combien de temps ?

— On repart dans cinq jours. Je pense que je vais m’essayer à la voile, même si les eaux profondes me terrifient un peu. Si je veux me débarrasser de cette peur, c’est le moment ou jamais. Vous voyez ce que je veux dire ?

— Très bien, répondit Abigail. Vous êtes très active donc. Et Alec ? À quoi il occupe son temps ?

— Alec est déjà venu ici plusieurs fois, il se contente de se détendre. Il aime faire des randonnées dans les bois, il lit énormément. Toujours des romans qu'il envisage d'adapter évidemment, malgré ça il me soutient qu'il n'est pas en train de travailler.

Le regard de Jill glissa par-dessus l'épaule d'Abigail, qui se retourna. Trois hommes venaient d'entrer dans le pavillon et se dirigeaient lentement vers le bar.

— Il y a beaucoup plus d'hommes que de femmes ici, non ? nota Abigail.

— J'ai remarqué aussi. Ce sont surtout des informaticiens venus de Californie. On les envoie ici pour qu'ils développent leur esprit d'équipe. Au début, je pensais avoir atterri dans un club réservé aux hommes, mais maintenant, je m'y suis faite. Pour ne rien vous cacher, continua-t-elle en se penchant vers Abigail, j'avais plus ou moins rêvé d'une lune de miel sur une plage ensoleillée. Mais on aura d'autres occasions.

— C'est charmant ici, reconnut Abigail, mais ce n'est pas les tropiques.

— Je vous le confirme.

Jill termina son champagne et la framboise roula le long du verre, butant contre ses dents. Elle la saisit du bout du doigt et la mangea. Juste à ce moment, un autre employé du restaurant – une femme cette fois, mais portant une tenue identique à ses collègues – s'avança vers Bruce et lui annonça qu'une table les attendait.

La salle à manger, attenante à la salle principale, et environ moitié moins grande, n'en était pas moins immense avec ses baies du sol au plafond. Un dernier soupçon de clarté dans le ciel laissait distinguer l'étang. La femme accompagna Bruce et Abigail près des fenêtres, alluma la chandelle sur leur table et leur présenta le menu. C'était un repas à quatre plats, avec deux ou trois possibilités pour chaque plat.

— Doux Jésus, dit Abigail.

Elle étudia le menu, puis balaya la salle du regard. La plupart des tables étaient dressées pour deux, mais une longue table commune occupait le centre de la salle. Elle y reconnut plusieurs hommes qu'elle avait vus à l'heure du cocktail. L'atmosphère était incroyablement feutrée et Abigail songea à part elle qu'une petite musique d'ambiance serait la bienvenue. Mais c'était sans doute contraire à l'esthétique du club.

Un serveur arriva – toujours la même tenue –, une barbe noire fournie et ses cheveux longs relevés en un chignon haut. Abigail commanda des tortellinis de homard en entrée, un sorbet à la grenade, puis le saumon grillé. En dessert, elle choisit une crème brûlée à l'orange sanguine. Une fois que Bruce eut commandé, le serveur voulut savoir s'ils désiraient que le sommelier leur présente les grands crus ou s'ils préféraient des accords de vins au verre. D'un regard, Bruce consulta Abigail ; elle haussa les épaules et répondit que la seconde option ferait l'affaire. Le serveur parti, Abigail demanda :

— Combien il y a d'employés pour un client d'après toi ?

— Je ne sais pas exactement.

— Cinq pour un, je dirais, non ?

— J'ai cru comprendre qu'ils attendaient d'autres clients en fin de soirée. À certains moments, le club est vide, et à d'autres moments, il accueille des entreprises pour des séminaires ou carrément des mariages.

— Et donc, quand il n'y a personne, que font les employés ?

— Ils sont rémunérés à l'année : ils touchent le même salaire quel que soit le nombre de clients. Certains mois ils ont beaucoup de travail et le reste du temps, ils peuvent prendre des congés et partir en voyage. C'est ce que Chip m'a expliqué. Ils s'engagent pour deux ans.

— J'ai de la peine pour le sommelier. Je l'imagine assis là-bas derrière, attendant désespérément qu'un client fasse appel à lui.

— Je crois qu'il ne manque pas de travail. Il s'occupe des accords de vins.

— Je sais. Je disais ça comme ça.

Ils restèrent silencieux un moment. Maintenant que la bougie sur leur table était allumée, la vitre leur renvoyait leur reflet. Après une brève hésitation, Abigail demanda :

— Tu n'es pas obligé de me répondre si ma question te gêne, mais combien coûte un séjour ici ?

Bruce arqua légèrement un sourcil et Abigail s'empressa de reprendre :

— Laisse tomber. Oublie ça. Je n'aurais pas dû demander.

— Non, non, dit-il. Ça ne me gêne pas de répondre, j'hésitais simplement parce que c'est un peu compliqué. En tant qu'investisseur initial, je suis copropriétaire de cet endroit et je paye un abonnement à l'année.

— Donc tu peux venir quand bon te semble ?

— Plus ou moins, oui.

— En somme, tu as choisi ce lieu pour notre lune de miel parce que ça te revient moins cher.

— Exactement, répondit-il en souriant.

On leur servit les entrées : tortellinis pour Abigail et tartare de bœuf pour Bruce.

— Par curiosité, combien on paye quand on n'est pas copropriétaire ?

— Je ne vais pas te répondre, dit-il. Ça risquerait de te gâcher le dîner.

— Tu me le diras après.

— D'accord.

Il sourit, et Abigail eut la quasi-certitude qu'il n'en ferait rien.

Elle coupa un petit morceau de son tortellini agrémenté de lamelles de truffe noire et en prit une bouchée. Sa conclusion ne se fit pas attendre : c'était la meilleure chose qu'elle eût jamais goûtée.

Après le dîner, Bruce et Abigail retournèrent dans la salle principale, le ventre lourd, mais les paupières plus encore. Il y avait quelques hommes autour du bar.

— Un dernier verre ? proposa Bruce.

— Mon Dieu, non, répondit Abigail. Mais vas-y, toi.

— Je vais peut-être commander un whiskey et demander à ce qu'on me l'apporte en chambre. Tu es sûre que tu ne veux rien ? Un Baileys ?

— Non, merci, ça va.

Abigail se tenait au centre de la salle, juste sous le lustre, qui lui semblait soudain beaucoup moins lumineux. Peut-être les bougies avaient-elles fondu ? Ou qu'il ne s'agissait pas de vraies chandelles, seulement d'une illusion élaborée ? Elle leva la tête pour vérifier, mais sans ses lunettes, le lustre lui apparaissait flou. La sensation d'irréalité qu'elle éprouvait périodiquement depuis sa rencontre avec Bruce l'assaillit de nouveau, doublée d'un sentiment de vide. D'un côté, il y avait cette débauche de luxe, et de l'autre, cette impression persistante que Bruce restait un inconnu. Et puis autre chose : la vacuité de cet endroit ; il lui faisait penser à un décor de théâtre peuplé d'échos.

Elle regarda Bruce, qui attendait au bar pour commander. Sa vue se troubla considérablement, signe d'une grosse fatigue – et d'une légère ivresse. Elle entendit un bruit de pas, résonnant sur la pierre, puis assourdi, puis résonnant de nouveau : quelqu'un se déplaçait sur l'un des tapis. Comprenant que les pas approchaient dans sa direction, elle se retourna, pensant voir Jill ou Alec, ou un énième employé venu lui proposer un digestif.

Mais ce n'était ni Jill, ni Alec, ni un quelconque employé. C'était Scottie, l'homme de Californie, un sourire hésitant sur les lèvres.

Abigail sentit ses jambes faiblir et crut l'espace d'une seconde qu'elle allait s'évanouir au milieu de la salle.

Scottie s'arrêta, mais il dut la voir blêmir, car il s'avança aussitôt afin de la rattraper.

Abigail leva la main in extremis pour l'en empêcher et se ressaisit.

— Qu'est-ce que tu fous ici ?

— Chut.

— Arrête. Qu'est-ce que tu fabriques ici ? Je suis en lune de miel, merde.

— J'ai reçu ton e-mail, je suis désolé. Tu m'as peut-être dit la vérité, mais je ne te crois pas. Je veux juste que tu m'accordes une heure de ton temps.

Abigail jeta un œil vers le bar. Bruce discutait avec le barman.

— Je suis sérieuse, il faut que tu t'en ailles.

— Descends à l'étang demain matin, de bonne heure. Je t'y attendrai. S'il te plaît.

Abigail se détourna de Scottie et se dirigea vers le bar, les jambes cotonneuses. S'approchant derrière Bruce, elle posa sa main dans le creux de son dos.

— Tiens, salut, dit-il.

— Tu peux me commander un whiskey, Bruce ? demanda-t-elle d'une voix qui lui parut tremblante. J'ai changé d'avis.

12

DÈS QU'ELLE VIT les premières lueurs de l'aube filtrer derrière les rideaux tirés, Abigail sortit du lit, enfila un pull par-dessus son pyjama et ouvrit discrètement la porte-fenêtre donnant sur la terrasse. Elle sortit dans la brume froide du matin et porta son regard du côté de l'étang ; Scottie – ou quel que soit son nom – était-il déjà là-bas en train de l'attendre ?

Elle avait décidé qu'elle n'irait pas au rendez-vous. Si elle avait pu être assez ferme pour le convaincre de la laisser tranquille, de quitter l'île et de ne plus jamais la contacter, elle y serait allée. Mais au fond d'elle, elle savait que si elle acceptait de le rencontrer en tête-à-tête, cela ne ferait que l'encourager. Ça pouvait même se révéler dangereux. Il l'avait traquée à travers tout le pays, était probablement venu à son mariage, et voilà qu'aujourd'hui il débarquait en pleine lune de miel. De quoi d'autre était-il capable ?

Abigail n'avait pas fermé l'œil de la nuit. Tandis qu'elle et Bruce regagnaient leur bungalow, munis chacun d'une lanterne électrique, elle avait eu une montée d'angoisse en repensant à l'apparition de Scottie dans le couloir du grand pavillon.

— Il fait froid, avait-elle bredouillé.

Les lanternes creusaient de petites poches de lumière dans la noirceur de la nuit. Elle n'avait jamais vu un ciel si étoilé. Bruce répondit :

— Pas tant que ça.

Elle attendait le moment où il l'interrogerait sur l'homme qui lui avait parlé au grand pavillon. Mais peut-être n'avait-il rien vu de leur échange. Après tout, il n'avait duré qu'une trentaine de secondes.

Une fois rentrés, Bruce l'observa quelques instants.

— C'est vrai que tu as froid. Tu grelottes.

Il la serra contre lui, et la sensation de ses bras autour d'elle, la proximité de son corps chaud, était irrésistible. Quand il voulut la relâcher, elle s'accrocha plus fort, enfouissant son visage contre sa poitrine.

— Je t'aime tellement. Et cet endroit est si extraordinaire. Merci de m'avoir amenée ici.

Il déposa un baiser au milieu de son front, à la limite de ses cheveux. Elle frissonna.

— Il faut que je fasse pipi, dit-elle avant d'entrer dans la salle de bains.

La porte aussitôt fermée, elle se posta devant le miroir, les mains sur le plan en marbre, et inspira profondément. Secouée d'un haut-le-cœur, elle se pencha au-dessus du lavabo, persuadée qu'elle allait vomir, mais rien.

Il m'a suivie jusqu'ici.

Sur le lieu de ma lune de miel.

Elle se demanda comment il avait pu savoir qu'ils viendraient ici, puis se souvint que l'annonce du mariage dans le *Times* précisait : “Les mariés partiront en voyage de noces sur l’île de Heart Pond, au large de la côte du Maine, juste après la réception.” Était-ce aussi par ce biais qu’il avait découvert son véritable nom ? Que savait-il d’autre sur son compte ? Et qu’espérait-il en venant ici ?

Abigail se rappela l’odeur de cigarette à la fin de la réception. L’avait-il pistée jusqu’ici depuis ce week-end en Californie ? Elle serra les poings, avant de les relâcher pour diminuer la pression dans sa poitrine.

À son entrée au collège, l’écrasante quantité de matières, de devoirs et d’interrogations écrites l’avait plongée dans une période de très grande anxiété. Elle subissait également le poids des rumeurs qui s’étaient mises à circuler à cause de Kaitlyn Austin, son ennemie jurée, après la programmation de *L’Éveil du printemps* au théâtre de Boxgrove. Pendant quelque temps Abigail avait consulté un psy, qui ne s’intéressait qu’à ses souvenirs d’enfance. Un jour, son père s’était donc assis avec elle et lui avait fourni quelques conseils très utiles pour gérer le stress. Elle devait dresser la liste de ses problèmes, puis les régler l’un après l’autre – si certains étaient trop compliqués, il suffisait de les décomposer en petites parties. Ça l’avait aidée, dans une certaine mesure, mais elle continuait de passer des nuits blanches à se ronger les sangs dans son lit. Alors son père lui avait enseigné un autre procédé consistant à les reformuler sous forme de questions.

C’est ce qu’elle se préparait à faire ce soir-là dans la salle de bains : concocter une stratégie pour affronter son problème immédiat. Elle commençait à se détendre quand elle entendit des bruits dans la chambre, puis des bribes de voix, et son estomac se glaça à nouveau.

Et si Scottie était venu frapper à leur porte pour s'expliquer avec Bruce ?

Prenant son courage à deux mains, Abigail entrebâilla la porte et aperçut Paul – l'homme qu'elle ne pouvait s'empêcher de voir comme leur “majordome”. Il déposa un plateau sur la table basse devant le feu, puis s'éclipsa rapidement après que Bruce l'eut remercié. Abigail se résolut à repousser ses réflexions à plus tard. Elle attendrait que Bruce soit endormi.

Sur le plateau étaient posés une carafe en verre taillé, remplie à moitié de whiskey, un seau de glace, et dans une petite assiette, quatre cookies qui ressemblaient à s'y méprendre à des Oreo, si ce n'est qu'ils étaient tout chauds.

— Des Oreo maison, annonça Bruce. Le chef les a préparés spécialement pour toi.

— Doux Jésus, dit-elle.

Mais l'idée d'en mettre un dans sa bouche lui donna de nouveau la nausée et elle songea qu'il faudrait un miracle pour qu'elle ne vomisse pas dans la nuit.

Allongé sur le canapé, Bruce s'était déjà versé un whiskey.

— Sers-toi, proposa-t-il, sans qu'elle sache s'il parlait de l'alcool ou des biscuits.

— Merci, mais je crois que j'ai trop mangé ce soir, je suis un peu barbouillée. Je vais aller me coucher.

— D'accord. Ça t'ennuie si je reste boire ici un moment ?

— Pas du tout. Demain soir, je ne prendrai pas les quatre plats. Je ne me sens pas très bien.

Elle se mit en pyjama, puis se brossa les dents face au miroir. Était-elle la seule à lire la culpabilité sur son visage ou Bruce avait-il décelé la panique dans ses yeux ? Elle se rinça la bouche puis observa son reflet. Abigail avait toujours été naturellement pâle, mais ce soir, elle était d'une blancheur crayeuse, presque maladive. Elle se pinça les joues pour y ramener un peu de couleur, à la façon des héroïnes de romances historiques anglaises qui cherchaient à s'embellir.

Elle passa directement de la salle de bains au lit. Les draps étaient ouverts mais Abigail les défit un peu au pied – elle n'aimait pas qu'ils soient trop serrés. Ses yeux tombèrent sur l'affiche de *Piège à minuit* – le visage de Doris Day derrière une forme géométrique en colimaçon à la Saul Bass – et Abigail essaya de retrouver la joie qu'elle avait éprouvée quelques heures plus tôt en la découvrant. Mais la joie s'était envolée. Quand elle se glissa sous les couvertures, son pyjama crépitant au contact des draps en flanelle, elle sentit les larmes lui monter aux yeux. Cette affiche était véritablement l'un des plus beaux cadeaux qu'on lui eût jamais offerts. Encore une fois, Bruce lui avait rappelé son père par sa bienveillance et ses attentions. Elle ne pouvait supporter l'idée de lui faire du mal.

Bruce était toujours au coin du feu avec son verre. Tant mieux. Elle n'avait pas la tête à faire l'amour. Comme à son habitude, Abigail s'allongea sur le ventre, enfonça son visage dans l'oreiller un peu trop ferme, et feignit de s'endormir.

D'après elle, il y avait deux théories possibles. La première : Scottie croyait que leur rencontre en Californie était un signe du destin et il voulait qu'elle lui accorde une chance de l'en convaincre. Pourquoi lui demander ça maintenant, pendant son voyage de noces, c'était une autre question ; mais dans ce cas Scottie était relativement sain d'esprit et agissait juste par élan amoureux. Dès lors, elle avait un espoir, aussi mince fût-il, de lui ôter ses illusions pour qu'il la laisse tranquille. Seconde théorie – la plus probable : Scottie était malade, peut-être même sujet à des bouffées délirantes ; essayer de le raisonner ne suffirait pas. La solution la plus sage et la plus sûre eût été d'en parler sans plus tarder à Bruce, d'alerter les autorités (d'ailleurs où étaient les autorités les plus proches ?) et d'implorer la clémence de son mari. Deux options s'offraient à elle. Elle pouvait tout avouer à Bruce : elle avait couché avec cet homme en Californie, elle était saoule et l'avait regretté dès le lendemain matin. Elle lui demanderait pardon. Mais elle savait que cet aveu signerait la fin de leur mariage. Bruce en voulait tellement à sa mère pour ses infidélités répétées qu'Abigail n'avait aucune chance d'obtenir son pardon. L'autre option, évidemment, était de ne lui dire qu'une partie de la vérité. Elle avait rencontré cet homme le soir de son enterrement de vie de jeune fille, avait trop bu et peut-être un peu flirté avec lui. Quand il avait essayé de l'embrasser, elle l'avait repoussé, mais sans doute pas de manière assez ferme. Et maintenant il la harcelait. Bien sûr, Scottie raconterait sa version, mais ce serait sa parole contre la sienne. Il n'avait aucun moyen de prouver qu'ils avaient couché ensemble.

Aux yeux d'Abigail, cette seconde option, qu'elle appelait "vérité partielle", était la meilleure, au prix cependant de nombreux mensonges. Bizarrement, elle n'avait pas le sentiment d'avoir menti à Bruce jusqu'ici. Elle l'avait trompé, certes, mais après tout, il ne lui avait pas demandé mot pour mot si elle lui avait été infidèle depuis leur rencontre. Enfin, si, au cours du déjeuner dans ce petit restaurant mexicain de Manhattan. Il lui semblait avoir répondu que non. À moins qu'elle ait simplement éludé la question par une pirouette ? De toutes les façons, si elle optait pour la "vérité partielle",

elle devrait nécessairement lui mentir. Or, elle était très mauvaise menteuse, et c'était une bien piètre manière de démarrer leur vie de couple. Et puis Bruce croirait-il vraiment que cet homme soit capable de la traquer à travers le pays après avoir simplement échangé quelques mots avec elle dans un vignoble ?

Elle écouta Bruce entrer dans la salle de bains, se brosser les dents, puis ressortir. Il se déplaçait en silence, et Abigail espérait y voir le signe qu'il n'essaierait pas de la réveiller. Mais une fois allongé à ses côtés, il posa doucement sa main dans le creux de son dos et entama une suite de mouvements circulaires avec son pouce. Abigail bougea un peu, marmonna dans son oreiller, puis murmura un "bonne nuit, chéri" d'une voix qu'elle voulait ensommeillée.

— Bonne nuit, répondit-il, mais il glissa tout de même sa main au-dessus de sa fesse.

— J'ai sommeil, répéta-t-elle d'une voix étouffée par l'oreiller, et il retira sa main.

Elle se força à rester immobile, essayant de respirer comme elle imaginait le faire pendant son sommeil.

Au bout d'un long moment, Bruce avait fini par se retourner et n'avait pas tardé à ronfler.

Ce matin-là sur la terrasse, après sa nuit blanche, Abigail réalisa qu'elle n'avait toujours pas décidé quelle stratégie adopter. Elle ne s'était pas rendue à l'étang, au cas où la théorie du "harceleur psychotique" se confirmerait. Elle savait que tôt ou tard, elle devrait discuter avec Scottie, mais elle espérait que ce serait à l'insu de Bruce. Elle lui ferait comprendre une bonne fois pour toutes qu'il ne l'intéressait absolument pas, et s'il ne la croyait pas ou qu'il refusait de partir, alors elle irait confesser sa faute à Bruce. Elle ne savait pas encore si elle lui avouerait toute la vérité ou seulement une partie ; elle verrait cela plus tard. Quoi qu'elle décidât, cela la rendait malade, et pas uniquement en raison des conséquences sur son mariage. Elle était consciente de la peine immense qu'elle causerait à Bruce. "Dans le doute, dis la vérité", lui répétait souvent sa mère, et Abigail savait que le moment venu, c'était ce qu'elle ferait. Elle avait pris sa décision et maintenant, elle n'avait plus le choix.

Un cri étrange et chevrotant lui parvint depuis l'étang, suivi d'un autre, identique. Elle supposa qu'il s'agissait de plongeons huards, bien qu'elle n'en eût jamais croisé auparavant. Elle se rappelait cependant avoir lu quelque chose au sujet de leurs cris sinistres. Elle scruta la petite partie d'étang qu'elle apercevait au loin. La surface du plan d'eau miroitait sous les premières lueurs du jour et la brume s'y dissipait.

La porte-fenêtre s'ouvrit et Bruce sortit sur la terrasse.

— Tu es matinale, dit-il.

— Pas pour longtemps, répondit-elle. Je vais sûrement me recoucher. Tu as entendu les huards ?

— Non.

— Je pense que c'en étaient. Soit ça, soit l'étang est hanté.

— Tu as prévu quoi pour le petit déjeuner ?

— Est-ce qu'on peut nous l'apporter ici ? Œufs brouillés sur toasts ?

— Ça m'a l'air parfait. Tiens, c'en est un ?

Un oiseau venait de pousser un nouveau cri.

— Oui, dit-elle, et l'espace d'un instant, elle faillit se retourner et tout lui avouer, mais elle ne put s'y résoudre.

Elle savait qu'aussitôt les mots prononcés, leur vie changerait de manière inéluctable. Elle ne voulait pas perdre Bruce, et elle ne voulait pas non plus le faire souffrir.

— Je vais commander le petit déjeuner, dit-il, et il rentra dans la chambre en refermant la porte derrière lui.

13

Après le petit déjeuner, Abigail demanda à Bruce s'il voulait l'accompagner à la piscine.

— J'aimerais plutôt aller me promener sur l'île, répondit-il.

— D'accord. On se retrouve pour le déjeuner alors ?

— OK. Si on ne se croise pas avant, rendez-vous vers une heure au grand pavillon ?

Abigail acquiesça. Elle trouvait un peu étrange d'être séparés, mais d'un autre côté, elle était heureuse d'avoir un moment pour elle. Ce serait l'occasion de croiser Scottie afin qu'ils discutent.

Elle avait emporté un maillot une pièce rouge foncé et un bikini mais choisit de mettre le premier. Elle ignorait à quoi ressemblait la piscine couverte. Pourvu qu'il y ait des couloirs de nage : se dépenser un peu ne lui ferait pas de mal.

Elle enfila un jean et un pull par-dessus son maillot, embrassa Bruce, puis parcourut la pelouse en direction du grand pavillon. Elle se sentait exposée aux regards, épiée par les yeux vides des dortoirs. Elle vit au loin un homme sortir du pavillon et partir en direction de l'étang, et pendant quelques secondes angoissantes, elle crut qu'il s'agissait de Scottie. Mais quand il tourna la tête, elle vit que sa barbe était blanche. Ce n'était pas lui.

Aux dires de Bruce, la piscine et le spa se trouvaient à la lisière des bois, juste après le pavillon, mais elle voulait d'abord essayer de glaner quelques informations sur son harceleur. Le fait qu'il connaisse son identité alors qu'elle n'avait aucune idée de la sienne l'agaçait. Elle poussa la porte du pavillon – une odeur caractéristique de pain frais lui parvint du restaurant – et chercha du regard le comptoir d'accueil. Elle s'apprêtait à prendre la direction de la salle à manger quand un des employés – *une* employée à vrai dire, la femme qui les avait placés la veille – traversa rapidement le hall pour venir à sa rencontre.

— Bonjour, madame Lamb. En quoi puis-je vous aider ?

— En fait, j'avais une… comment vous appelez-vous ?

— Mellie.

— Merci, Mellie. Je me demandais si vous pouviez me rendre un service. J'ai aperçu hier soir une personne que je connais, mais je n'arrive pas à me souvenir de son nom.

— Savez-vous quel dortoir elle occupe ?

— Non, désolée. Mais je peux vous la décrire.

— S'il vous plaît, oui.

Abigail prit un moment pour réfléchir.

— C'est un homme, brun, barbu, les yeux bleus. Hier soir il portait un jean noir ou bleu très foncé et un pull à col roulé.

Mellie sourit.

— Scott Baumgart, répondit-elle.

— Oh, fit Abigail, son visage trahissant certainement sa surprise.

— Ce n'est pas lui ? demanda Mellie.

— Si, c'est bien ça. Scott…

— Il est arrivé hier dans la soirée.

— Merci, Mellie.

— De rien, madame Lamb.

— Appelez-moi Abigail.

Elle n'avait pas encore pris officiellement le nom de Bruce, en dépit de l'importance qu'il y attachait. Il n'empêche, elle trouvait étrange de s'entendre appelée "madame", et d'autant plus "madame Lamb".

— Pas de problème, Abigail. Autre chose ?

— Je comptais aller à la piscine.

— Quelle chance. Vous savez comment vous y rendre ?

— Je crois, oui. Il faut ressortir et prendre la direction des bois.

— Oui, mais je peux vous montrer un raccourci, si vous voulez.

Abigail accepta et suivit Mellie derrière le bar dans une partie du bâtiment qui semblait réservée au personnel. Contre le mur étaient empilées des chaises et des caisses de vin, des rails de néon couraient le long du plafond. Elles descendirent un escalier en ciment, Mellie avançant d'un pas rapide. Abigail se demanda si c'était une bonne ou une mauvaise chose pour Mellie d'être coincée sur cette île au milieu d'autant de collègues masculins. Elles cheminèrent ensuite dans un couloir mal éclairé qui vira brusquement vers la droite, puis dans un tunnel encore plus sombre taillé à même la roche, au plafond beaucoup plus bas et voûté.

— Ouah, fit Abigail.

Mellie se retourna en souriant.

— C'est un passage secret, alors ne dites à personne que je vous l'ai montré.

Au bout du tunnel, long d'une cinquantaine de mètres, Abigail sentit l'odeur du chlore, et l'air se fit plus chaud et plus humide. Les deux femmes franchirent une double porte vitrée et pénétrèrent dans un autre couloir, également taillé dans la pierre, mais plus luxueux, et doté d'un éclairage moins agressif et d'un plafond plus haut.

Mellie lui indiqua la gauche.

— Il y a un vestiaire un peu plus loin. Vous trouverez tout à l'intérieur.

— Merci, Mellie.

Abigail s'engagea dans le couloir, puis franchit une autre porte en verre avec un F peint au pochoir. La pièce tenait plus du spa que du vestiaire. Les murs étaient en pierre et le mobilier en bois blond. Elle trouva un casier où accrocher ses affaires et se mit en maillot. Sans trop de surprise, elle constata qu'elle était seule, et l'espace d'un instant, elle aurait tout donné pour être dans un autre endroit, un club de vacances avec plein de femmes et d'enfants. Tout était trop calme ici, au point d'en devenir angoissant, et elle n'arrêtait pas de penser à son harceleur. Il était impossible que Scott Baumgart fût son vrai nom, et elle se demanda comment il s'était débrouillé pour le faire croire. Avait-il payé en liquide ? Ou utilisé son vrai nom pour réserver, puis demandé au personnel de l'appeler autrement ? Il pouvait bien sûr se prénommer réellement Scott, mais c'était très peu probable. C'était elle qui lui avait trouvé ce prénom – Scottie – la nuit où ils avaient couché ensemble. Elle en était certaine. Il l'avait rebaptisée Madeleine et elle avait aussitôt choisi Scottie. À cause de *Sueurs froides*. C'était pour cela qu'elle s'en était souvenue. S'il s'était vraiment prénommé Scott, il le lui aurait dit. Non ?

Elle entendit un bruit au loin, comme une porte qui se ferme. Laissant ses affaires dans le casier, elle partit en quête de serviettes, en trouva une pile bien rangée près de la sortie, ainsi que des bonnets de bain et une paire de lunettes emballée dans un sachet plastique. Elle se servit, puis se dirigea vers la piscine, en espérant qu'elle n'y serait pas seule. Le calme de cet endroit commençait à l'agacer.

La piscine comportait apparemment deux bassins, dont un classique avec huit couloirs de nage. Abigail constata avec soulagement que l'un des couloirs était occupé. Par un homme, mais elle sut tout de suite que ce n'était pas Scottie. Le nageur, qui fendait vigoureusement l'eau, avait la peau foncée. Il lui semblait l'avoir aperçu la veille au soir – il lui était resté en mémoire car c'était l'une des rares personnes de couleur, client ou employé. Le dernier couloir du bassin se prolongeait par une sorte de tunnel en courbe qui passait sous une arche construite dans le mur de pierre. Abigail le longea pour voir où il allait et découvrit le second bassin, destiné à la détente et imitant une grotte souterraine, avec de la végétation ici et là, des rochers émergeant de l'eau, et même une petite cascade. C'était magnifique, et Abigail ressentit soudain une pointe de colère contre Scottie : il l'empêchait de savourer pleinement ce moment.

Alors qu'elle se tenait au bord du bassin, hésitant entre faire quelques longueurs ou aller se détendre dans la grotte, la porte en face du vestiaire des femmes s'ouvrit et un employé entra. Il vint vers elle et lui demanda si elle souhaitait boire quelque chose. Un smoothie ? Un cocktail tropical ? Abigail fut tentée de commander un Bloody Mary, mais elle déclina la proposition, et l'employé – un certain Brad – lui indiqua un bouton sur lequel elle pouvait appuyer si elle changeait d'avis.

Une fois Brad parti, Abigail entra dans l'eau, mit son bonnet et ses lunettes, puis se lança dans un crawl laborieux et malhabile qui la tirait sans cesse vers la gauche. Tout en nageant, elle s'efforçait de se vider l'esprit, mais rien n'y faisait. Bien qu'elle eût décidé plus tôt ce matin-là qu'elle raconterait à Bruce une version de la vérité si elle échouait à convaincre Scottie de la laisser tranquille, elle se demanda s'il n'était finalement pas plus judicieux de mentir dès le départ. Scottie était en train de foutre le bordel dans sa vie. Il semblait logique qu'elle se protège… Elle s'imagina expliquer à Bruce, au cours du déjeuner par exemple :

Je ne t'en ai pas parlé hier soir, parce que je ne voulais pas que tu t'affoles, mais il y a un mec ici… Je l'ai rencontré en Californie. Un vrai pot de colle. Il n'arrêtait pas de me demander si j'étais sûre de vouloir me marier. J'ai peut-être parlé trop longtemps avec lui, toujours est-il qu'il est là. Il doit faire une fixation sur moi. Je ne t'ai rien dit hier soir, parce que je ne voulais pas gâcher le moment, mais je pense que tu dois être au courant.

Ensuite elle fondrait en larmes. Abigail imagina alors que Bruce déciderait de prendre les choses en main et qu'il ferait chasser Scottie de l'île. À coup sûr, Scottie essaierait de raconter sa version de l'histoire, mais Bruce la croirait, elle. Forcément… Dans ces conditions, mentir était peut-être le mieux à faire pour tout le monde. Et la meilleure manière d'épargner Bruce…

Son bras retomba sur la ligne d'eau – une fois de plus elle avait dérivé vers la gauche. Elle sortit la tête pour reprendre son souffle. La température de l'eau était parfaite ; elle se serait crue à Woodhouse Pond, son lieu de baignade favori près de Boxgrove. Le nageur avait disparu. Peut-être avait-il gagné la grotte en suivant le tunnel. Elle décida de l'imiter, mais pas avant de s'être épuisée un peu plus. Qui sait ? Peut-être qu'une fois dans la grotte elle appuierait sur ce bouton et se commanderait un Bloody Mary... Et pourquoi pas tout un pichet ? Elle accéléra le rythme, et pour la première fois depuis qu'elle s'était levée, elle se sentit bien. Même si elle avait couché avec lui en Californie, ça ne donnait absolument pas le droit à cet inconnu de traverser le pays pour foutre son mariage en l'air. Ça faisait du bien de laisser éclater sa colère, elle se sentit regonflée et envisagea presque d'aller voir Bruce séance tenante pour lui dire la vérité – la version partielle, toujours. Elle voulait mettre cette histoire derrière elle pour pouvoir débuter sa vie de couple sur de bonnes bases. Au lieu de cela, elle traversa les couloirs du bassin puis continua à la brasse sous le tunnel, dépassant la végétation pour déboucher dans la grotte. Des projecteurs éclairaient l'eau par le fond et faisaient scintiller le plafond en dôme, qui rappelait un planétarium.

L'homme était assis près de la cascade, qui coulait doucement, la tête appuyée sur le rebord du bassin carrelé, ses longs bras musclés reposant de part et d'autre. Il semblait essoufflé, mais il lui adressa un signe de tête en la voyant arriver.

— Je vais me commander quelque chose à boire, lui dit-elle. Vous voulez quelque chose ?

— Qu'est-ce que vous prenez ? répondit-il avec un sourire.

Il n'avait pas l'accent américain. Elle le supposa anglais, même si une légère inflexion pouvait faire penser aux Caraïbes.

— J'hésite entre quelque chose de sain, comme un smoothie, et le Bloody Mary, alors je crois que je vais commander les deux.

— Eh bien, je ne peux pas vous laisser boire seule. Je vais prendre un Greyhound.

— Qu'est-ce que c'est ? demanda-t-elle.

— Vodka et jus de pamplemousse. Commandez-en deux. Ça vous fera trois verres.

Abigail sortit du bassin et marcha, dégoulinante, jusqu'au bouton d'appel. À peine l'avait-elle pressé que Brad apparut – à croire qu'il attendait juste derrière la porte.

— Pourrait-on avoir quelque chose à boire ? demanda-t-elle avant de passer sa commande.

L'homme se nommait Porter, et s'avéra originaire des Bermudes. Une fois servis, Abigail lui expliqua qu'elle était en lune de miel avec son mari Bruce ; lui était venu avec un petit groupe de cadres d'une compagnie d'assurances. Ses collègues étaient allés naviguer sur l'étang.

— Ce n'est pas votre truc ? demanda-t-elle.

— J'ai passé mon enfance sur des voiliers, répondit-il, et je n'avais pas envie de voir mes collègues à la peine. Et puis je suis venu ici il y a quelques jours et il n'était pas question que je reparte sans m'accorder un autre plongeon dans cette piscine.

— Dites-moi, l'endroit était aussi calme à votre arrivée ?

Il but une longue gorgée de son cocktail, et un peu du sel sur le bord du verre s'accrocha à sa lèvre supérieure.

— Depuis quand êtes-vous là ? Hier soir, vous m'avez dit… Eh bien, il y avait un groupe assez nombreux qui est parti hier matin, mais effectivement, depuis, c'est calme. Vraiment très calme.

Abigail avait fini son Bloody Mary, bu quelques gorgées de son Greyhound et la moitié de son smoothie. Elle était un peu éméchée et avait envie de faire pipi. Mais c'était tellement agréable de se prélasser dans cette piscine en bavardant avec un inconnu, et de ne plus penser aux questions qui l'obsédaient. Elle s'apprêtait à dire à Porter qu'elle devait s'absenter quelques minutes pour se rendre au vestiaire quand la porte s'ouvrit en silence. Abigail sentit un courant d'air frais traverser la grotte. Elle s'attendait à voir le serveur, mais il s'agissait de Scottie, vêtu d'un jean et d'une veste à capuche. Elle devina que c'était lui à la manière dont il avançait à grandes enjambées le long du bassin.

— Bonjour, Abigail, dit-il.

Comme elle ne réagissait pas, Porter lança, pour rompre le silence qui s'installait :

— Bonjour. Vous devez être Bruce. Enchanté de faire votre connaissance.

— Non, je ne suis pas Bruce, répondit Scottie.

— Rappelez-moi votre nom ? dit Abigail d'un ton vif, et il lui renvoya un regard presque meurtri.

— Scott Baumgart, dit-il en s'accroupissant pour serrer la main de Porter.

— Scott et moi nous sommes rencontrés lors de mon week-end d'enterrement de vie de jeune fille, expliqua Abigail. Et par le plus grand des hasards, voilà que je retombe sur lui ici. Le monde est petit.

— Sacrée coïncidence, commenta Porter. (Il tendit ses mains devant lui et regarda le bout de ses doigts.) Bon, j'ai la peau toute fripée. Il est temps que j'aille me mettre au sec.

Abigail ne savait pas s'il souhaitait réellement sortir de l'eau ou s'il avait perçu l'étrange tension entre elle et Scottie.

— Ravie de vous avoir rencontré, Porter, dit-elle avant de se tourner vers Scottie et d'ajouter : J'aimerais beaucoup qu'on discute quelques minutes. On peut se retrouver à l'extérieur des vestiaires ?

Hors de question de rester seule avec lui ici, elle dans le bassin en maillot de bain, lui se dressant au-dessus d'elle sur le bord, tout habillé.

— Bien sûr, répondit-il.

Elle monta les marches en pierre derrière Porter et sortit de la piscine, puis se dirigea droit vers les vestiaires sans regarder Scottie.

Tranquillement, elle se doucha puis s'habilla. Un pichet d'eau fraîche avait été mis à disposition des clients et elle s'en versa deux grands verres. À l'extérieur du vestiaire, trois directions s'offraient à elle : l'une menait aux bassins, une autre au pavillon – par le raccourci qu'elle avait emprunté ; en toute logique, la dernière permettait donc de ressortir par l'entrée du rez-de-chaussée. C'était sans doute là-bas que Scottie l'attendrait. Abigail s'accorda un moment pour analyser son problème. Elle devait garder à l'esprit qu'à leur première rencontre, Scottie lui avait fait l'effet d'un mec bien. Il était attentionné, lui avait parlé de son mariage malheureux, de son chien qu'il adorait, de l'affection que ses parents avaient pour sa femme. Ce n'était pas un monstre mais un être humain. Elle devait essayer de faire appel à sa part d'humanité. Lui dire qu'elle était désolée qu'il ait fait tout ce chemin, mais qu'elle aimait Bruce et qu'elle désirait que leur mariage marche. Lui demander gentiment de partir.

Et si ça ne suffisait pas ? Eh bien, dans ce cas, elle n'hésiterait pas à vider son sac et lui conseillerait de foutre le camp de cette île avant qu'elle n'alerte les autorités. Elle lui dirait qu'en ce qui la concernait, il ne s'était rien passé entre eux en Californie, et que Bruce la croirait. Elle devait néanmoins s'y préparer.

Les portes franchies, elle parvint au pied d'un escalier qui la mena dans un espace d'accueil – là encore, il n'y avait pas l'ombre d'un comptoir ni d'un bureau, juste un employé qui restait planté là. Comme dans le vestiaire, le bois clair prédominait ; l'un des murs était recouvert de succulentes, et sur l'autre, de l'eau coulait en continu.

Assis sur une chaise longue blanche, sous une haute fenêtre qui laissait voir les bois sombres entourant le bâtiment, Scottie attendait. Comme elle ne voulait pas discuter à l'intérieur, elle marcha vers la porte et sortit dans l'air frais.

14

Derrière le bâtiment, un chemin de dalles menait jusqu'à un banc en bois, en face d'un bosquet de bouleaux. Abigail s'y assit et Scottie s'installa à côté d'elle.

— Tu t'es trouvé un nouvel ami ?

Abigail resta un instant interdite, avant de comprendre qu'il parlait de Porter, l'homme de la piscine.

— Oui, répondit-elle.

Il l'agaçait déjà. Peut-être valait-il mieux faire l'impasse sur sa première option : appréhender Scottie comme un mec bien.

— C'est quel type d'ami ? demanda-t-il en entrouvrant sa veste.

Elle vit qu'il portait encore une chemise en flanelle, possiblement la même que le jour de leur rencontre en Californie. En le regardant aujourd'hui, elle se demandait comment elle avait pu le trouver attirant. Il était beau garçon, mince et nerveux, mais il avait la peau trop orange des habitués des cabines de bronzage. Et puis il était bien trop impétueux, même dans sa posture : assis là, inclinant la tête, ses doigts – dont trois portaient une bague – tapotant nerveusement ses genoux comme s'il s'apprêtait à lui bondir dessus.

— “Quel type d'ami”? répéta-t-elle. Eh bien, si tu étais arrivé cinq minutes plus tôt, tu nous aurais trouvés en train de faire l'amour dans la piscine.

Il eut un léger mouvement de recul et elle décida finalement d'essayer de le convaincre.

— Je plaisante, dit-elle. Je l'ai rencontré ce matin. Écoute, il faut qu'on discute de nous et de ce que tu es venu faire ici. Tu réalises que c'est de la folie?

— Je sais que c'est de la folie, oui, mais je sais aussi que ce qui s'est passé entre nous était spécial. C'était la plus belle nuit de ma vie, Abigail.

— Avant d'aller plus loin, j'ai besoin de connaître ton véritable prénom. Toi tu connais le mien. Ce n'est pas équitable.

— Je m'appelle Scott, mais tu peux continuer à m'appeler Scottie si tu veux.

Il cligna des yeux à deux reprises. Abigail se demanda s'il mentait.

— Ça, c'est le prénom que je t'avais donné pour la soirée.

— Je sais, mais tu avais deviné mon vrai prénom. Je suppose que tu l'avais choisi parce que je t'avais rebaptisée Madeleine. Sur le moment je n'ai pas fait le rapprochement, mais je crois que j'ai choisi ce prénom à cause de *Sueurs froides*. Peut-être qu'inconsciemment je me retrouvais dans le personnage du film. Et toi tu as saisi la perche. C'est à ce moment que j'ai compris que nous étions faits l'un pour l'autre.

— Je pense plutôt que c'était un pur hasard, rétorqua Abigail.

— Tu ne crois pas vraiment à ce que tu dis… le hasard n'existe pas.

— Je crois au contraire que tout arrive par hasard. Désolée mais c'est la vérité. (Il allait l'interrompre, mais elle poursuivit :) Tu veux bien m'écouter jusqu'au bout ? Laisse-moi parler sans me couper.

— D'accord.

— Ce qui s'est passé entre nous en Californie était une énorme erreur. J'avais beaucoup trop bu et ça n'aurait jamais dû se produire. Ça ne veut pas dire que je ne te trouve pas attirant, et que, si j'étais libre, je ne pourrais pas envisager d'aller plus loin avec toi. Mais je ne suis pas libre. J'aime mon mari, et à l'heure qu'il est, préserver mon couple est la chose la plus importante dans ma vie. Alors je te demande… non, je te supplie, Scottie, d'oublier cette histoire. On a passé un bon moment, mais ça s'arrête là. Nous ne serons *jamais* ensemble. Ça ne se fera pas, et encore moins si tu t'avises de mettre mon mariage en danger. C'est clair ?

Il secouait doucement la tête depuis un moment.

— Très clair, dit-il finalement. Mais je ne te crois pas.

— Qu'est-ce que tu ne crois pas ?

— Que tu sois amoureuse de ton mari. Si tu l'aimais tu n'aurais jamais couché avec moi trois semaines avant ton mariage.

— Comme je l'ai dit, j'ai commis une erreur. Et je dois vivre avec. Il se peut que j'aie eu des réserves il y a trois semaines, mais après la nuit que nous avons passée, elles ont disparu. Je suis désolée si c'est douloureux à entendre, mais c'est vrai. Je ne suis pas parfaite. J'ai fait une connerie, et si Bruce l'apprend ou que tu décides de tout lui dire, je me battrai jusqu'au bout pour regagner sa confiance. (Elle crut percevoir un semblant de doute dans les yeux de Scottie et poursuivit :) Toi et moi, on ne se connaît pas. Je suis désolée si tu as pu penser le contraire.

— Tu te souviens quand nous étions dans ma chambre ? demanda-t-il.

Abigail ne répondit pas et attendit, mais il n'ajouta rien.

— Je m'en souviens, Scottie, dit-elle. Mais j'étais saoule. Vraiment. Toute cette nuit est floue dans ma mémoire.

— Toute ? demanda-t-il avec un sourire plein d'espoir.

— Je ne sais pas ce que tu espères entendre.

— Niveau sexe, c'était bien. C'était vraiment incroyable.

— Encore une fois, j'ai…

— À un moment donné pendant qu'on faisait l'amour, je sais que tu t'en souviens, on a joint nos mains, et l'espace d'un instant, j'ai senti quelque chose passer entre nous. Nos âmes ont fusionné. Je sais que tu l'as ressenti toi aussi.

Abigail secoua la tête.

— Non. Je suis désolée mais je n'ai rien ressenti de tel.

— Peut-être que tu ne t'en souviens pas, mais c'est bel et bien arrivé, je te le promets.

Comme il se penchait, Abigail distingua de petites perles de sueur à la racine de ses cheveux, bien qu'il ne fît pas particulièrement chaud.

— Et même si nous avons partagé un tel moment, ça ne change rien, tu le sais bien, asséna-t-elle.

— Au contraire. Ça change tout.

Abigail avait encore les cheveux humides. Elle frissonna légèrement.

— Non. Ça ne change rien. J'ai dit tout ce que j'avais à dire. Il faut tourner la page, Scottie.

— Il n'y a qu'une seule façon pour moi de tourner la page, insista-t-il en se rapprochant d'elle sur le banc. Il faut que tu m'en apportes la preuve. Je sais que nous avons partagé ce moment, et je veux bien croire que tu ne t'en souviennes pas. Je comprends. Mais je ne partirai pas d'ici tant que tu n'auras pas accepté de faire l'amour avec moi une dernière fois.

Abigail eut un hoquet de surprise. Puis elle pouffa de rire, sans se soucier que cela puisse le mettre en colère.

— Ça n'arrivera jamais.

— Pourquoi ? Tu l'as déjà trompé. Qu'est-ce que ça peut faire, une fois de plus ?... Si nous ne sommes pas faits l'un pour l'autre, je le saurai et je te laisserai tranquille.

— Je suis en pleine lune de miel, déclara-t-elle en détachant soigneusement ses mots. Je ne coucherai plus jamais avec toi, et si tu ne me laisses pas tranquille, j'appelle la police.

— Si tu fais ça, Bruce saura tout.

— Je te demande de ne pas lui dire, s'il te plaît.

— Ce n'est pas à toi d'en décider.

— Je sais. C'est pourquoi je te le demande : ne lui dis rien, s'il te plaît. Pas par égard pour moi, mais pour lui.

— Pourquoi ? Il a le droit de connaître la vérité.

— Si tu penses que nous sommes unis par un lien, alors fais-le au nom de ce lien. S'il te plaît, je te le demande. Ne lui dis pas. Ça lui ferait trop de mal.

— Tu veux dire que ça te ferait trop de mal à toi.

Abigail comprit soudain que Scott cherchait à prolonger la discussion. Elle en avait assez.

— Écoute. À toi de voir. Si tu veux vraiment mon bien comme tu le dis, oublie-moi et laisse-moi vivre ma vie. Mais si tu tiens à me faire du mal, alors vas-y, raconte à Bruce ce que tu veux. Je lui donnerai ma version, et nous verrons bien qui il croira.

— Il me croira moi, répondit Scottie.

— D'accord. Si tu le dis.

— Je lui parlerai de ta tache de naissance.

Troublée, Abigail marqua un silence. Elle se souvint alors de la tache de naissance en forme de croissant sous son sein gauche. Rose clair et striée de rouge, comme une petite fraise. Bien visible quand elle était enfant, tout près de la première côte, elle avait disparu sous sa poitrine quand celle-ci s'était développée et Abigail l'avait pour ainsi dire oubliée.

Elle se leva, agacée par ses jambes qui tremblaient.

— Bon, eh bien, dis-lui ce que tu veux. De toute façon je ne peux pas t'en empêcher.

— Je suis à deux bungalows du tien. Au Pinehaven. Je suis encore ici pour quatre jours. Tu n'auras qu'à passer me voir un soir quand ton mari dormira. Si tu me donnes une autre chance, je te ficherai la paix. Promis. Bruce n'en saura rien.

— Tu peux aller te faire foutre, et tu pouvais déjà aller te faire foutre à New York et le jour où tu t'es pointé à mon mariage.

Abigail partit sur le chemin ; ses bras la picotaient. Elle consulta sa montre. Il n'était pas tout à fait onze heures. Elle avait le temps de rentrer se changer pour le déjeuner. Elle espérait que Bruce ne serait pas revenu de sa promenade ; elle avait besoin d'un peu de temps pour réfléchir à ce qu'elle devait faire.

Le bungalow était désert. Par réflexe, elle sortit son téléphone. Pas de réseau. Elle voulait vérifier sur Google si “Scott Baumgart” était bien son vrai nom. Peut-être était-ce un malade mental ayant un casier judiciaire ? Si elle avait eu du réseau, elle aurait pu appeler Zoe, lui raconter ce qui s’était passé et solliciter ses conseils. Voilà, c’était ça qu’elle voulait vraiment faire. Elle chercha le numéro de Zoe dans ses contacts et le nota à l’intérieur de la couverture du livre de poche qu’elle avait emporté. Soudain, elle n’eut plus qu’une seule envie : discuter avec sa meilleure amie et entendre sa voix.

Elle sortit du dortoir et se dirigea d’un pas rapide vers le pavillon. La journée s’était réchauffée, mais le ciel restait très nuageux, un rideau gris uniforme, légèrement vaporeux là où l’on devinait le soleil. Dans la grande salle du pavillon, un employé empilait du bois près de la cheminée. Abigail lui demanda où elle pouvait trouver un téléphone.

— Un téléphone ?

— Vous devez bien avoir une ligne fixe au cas où un client aurait besoin de téléphoner ?

— Oui, bien sûr. C’est une urgence ?

L’homme, qui avait une coupe militaire et à peu près le même âge qu’Abigail, semblait sincèrement inquiet.

— Non, pas tant que ça. Je devais parler de quelque chose à mon amie avant de venir ici mais ça m’est complètement sorti de la tête. Il faut au minimum que je lui laisse un message.

Pourquoi était-elle obligée de se justifier ?

— Pas de problème, répondit-il.

Elle suivit l’homme vers un escalier et ils montèrent sur une mezzanine qui courait d’un bout à l’autre de la salle, puis entrèrent sur un plateau de bureaux dont la porte était grand ouverte. Sur les cinq, trois étaient équipés d'ordinateurs. Une imprimante occupait un coin de la pièce et les murs étaient couverts de larges cartes détaillées représentant vraisemblablement l'île. Mellie, la femme qui l'avait amenée à la piscine plus tôt dans la matinée, était assise devant l'un des ordinateurs, leur tournant le dos. Quand l'homme lui toucha l'épaule, elle laissa échapper un petit cri qui fit sursauter Abigail à son tour.

— Merde, dit-elle en pivotant dans son siège. Bon Dieu, Glen, tu m'as fait flipper. T'approche pas comme ça en douce.

Elle se tourna vers Abigail.

— Désolée. Je pensais être seule à l'étage.

— C'est rien, répondit Abigail. Je sursaute au moins une fois par jour. (La femme partit d'un petit rire.) C'est bien Mellie votre prénom ?

Abigail jeta un coup d'œil à l'écran d'ordinateur en se demandant si la réaction de la jeune femme avait un rapport avec ce qu'elle était en train de faire. Mais l'écran était vide à l'exception d'une case au centre où taper un mot de passe.

— Oui. En quoi puis-je vous aider, Abigail ? demanda Mellie plus calmement.

— J'aurais voulu utiliser un téléphone pour passer un appel rapide.

— Oh bien sûr, dit-elle en lançant un coup d'œil à Glen. Je vous accompagne.

— Merci, Mellie, dit Glen en ressortant, tandis qu'elle conduisait Abigail jusqu'à l'un des bureaux sans ordinateur mais équipé d'un téléphone.

— Faites le 9 pour obtenir l'extérieur, dit-elle avant de regagner son bureau, laissant Abigail seule.

Abigail ouvrit son livre – un exemplaire lu et relu de *Nous avons toujours vécu au château* – et composa le numéro. Il y eut plusieurs clics intrigants sur la ligne, puis elle entendit une sonnerie lointaine.

— Allô ? dit une voix.

— Zoe ? Salut, c'est Abi.

— Abi, ça va ?

— Oui, répondit Abigail machinalement, avant d'ajouter : Enfin, non, pas vraiment. Je ne peux pas te parler longtemps, mais j'ai besoin que tu me rendes un service. Tu veux bien ?

— Qu'est-ce qui se passe ?

Consciente de la présence de Mellie, Abigail se pencha vers le téléphone et baissa la voix.

— Tu te souviens du mec en Californie ? À mon enterrement de vie de jeune fille ?

— Oui.

— Il est ici.

— Comment ça ?

— Il m'a suivie ici. Il est persuadé que l'on vit une histoire d'amour.

— Il est là sur l'île avec vous ? En ce moment ?

— Oui. Et je suis presque certaine qu'il était aussi à mon mariage. Il rôdait sur place.

— Quoi ?

— Je sais. C'est dingue.

— Bon sang. Bruce est au courant ?

— Non. Pas encore. Je vais peut-être lui dire… je ne sais pas.

— À ton avis, qu'est-ce qu'il ferait si tu lui disais ?

— Il me quitterait. Ce serait terminé. Ça signerait la fin de notre mariage.

— Alors ne lui dis rien, conseilla Zoe.

— Justement… ce mec menace de tout raconter à Bruce. Je ne sais pas quoi faire. Je suis en panique.

— Oh là là ma pauvre. Je ne sais vraiment pas quoi te dire.

— Est-ce que tu pourrais me rendre un service ? Renseigne-toi sur lui. Il prétend s'appeler Scott Baumgart – ça doit s'épeler B-A-U-M-G-A-R-T – même si je ne suis pas sûre qu'il m'ait dit la vérité. Vois si tu trouves quelque chose sur lui. À ce qu'il m'a dit il est menuisier, mais il pratique le théâtre en amateur. Peut-être que ça pourra t'aider. Il m'a aussi dit qu'il habitait San Francisco.

— Je suis en train de marcher. La voiture de Dan est au garage alors il a pris la mienne et je dois aller au boulot à pied.

— Je te demande pas de regarder dans la seconde, mais fais-le dès que possible, d'accord ? Il n'y a pas Internet ici, aucun réseau. Je te rappellerai de ce numéro.

— Redonne-moi son nom.

Abigail le lui répéta et lui proposa de la rappeler dans la soirée pour qu'elle lui fasse un rapport complet. Après avoir raccroché, Abigail resta un moment devant le bureau en se demandant ce que Mellie avait entendu de la conversation. Mais lorsqu'elle se retourna pour partir, elle constata que l'employée avait quitté la pièce. Étant seule dans le bureau, elle envisagea un instant de se servir d'un des ordinateurs, mais des bruits de pas dans le couloir l'en dissuadèrent. Elle sortit et regagna le rez-de-chaussée, qui comptait quelques personnes de plus qu'à son arrivée. Entre-temps, le bar avait ouvert. Elle repéra un fauteuil libre près de la cheminée et décida de s'y asseoir en attendant Bruce.

15

— J'ai cru que je t'avais perdue, dit Bruce dix minutes plus tard en s'asseyant en face d'elle.

Il portait une polaire avec le logo de son entreprise, un pantalon de randonnée, et ses joues rougies laissaient penser qu'il rentrait juste de sa balade.

— Je pourrais en dire autant, répliqua-t-elle. Ça fait tellement bizarre de ne plus avoir de portable. En temps normal, je t'aurais envoyé un texto.

— Comment s'est passée ta matinée ?

— Je te raconterai tout en détail, mais pour l'instant je meurs de faim.

Le déjeuner se présentait sous la forme d'un buffet. En réalité, Abigail était loin d'être affamée ; elle avait encore l'estomac noué après son entrevue avec Scott, mais elle parvint tout de même à avaler un peu de velouté de tomates, accompagné de tranches de pain grillé au levain recouvertes de gruyère.

— Alors, et cette matinée ? demanda Bruce pour la seconde fois après qu'ils eurent déjeuné.

— La piscine est magnifique. Mais je ne veux plus qu'on se sépare, d'accord ? C'est notre voyage de noces. On devrait faire des activités ensemble.

— Entendu. On ne se séparera plus.

Le jour s'était obscurci et une pluie fine tombait lorsqu'ils regagnèrent leur bungalow. On se serait cru au crépuscule, il faisait sombre à l'intérieur. Bruce s'apprêtait à allumer une des bougies à côté du lit.

— Non, laisse, lui dit-elle.

Bruce éteignit l'allumette tandis qu'Abigail se déshabillait et se glissait sous les couvertures. Elle entendit un roulement de tonnerre au loin et un éclair illumina brièvement la fenêtre qui donnait sur l'étang. Bruce se dévêtit à son tour. Contrairement à la nuit précédente où l'idée de faire l'amour lui donnait presque la nausée, Abigail avait maintenant une envie irrépressible que Bruce la touche. Scott détruirait peut-être leur couple, mais il ne détruirait pas cet après-midi-là, songea-t-elle.

Bruce la rejoignit sous les draps. S'il aimait la regarder lorsqu'elle était nue, lui-même était très pudique et bien souvent, il se retournait pour se déshabiller.

— C'est agréable, dit-elle en glissant sa cuisse sur la sienne.

Ils s'embrassèrent, la lumière zébrée par la pluie traçant des lignes sur leur visage.

— On passe la journée ici, d'accord ?

— D'accord, répondit Bruce en se déplaçant sous elle.

Comme il n'était pas encore dur, Abigail descendit et le prit dans sa bouche ; il ondulait légèrement son bassin tout en lui caressant un sein. Alors qu'elle remontait vers lui, il l'allongea brusquement sur le dos, enfouit son visage dans son cou et entra en elle sans ménagement. Elle grimaça de douleur et il ralentit le rythme. Mais à peine une minute plus tard, il lui plaça un oreiller sous la tête, enfouit de nouveau son visage dans son cou et reprit sa cadence frénétique jusqu'à la fin.

L'orage était terminé quand quelqu'un frappa légèrement à la porte. Bruce dormait, mais Abigail, après avoir sommeillé une bonne heure, était maintenant bien réveillée.

C'était probablement Paul, qui venait voir s'ils désiraient qu'on leur serve des cocktails en chambre, pourtant elle ne put s'empêcher d'imaginer Scott faisant irruption pour tout raconter à Bruce et détruire son couple. Mais elle n'y croyait pas vraiment. Il était trop tôt. Scott espérait sans doute encore qu'elle accepte de coucher une dernière fois avec lui. Si seulement elle parvenait à le faire espérer un peu plus longtemps, peut-être que sa lune de miel ne virerait pas au cauchemar intégral.

Abigail sortit du lit et enfila un peignoir. Comme elle s'y attendait, Paul était derrière la porte, en tenue de pluie. Abigail lui commanda deux Manhattan.

Ce soir-là, après le dîner – Abigail avait fait l'impasse sur l'entrée et le dessert, mais s'était régalée d'un risotto au safran surmonté d'une queue de homard pochée au beurre –, Bruce et elle repassèrent par la grande salle, où un trio de jazz avait joué toute la soirée. Les clients étaient un peu plus nombreux – un petit groupe d'hommes d'affaires était arrivé dans l'après-midi –, mais elle eut beau chercher Scott, elle ne le vit nulle part. Tandis qu'elle scrutait la salle, Abigail avait l'impression que tous les hommes regardaient dans sa direction – bon sang, pourquoi n'y avait-il que des hommes ? Ils semblaient l'observer du coin de l'œil. Malgré la chaleur, ses bras se couvrirent de chair de poule. Elle réprima un frisson. Derrière son bar, Carl, la moustache cirée, servit une bière à Bruce et un Baileys avec glaçons à Abigail. Le groupe jouait un air familier, mais elle mit un moment pour reconnaître *Creep* de Radiohead. Des fauteuils avaient été ajoutés autour de la cheminée et ils s'y installèrent avec leurs verres, Abigail optant pour celui qui offrait la meilleure vue sur la salle. C'était elle qui avait suggéré qu'ils restent un peu après le dîner : elle espérait pouvoir s'éclipser à un moment donné, monter sur la mezzanine et rappeler Zoe. Elle doutait qu'il y eût encore quelqu'un dans le bureau à cette heure-ci pour l'autoriser à utiliser le téléphone, mais elle voulait tout de même tenter sa chance. Connaissant Zoe, son amie avait dû se mettre en quatre pour creuser la piste de son harceleur et Abigail était impatiente d'entendre son compte rendu.

— On peut se joindre à vous ? demanda une voix.

C'était le couple de la veille : Alec et Jill.

— Bien sûr, répondit-elle de concert avec Bruce.

Ils s'installèrent en face d'eux. Alec portait un jean délavé chic et un T-shirt noir au col doublé de cuir. Le T-shirt le serrait à la taille. Comme la veille, les hommes se mirent à discuter ensemble. Tandis qu'ils échangeaient leurs impressions sur les plats du dîner – "Une tuerie ce bœuf Wagyu !" –, Abigail demanda à Jill comment s'était passée sa journée.

— Nous avions prévu d'aller naviguer sur l'étang, mais avec ce temps… (Jill, dont la robe de cocktail blanche lui tombait juste au-dessus du genou, frissonna.) Honnêtement, je ne pensais pas qu'il ferait si froid ici.

— Tu es déjà allée à la piscine ?

— Oui, oui. Elle est vraiment géniale, mais…

— Mais quoi ?

Jill se mordit la lèvre inférieure et Abigail remarqua que, sous un maquillage subtil, Jill avait les traits tirés et le visage blafard. Elle se pencha pour lui parler et Abigail sentit l'alcool dans son haleine.

— Le souci, dit-elle à voix basse, c'est que par le plus grand des hasards, j'ai croisé sur l'île un mec avec qui je suis sortie il y a quelque temps. Je suis tombée sur lui à deux reprises, et chaque fois à la piscine.

Abasourdie par l'étrange coïncidence, Abigail réussit à demander :

— Alec est au courant ?

— Mon Dieu, non. Il n'est même pas au courant de cette histoire. S'il apprenait pour mon ex, je crois que ça gâcherait complètement notre lune de miel, à tous les deux. Alors j'essaie de garder ça pour moi, histoire de ne gâcher que la mienne.

Abigail était sur le point de confier à Jill qu'elle se trouvait dans une situation très similaire, mais elle se contenta de demander :

— Tu es sûre qu'il est là par hasard ? Peut-être qu'il…

Jill crispa les mâchoires, les muscles de son cou se tendirent, et Abigail eut soudain un aperçu de la jeune femme dans une cinquantaine d'années : une blonde filiforme tout en nerfs.

— Je me suis posé la question, mais non, c'est une coïncidence, je pense. Je l'espère. En fait, on était fiancés il y a deux ans, et notre relation s'est très mal terminée. Je n'en ai pas parlé à Alec parce que je ne voulais pas qu'il panique. Il est du genre jaloux, et mon ex…

— Il est noir ? demanda Abigail sans réfléchir.

Les yeux de Jill s'écarquillèrent et elle regarda autour d'elle.

— Pourquoi ? Il est en train de nous observer ?

— Non, non. Mais je crois l'avoir croisé ce matin à la piscine. Il ne viendrait pas des Bermudes ?

— Si. Ça devait être lui. Il va à la piscine tous les matins.

— Il m'a paru plutôt gentil, dit Abigail.

— Il était très gentil. Il l'est toujours. À l'époque j'étais choriste sur un paquebot qui faisait l'aller-retour entre New York et Hamilton. J'étais très souvent aux Bermudes. Je peux te dire que c'est beaucoup moins excitant qu'on l'imagine. Il est arrivé et m'a arrachée à cette vie, enfin c'est ce que je croyais.

— Qu'est-ce qui s'est passé ?

Jill soupira.

— On s'est fiancés, puis j'ai trouvé un contrat de trois mois à Vancouver. Lui ne pouvait pas s'éloigner de son travail alors on a été séparés. Et puis ça a mal tourné.

— Eh bien alors, pourquoi cacher sa présence à Alec ? Après tout, tu n'as rien à te reprocher, et il se doute bien que tu as eu d'autres petits amis avant lui.

Jill inspira par le nez, puis termina son verre de vin blanc d'une longue gorgée.

— Accompagne-moi jusqu'au bar, demanda-t-elle en se levant.

Abigail l'imita, son verre de Baileys encore plein à la main. Les deux hommes cessèrent de parler et leur lancèrent un regard interrogateur.

— On va au bar, expliqua Abigail. Vous voulez quelque chose ?

Alec et Bruce, qui buvaient chacun une bière, déclinèrent l'offre. Jill passa alors son bras dans celui d'Abigail et elles parcoururent les quelques mètres qui les séparaient du bar. Elles restèrent à l'écart des hommes qui attendaient d'être servis et Jill dit à Abigail :

— Excuse-moi. J'avais peur qu'Alec entende. J'ai tendance à parler trop fort quand je bois. Tu trouves que je parle fort ?

— Non, tu chuchotes. Je t'entends à peine.

— Très bien. Alors voilà : à notre première rencontre, j'ai dit à Alec que j'étais vierge. Je sais que c'est ridicule, mais lui l'était, du moins c'est ce qu'il m'a dit, et apparemment, il espérait que je le sois aussi. J'étais pas à l'aise à l'idée de lui mentir, mais je l'ai quand même fait. Ensuite notre relation est devenue sérieuse et je me suis retrouvée empêtrée dans mon mensonge. Et puis il y a autre chose… mon Dieu, j'arrive pas à croire que je suis en train de te raconter tout ça. Mais ça fait tellement de bien. Alec est hyper complexé sexuellement parlant. Et notre nuit de noces était loin d'être mémorable. C'est clair qu'il ne se sent pas, euh… à la hauteur. Et pas juste niveau performance. Je crois qu'il complexe par rapport à sa taille.

— Il en a une petite ? demanda Abigail.

— Eh bien, je sais pas, moi. Elle n'est pas énorme, mais ça va. Par contre s'il découvrait que, déjà, je lui ai menti en lui disant que je n'avais jamais eu personne avant lui, et qu'ensuite le mec est ici en ce moment et que c'est un grand et beau black…

— Je comprends. Il ne s'en remettrait pas.

— C'est ça.

— Mesdames ? lança le barman, et Jill commanda un autre verre de vin.

Abigail s'étonnait de l'incroyable similitude de leurs situations. Elle était à deux doigts de se confier à Jill, lui dire qu'au moins, son ex à elle n'essayait pas de l'attirer dans son lit contre son gré, mais elle s'abstint. Elle ne voulait pas donner l'impression de minimiser le problème de sa nouvelle amie, qui traversait clairement une mauvaise passe, et elle n'était pas sûre de vouloir que quelqu'un d'autre sur cette île soit au courant de ce qui lui arrivait.

— Ça me gêne de t'embêter avec mes problèmes, dit Jill en revenant du bar. Toi aussi tu es en lune de miel et…

— Non, tu as bien fait de m'en parler. Écoute, tu as joué de malchance, mais je suis certaine que ça en restera là, alors contente-toi de profiter au mieux du reste de ton séjour.

— C'est justement mon autre souci, dit Jill, en entraînant Abigail à l'écart. Je ne profite absolument pas de mon séjour. Je déteste cette île. Elle me met mal à l'aise. J'ai l'impression qu'une demi-douzaine d'employés surveille en permanence mes moindres gestes. Ils sont partout. Ma parole, la prochaine fois qu'un de ces types arrive dans mon dos pour me demander si j'ai besoin de quelque chose, je crois que je vais me mettre à hurler.

Abigail pouffa.

— Je vois très bien ce que tu veux dire.

— C'est vrai, non ? On mange bien, on boit bien, le bungalow est à tomber, mais sérieusement, j'échangerais tout ça dans la seconde pour un hôtel ringard à Cancún, avec plein de couples sympas, à manger des plats fades et à boire des piña coladas dans un gobelet en plastique. J'ai besoin de soleil, punaise. Regarde ma peau : j'ai l'air d'un fantôme. (Jill leva le bras pour appuyer sa remarque et Abigail ne put s'empêcher de rire. Elle s'en voulut d'avoir jugé Jill un peu vite sur son nez refait et son corps très maigre.) Et sérieux, il n'y a quasiment personne sur cette île. Et littéralement *aucune* autre femme. Heureusement que tu es là. Et la piscine a beau être géniale, c'est flippant de s'y retrouver toute seule, ou pire, avec un ex-petit ami.

Abigail hocha la tête.

— C'est vrai que ce n'est pas très rassurant.

— On est d'accord.

— Voilà ce que je te propose. Retrouvons-nous là-bas demain matin avant le déjeuner. On se posera dans la grotte, on commandera des piña coladas et on exigera qu'on nous les serve dans des gobelets en plastique.

— Oh, merci mon Dieu. Quelle bonne idée. Tu crois vraiment qu'on peut faire ça ?

— Évidemment. Toi, moi, et on peut proposer à nos hommes de nous accompagner si ça leur dit.

— Le mien ne voudra pas. Quoique… peut-être qu'il viendra si je le force, mais il n'aime pas du tout nager. Il a perdu beaucoup de poids dernièrement – près de soixante-dix kilos en fait. Alors il a un excès de peau et je crois que ça le met mal à l'aise.

— Ah, d'accord.

— Bon sang, quelle pipelette je fais ce soir. Je t'ai dévoilé tous mes secrets et tu sais maintenant presque tout sur mon mari. Je t'en supplie, raconte-moi quelque chose de sulfureux sur ton compte, histoire que je ne me sente pas comme la reine des cruches.

Encore une fois, Abigail faillit mettre cette femme qu'elle ne connaissait pas dans la confidence, mais quelque chose la retenait. Elle se contenta de répondre :

— Moi aussi je crois que je déteste cet endroit. Si tu veux savoir, j'ai carrément appelé ma meilleure amie Zoe aujourd'hui, juste pour entendre le son de sa voix.

— Comment tu as fait ? demanda Jill, les yeux écarquillés.

— J'ai utilisé la ligne fixe, depuis un bureau. (D'un geste de la tête, Abigail indiqua la mezzanine.) D'ailleurs, je devais la rappeler ce soir car on a été coupées et j'avais encore des choses à lui dire. J'avais justement l'intention de me faufiler là-haut.

— Vas-y, je te couvre. Je leur dirai que tu es partie aux toilettes.

— Merci, mais j'hésite.

— Vas-y ! Et on se voit demain à la piscine, d'accord ?

— Ça marche. Rendez-vous à onze heures et demie dans la grotte. Avec un peu de chance on pourra peut-être déjeuner sur place. On commandera des nachos ou autre chose.

— Le rêve ! répondit Jill.

Son Baileys terminé, Abigail posa le verre sur le comptoir, puis se dirigea nonchalamment vers l'escalier qui menait sur la mezzanine. Elle monta les marches deux par deux et vit, à son grand soulagement, que les lumières du couloir étaient allumées. La porte du bureau en revanche était fermée. Elle frappa et attendit une réponse. N'en obtenant pas, elle l'ouvrit. Elle avait l'impression de faire quelque chose d'illégal et se sentait coupable. D'un autre côté, on l'avait autorisée à monter jusqu'ici le matin même, pour utiliser le téléphone : personne ne verrait d'objection à ce qu'elle le refasse. Et puis, si quelqu'un la surprenait, ou si Bruce venait à l'apprendre, elle n'aurait qu'à dire que Zoe n'allait pas bien et qu'elle s'était sentie obligée de la rappeler le soir même.

Elle laissa la porte se refermer derrière elle et attendit un moment, sans bouger, que ses yeux s'adaptent à la pénombre. Elle se dirigea alors vers le bureau d'où elle avait téléphoné la première fois, décrocha l'appareil et composa le numéro de Zoe.

— Abi ? répondit Zoe dès la première sonnerie.

— Oui, salut, c'est moi.

— Je suis contente que tu aies rappelé.

— Tout va bien ?

— Oui. C'est juste que j'ai passé la journée à jouer la détective et j'ai hâte de t'en mettre plein la vue.

— Tu l'as identifié ?

— Je crois bien, oui, mais je n'en suis pas complètement certaine. Il ne s'appelle pas Scott Baumgart. Je suis presque sûre que son vrai nom est Eric Newman.

— Comment tu l'as retrouvé ?

— J'ai d'abord fait une tonne de recherches sur Scott Baumgart, et ça n'a rien donné, en tout cas rien qui me laissait penser que ce soit lui. Alors j'ai cherché à partir de ce qu'on savait sur lui. Menuisier. Acteur de théâtre amateur. San Francisco. Et là je suis tombée sur un article paru il y a environ cinq ans dans un journal local. Ça parlait d'un théâtre au nord de San Francisco. Le Lagunitas Community Theater.

— Oui, il m'a dit qu'il avait joué dans un petit théâtre amateur.

— L'article expliquait que tous les acteurs de ce théâtre cumulaient deux activités. L'actrice principale par exemple s'occupait de la billetterie, et c'était un des comédiens qui confectionnait les programmes. Et puis il y avait une ligne à propos d'un autre comédien, Eric Newman : ils racontaient qu'il était menuisier de métier et qu'il avait contribué à construire la scène. Alors j'ai cherché des infos sur ce Eric Newman. Je n'ai pas trouvé grand-chose, mis à part le site web d'une entreprise de menuiserie indépendante ; son nom figure également à la distribution de plusieurs pièces, mais ça date. Les dernières remontent à quelques années.

— Tu as pu trouver une photo de lui ?

— Une seule. On dirait une photo de book, et elle est pixellisée, mais ça ressemble assez au gars qui était au bar l'autre soir. Je ne l'ai pas vu d'aussi près que toi, mais je me souviens vaguement de lui.

— Brun, barbu, les yeux bleus.

— Il a une barbe. Pour la couleur des yeux, je ne peux pas te dire parce que la photo est en noir et blanc. Mais sinon c'est bien ton type de mec.

— Les pommettes saillantes et un léger strabisme ?

— Exactement.

— C'est sûrement lui.

— Oui, je pense qu'on l'a démasqué. Il y a une autre chose dont je ne t'ai pas encore parlé.

— Je t'écoute, répondit Abigail, et quelque chose dans le ton de Zoe lui noua l'estomac.

— Tu m'avais bien dit qu'il était marié, non ?

— Oui, c'est ce qu'il m'a dit. Marié et malheureux dans son couple.

— Alors j'ai trouvé un article datant d'il y a deux ans. Il y est question d'un Eric Newman qui était en voyage de noces avec sa femme en Basse-Californie. La femme s'est noyée. Pendant sa lune de miel.

— Tu crois que c'est lui ? demanda Abigail, songeant qu'il y avait sans doute une quantité d'Eric Newman.

— Attends, je vais te lire l'article. “Eric Newman, le mari, possède sa propre entreprise de menuiserie à San Francisco. Il avait rencontré son épouse Madeleine

Cartwright lorsqu'elle l'avait engagé pour poser des moulures sur les plafonds de la maison victorienne qu'elle venait d'acquérir."

— Merde, dit Abigail.

Tout ce qu'elle avait retenu, c'était le nom de la jeune mariée…

— Qu'est-ce que tu en penses ? C'est forcément lui, non ?

— C'est lui, répondit Abigail avant d'ajouter : Zoe ?

— Oui ?

— Eh bien… voilà, lors de la soirée au vignoble, on s'était inventé de faux prénoms. C'était une sorte de jeu : chacun devait trouver un prénom pour l'autre. Il a choisi de m'appeler Madeleine.

— Quoi ? C'est dingue. Abi, il faut à tout prix que tu signales que ce mec te harcèle. Tout de suite. Je suis sérieuse. Peu importe que Bruce l'apprenne. S'il t'aime vraiment, il te pardonnera. Ce mec a l'air d'être un psychopathe.

— Je crois qu'il fait juste une fixation sur moi. Je sais pas. Peut-être que je lui ai rappelé sa femme et qu'il a craqué.

— Ou peut-être qu'il a tué sa femme.

— Comment ça ? Que dit exactement l'article ?

— Oh, rien de ce genre. Mais je sais pas… il aurait très bien pu la noyer.

— Là tu commences à me faire flipper.

— Tu as plutôt intérêt à flipper. Je suis sérieuse, il faut que tu en parles à Bruce. Quitte cette île.

— D'accord. Je vais y réfléchir. Écoute, Zoe, excuse-moi, mais les autres croient que je suis aux toilettes et ça fait un moment qu'on discute.

— Promets-moi de me rappeler demain dès que tu pourras.

— Promis. Je vais faire attention.

Abigail raccrocha. Elle aurait voulu s'asseoir pour digérer toutes ces informations, mais elle s'était déjà absentée trop longtemps. Elle avança dans la pénombre entre les bureaux pour regagner la porte quand celle-ci s'ouvrit en grand. Un employé entra et alluma.

— Oh, bonsoir, lança-t-il.

— Excusez-moi, dit-elle. J'étais venue utiliser le téléphone. Mellie m'a montré où il se trouvait un peu plus tôt dans la journée.

L'employé – qu'elle reconnut comme l'un des serveurs du restaurant – se contenta de hausser les épaules.

— Ah, d'accord.

— Dites, je me posais une question. J'étais en ligne avec une amie qui ne va pas très bien. S'il fallait que je quitte cette île, combien de temps cela prendrait-il ?

— Vous êtes arrivée en avion, n'est-ce pas ? Le vol prend une vingtaine de minutes.

— Non, je veux dire, combien de temps il faut pour faire venir un avion du continent ?

— Pas longtemps. Casco Air a toujours un avion prêt à décoller, à moins que la météo soit mauvaise.

— Merci. Je voulais juste savoir. Comment vous appelez-vous ?

— Aaron, madame Lamb, répondit-il.

Le fait qu'il connaisse son nom la rendit légèrement nerveuse. Tous les employés connaissaient-ils systématiquement chaque client ? Bien sûr que oui. Les clients n'étaient pas légion. Et en l'occurrence, Bruce était copropriétaire du camp.

Quand elle redescendit, Bruce et Alec étaient toujours dans leurs fauteuils à discuter, et Jill était assise près d'eux, examinant le dos de sa main. L'espace d'un instant, Abigail crut qu'elle consultait son portable. Mais évidemment, c'était impossible. Alors qu'elle approchait, Bruce leva la tête et lui adressa un regard qu'elle déchiffra immédiatement: *Au secours, je n'en peux plus de ce gars.*

Abigail posa sa main sur l'épaule de Bruce et déclara qu'elle était épuisée et souhaitait rentrer.

16

Le lendemain matin, Abigail annonça à Bruce qu'elle devait retrouver Jill à la piscine avant le déjeuner.

— Tu t'es fait une amie, dit-il.

— Pas exactement. C'est juste… je crois qu'elle se sent un peu en minorité sur cette île, au milieu de tous ces hommes.

— Oui, je comprends. Et toi ?

— Oh, c'est clair que nous sommes en minorité. Cela dit, si tu veux venir tu es le bienvenu. Rappelle-toi qu'on n'était plus censés se séparer.

— Venir où ?

— À la piscine, avec Jill et moi. Elle va proposer à Alec de l'accompagner.

— Il essaie de me convaincre d'investir dans un film sur un serial killer qui tue une femme dans chaque État. Il m'a dit comme ça : "Tu vois tous ces alpinistes qui cherchent à escalader le plus haut sommet de chaque État ? Eh bien, là, c'est pareil. Le tueur s'est fixé comme objectif de buter une femme par État."

— Ça a l'air nul, déclara Abigail.

— Effectivement. Ça va sûrement faire un tabac…

Ils étaient en train de prendre le petit déjeuner sur la terrasse. Le fond de l'air restait frais, mais le ciel était dégagé et tout était baigné d'une douce lumière matinale. Abigail avait finalement réussi à s'endormir. Elle n'aurait pas cru y parvenir tant les informations de la veille l'avaient perturbée, mais à force de se repasser en boucle sa conversation avec Zoe, et celle avec Jill après le dîner, elle avait fini par sombrer dans un sommeil paisible et profond. À son réveil, elle était restée allongée bien au chaud, sans penser à rien, avant que tout lui revienne d'un coup. Elle ne pouvait s'empêcher de repenser à ce que Zoe lui avait dit à propos de ce Scott Baumgart – alias Eric Newman – et de sa femme morte par noyade quelques jours après leur mariage. Cette histoire tragique l'avait vraisemblablement poussé à poursuivre Abigail, mais s'agissait-il d'un psychopathe ou simplement d'un mari endeuillé ? Et que penser de l'histoire de Jill et de son ex-petit ami surgissant sur le lieu de sa lune de miel ? Quelles étaient les chances pour qu'une chose aussi improbable leur arrive à toutes les deux ?

Dès qu'elle sentit Bruce se réveiller à côté d'elle, Abigail esquissa un plan. Ce matin, elle irait retrouver Jill à la piscine. Si elles étaient seules, elle lui raconterait ce qui se passait avec Eric Newman. Ce serait bien d'avoir un avis extérieur. Le mieux à faire – qu'importe le mensonge – était de dire à Bruce cet après-midi qu'elle devait quitter l'île immédiatement. Elle n'avait pas encore décidé de la raison qu'elle invoquerait. Peut-être lui dirait-elle tout simplement que le fait d'être coupée de la civilisation lui causait des crises d'angoisse. Mais elle craignait qu'au lieu d'affréter un avion, il ne l'encourage à affronter ses peurs. Autrement, elle pouvait se plaindre de douleurs au ventre et simuler une crise d'appendicite. Ou encore s'en tenir à l'excuse qu'elle avait utilisée pour passer le coup de téléphone et prétendre que Zoe n'allait vraiment pas bien. Si elle parvenait à le convaincre que c'était grave, alors il n'aurait pas d'autre choix que de l'emmener loin de cette île. L'idée de tous ces mensonges lui répugnait, mais elle comprenait à présent que quitter l'île de Heart Pond était devenu primordial. Cela résoudrait, pour un temps au moins, le problème d'Eric Newman.

— Je pars marcher, dit Bruce après avoir terminé ses œufs Bénédicte. Tu veux m'accompagner ?

— D'accord. Du moment que nous sommes de retour vers 10 h 30.

Ils empruntèrent un sentier menant jusqu'à l'étang, puis avancèrent le long d'une jetée en bois. De près, l'étang paraissait plus grand, presque aussi vaste qu'un lac. Abigail s'allongea à plat ventre sur les lattes de bois chaudes et plongea son regard dans l'eau limpide. Un poisson fila sous ses yeux et elle caressa du bout des doigts la surface de l'eau, surprise de la trouver aussi bonne.

— On pourrait se baigner, dit-elle.

— Tu peux si tu en as envie, répondit Bruce. Moi je préfère la voile.

Abigail se retourna et s'assit. Ayant oublié ses lunettes de soleil, elle mit sa main en visière et scruta les bords de l'étang. Il y avait un hangar à bateaux, pour les voiliers sans doute, et juste à côté, une rangée de kayaks, ainsi que quelques canoës. Étonnamment, tous semblaient assez vétustes ; au vu des rénovations effectuées sur le camp principal, elle avait imaginé trouver des embarcations dernier cri. Elle parcourut la rive du regard et repéra un second hangar de l'autre côté de l'étang. Juste au-dessus, on devinait un imposant pavillon caché dans l'obscurité des arbres.

— C'est l'autre camp ? demanda-t-elle.

— Oui, c'était le camp des filles. On a prévu de le rénover au printemps.

— Comme ça vous pourrez y mettre toutes les femmes et vous serez débarrassés, dit-elle en levant les sourcils.

— C'est précisément le but.

— On peut aller y jeter un coup d'œil ?

— Je crois qu'on n'est pas censés traîner là-bas. Ça peut être dangereux.

— Tout cet endroit est en partie à toi, tu as bien le droit d'aller y jeter un œil.

— Si tu veux. Mais montons d'abord sur la falaise, je tiens à te montrer la vue.

Ils longèrent l'étang et dépassèrent le hangar à bateaux, puis empruntèrent un chemin qui s'élevait le long d'une crête à travers les épicéas et les bouleaux, avant de s'écarter de l'eau pour déboucher sur une falaise à découvert. Ils étaient assez haut pour voir l'océan Atlantique s'étendre de tous côtés, étincelant sous le soleil matinal.

— Waouh, s'exclama Abigail.

— Oui, pas mal.

Ils s'engagèrent sur un sentier que l'on distinguait à peine, bordé de part et d'autre d'arbustes chargés de baies rouges. Dans le ciel au-dessus d'eux planait un grand oiseau, que Bruce montra du doigt en expliquant qu'il s'agissait d'un aigle qui nichait près de l'étang. De l'autre côté de la falaise, le sentier s'élargissait, un affleurement gris foncé déclinant jusqu'au rivage rocheux.

— On peut descendre là-bas ? demanda Abigail.

— C'est presque à un kilomètre, mais il y a un sentier, répondit Bruce.

Ils marchèrent le long de la falaise sous les rafales de vent océanique qui s'étaient mises à souffler. Arrivés devant un bosquet d'arbres enchevêtrés, ils descendirent avec prudence un sentier abrupt qui les mena jusqu'à une sorte de crique. Un amas de gros rochers couverts d'algues se partageaient l'espace jusqu'à l'océan. La plage était un tapis de galets noirs, verts et gris, parsemé de varech ou de cadavres de mouettes. Bruce ramassa plusieurs petites pierres puis chercha un point stratégique pour faire des ricochets.

— La mer est étale, dit-il.

— Qu'est-ce que ça signifie ?

— Elle s'est retirée au plus bas, et il s'écoule un court intervalle avant que la marée remonte. C'est ce moment qu'on appelle l'étale.

Abigail avait grandi en Nouvelle-Angleterre et vivait à New York, mais elle n'avait quasiment jamais mis les pieds sur les plages du bord de mer. Ses parents avaient toujours été trop occupés, et à plus forte raison en été, et les rares voyages en famille qu'ils avaient faits avaient systématiquement eu pour destinations les théâtres de New York. Quant aux vacances d'été dans l'ouest du Massachusetts, elles se résumaient à se baigner dans les lacs et les plans d'eaux des environs. Abigail adorait l'eau, mais elle allait rarement à la mer. Malgré cela, le fait de se trouver ici suscitait en elle une certaine nostalgie. L'odeur de la marée, les cris des mouettes au loin la rajeunissaient. Tandis que Bruce choisissait ses galets, elle amassa des pierres sur le rivage, privilégiant les plus lisses et disposant les premières en cercle avant d'empiler les autres par-dessus. Elle continuait de réfléchir à son dilemme, à la manière d'annoncer à Bruce qu'ils devaient impérativement quitter l'île. Mais à mesure qu'elle érigeait sa construction, ses pensées se dissipèrent. Elle était désormais entièrement concentrée sur sa tâche, remplie d'une soudaine détermination. Alors qu'elle cherchait d'autres pierres, elle tomba sur un beau galet blanc, parfaitement rond et cerclé d'une ligne rose. Elle décida de le garder pour le sommet et le glissa dans sa poche.

— Tu construis un cairn, demanda Bruce, surgissant à côté d'elle.

Elle se rendit compte qu'elle avait cessé d'entendre le bruit des ricochets depuis une minute ou deux.

— Un quoi ?

— Un cairn. C'est le nom qu'on donne à un petit tas de pierres comme celui que tu es en train de faire.

— D'où je viens, on appelle juste ça un tas de pierres, répondit Abigail.

— Eh bien, c'est un joli "tas de pierres".

Abigail venait d'arriver au sommet ; encore une et il s'écroulerait. Elle sentit le galet blanc dans la poche avant de son jean et s'apprêta à l'en sortir pour le placer tout en haut, mais au dernier moment, elle décida de le garder. Sentir sa présence dans sa poche avait quelque chose de rassurant.

— Cherches-en une jolie pour la mettre au sommet, dit-elle.

Elle s'en voulait un peu d'avoir rabroué Bruce avec son histoire de cairn.

— D'accord.

Il se mit à chercher autour de lui et trouva un galet moucheté de vert, d'une rondeur presque parfaite. Abigail le plaça délicatement sur les autres avant de se reculer, satisfaite.

— Quand est-ce que tu veux que l'on fasse des enfants ? demanda soudain Bruce.

Elle se retourna d'un coup, incapable de masquer sa surprise.

— Eh bien, pas maintenant, répondit-elle. Si c'est ce que tu as derrière la tête...

Il rit.

— Non. Excuse-moi. C'est juste qu'en nous voyant jouer là sur cette plage, la question m'a traversé l'esprit.

Ils avaient déjà vaguement abordé le sujet, et ils avaient tous deux convenu qu'ils souhaitaient fonder un jour une famille.

— On en reparlera à New York, tu veux bien ? répliqua-t-elle avec un grand sourire, pour atténuer la dureté de sa réponse.

— Bien sûr.

Le soleil était maintenant haut dans le ciel et ils s'allongèrent le long des rochers, à l'abri de la brise océanique. Abigail ôta sa polaire pour s'en faire un oreiller. C'était bon de sentir le soleil sur ses bras ; elle releva son T-shirt pour exposer son ventre. Bruce lui tendit sa main et elle entrelaça ses doigts dans les siens. *C'est le moment ou jamais*, songea-t-elle. *Il faut que je lui en parle. Je n'ai qu'à tout lui dire et le laisser décider*. Mais elle n'arrivait pas à se lancer. C'était comme être au bord du plus haut plongeoir sans parvenir à sauter.

Le soleil s'éclipsa bientôt derrière un lambeau de nuage et Abigail sentit sa peau se refroidir dans la seconde, pour se réchauffer à nouveau sitôt le nuage passé. Elle somnolait.

Des taches multicolores flottaient derrière ses paupières; elle essayait de les suivre des yeux, mais chaque fois les taches s'échappaient de son champ de vision. Elle sombra alors dans un léger rêve… Elle marchait le long de la mezzanine du grand pavillon. La salle était remplie de gens, des centaines de personnes. Aucune ne parlait, mais toutes levaient la tête pour la regarder. Malgré leurs yeux fixés sur elle, Abigail se demandait si ces gens pouvaient la voir, et si oui, s'ils viendraient la chercher là-haut. Elle entendit deux personnes parler, des voix d'hommes s'élevant de la foule; l'instant d'après, elle était de nouveau sur la plage, et elle avait froid; un autre nuage plus gros masquait le soleil. Elle s'assit, un peu vaseuse.

Bruce n'était plus à côté d'elle. Il se tenait à une dizaine de mètres. Les mains sur les hanches, il bavardait avec quelqu'un dont elle ne voyait pas le visage. Pourtant, elle savait que c'était Eric Newman, Scottie, peu importe son nom; il les avait suivis jusqu'ici. Elle resta immobile, et une bribe de la conversation lui parvint: Bruce laissa échapper un éclat de voix enthousiaste. Encore une fois, le soleil réapparut et elle dut mettre sa main en visière. À ce moment, Bruce se pencha pour ramasser un galet et Abigail vit qu'il s'agissait bien d'Eric. Il portait un pull marin blanc et regardait droit vers elle de derrière des lunettes de soleil à monture métallique.

Sans doute Bruce surprit-il le regard d'Eric, car il se retourna.

— Tu es réveillée, dit-il.

— Un peu.

Elle envisagea un instant de se rallonger sur les galets en espérant qu'Eric parte. Mais il était trop tard. Elle se leva, le corps engourdi – combien de temps avait-elle somnolé ? –, remit sa polaire et marcha jusqu'aux deux hommes. Bruce souriait ; il ne s'agissait donc pas d'un affrontement, du moins pas encore.

— Abigail, je te présente Scott. Scott, Abigail.

Les verres des lunettes d'Eric n'étaient pas complètement opaques, si bien qu'elle devinait l'intensité de son regard.

— Nous nous sommes déjà rencontrés, non ? lui dit-elle sans lui tendre la main. Le soir de notre arrivée ici, dans le grand pavillon. Mon visage vous avait paru familier.

— Oh oui, c'est vrai.

— Je pensais que vous m'aviez dit vous appeler Eric Newman, fit-elle remarquer. Est-ce que je me trompe ?

Elle avait parlé sans réfléchir, mais lorsqu'il bégaya sa réponse, Abigail ressentit un bref moment de triomphe : elle l'avait désarçonné.

— Euh, en fait, c'est Eric Scott Newman. Mais je préfère utiliser mon deuxième prénom.

— D'accord.

— Bruce m'expliquait que vous étiez ici en voyage de noces ? (Il y eut un raté dans sa voix, comme si sa bouche était tout à coup devenue sèche.) Félicitations.

— Merci, répondit Abigail. Êtes-vous marié ?

Du coin de l'œil, elle vit Bruce tourner la tête – peut-être avait-il décelé quelque chose dans sa voix ? Allait-elle trop loin en titillant ainsi son harceleur ? C'était pourtant jubilatoire. Regonflée par sa hardiesse, elle se sentait aussi grande que les deux hommes qui l'entouraient.

— Je l'étais, répondit-il. Mais ça n'a pas tenu.

— Oh, désolée. Vous êtes venu ici seul, ou avec un groupe ?

— Non, je suis venu seul. Je voulais renouer avec la nature et j'avais eu de bons échos à propos de cette île. C'est un endroit magnifique, vous ne trouvez pas ?

— Transcendant, intervint Bruce. Et pas seulement l'étang, précisa-t-il en embrassant le panorama d'un geste de la main. Le club Passaquoddy, aussi. La possibilité de s'éloigner des écrans, de son téléphone, de tout.

— Oui, j'apprécie vraiment. Mais je dois avouer que je me sens parfois un peu seul.

Il lança un coup d'œil vers Abigail.

— Je comprends, dit Bruce. Écoute, si tu veux dîner avec nous, ce soir, ou un autre soir…

— Non, non, pas question, répondit aussitôt Eric. (Quand il leva la main en signe de refus, Abigail remarqua à nouveau les bagues grossières à ses doigts et tenta de se rappeler s'il les portait toutes en Californie.) Ça ne se fait pas. Vous êtes en voyage de noces.

— Bon, eh bien, si tu changes d'avis…

— Oui, dit Abigail. Si vous changez d'avis, joignez-vous à nous.

— Je ne veux pas m'imposer, mais je vous remercie pour l'invitation. D'ailleurs je vous ai assez dérangés. Je ne faisais que passer, et nous voilà à discuter brunch.

En entendant le mot “brunch”, Abigail vérifia l'heure sur sa montre. Il était déjà dix heures trente ; combien de temps avait-elle dormi ? Elle devait se dépêcher si elle ne voulait pas être en retard pour son rendez-vous avec Jill.

— À plus, dit Eric.

Il se retourna et s'éloigna en direction du sentier escarpé qui remontait sur la falaise.

— Tu lui posais des questions très personnelles, dit Bruce à Abigail lorsque Eric fut hors de portée de voix.

— Je trouve ce mec inquiétant. Il est venu me parler le soir de notre arrivée, pendant que tu commandais nos cocktails au bar. Il était soi-disant convaincu de m'avoir déjà vue quelque part et m'a demandé si j'étais déjà allée sur le vignoble de Piety Hills.

— Eh bien, il t'a sûrement croisée là-bas, le week-end de ton enterrement de vie de jeune fille.

— Sans doute, mais je n'en ai pas le moindre souvenir. Tu ne trouves pas ça inquiétant, toi ?

— Pas plus que ça. On peut l'éviter, si tu préfères. De toute manière ça ne semblait pas l'intéresser de dîner à notre table.

— Oui. Tant mieux, dit-elle.

Elle rappela à Bruce qu'elle devait retrouver Jill en fin de matinée et ils rebroussèrent chemin en direction du camp. Ils ne reparlèrent plus d'Eric Newman, mais Abigail était parfaitement consciente qu'elle venait de raconter son premier mensonge à Bruce, posant ainsi les fondements pour les prochains – s'ils se révélaient inévitables.

Il était 11 h 35 lorsqu'elle entra dans la grotte de la piscine. Le lieu était désert. Abigail fut soulagée de ne pas avoir fait attendre Jill.

Elle se laissa glisser dans l'eau chaude, s'élança du bord et fendit délicatement la surface. Elle avait nagé quelques longueurs quand un employé apparut. Le même homme que la veille. Abigail lui demanda si une femme était venue ici avant elle et il répondit que non. Elle commanda un Greyhound.

À midi, Abigail conclut que Jill ne viendrait plus. Elle termina son cocktail, sortit du bassin et se dirigea vers les vestiaires, laissant une traînée d'eau dans son sillage.

17

Ce soir-là, au dîner, Abigail avait les yeux rivés sur la porte d'entrée du restaurant, dans l'espoir d'y voir Jill et Alec.

— Tu attends quelqu'un ? demanda Bruce en coupant son lapin.

— Oh, oui excuse-moi, répondit-elle. Jill. Je ne l'ai pas vue de la journée.

— Tu lui en veux parce qu'elle t'a laissée en plan ? dit-il avec un sourire.

— Non, je suis juste inquiète.

— Pourquoi ? Elle a sans doute décidé de profiter de sa lune de miel et de rester en tête-à-tête avec Alec.

— Oui, tu as raison.

Abigail avait commandé une tarte aux légumes. L'ayant terminée, elle en raclait méticuleusement les restes avec sa fourchette.

— Souviens-toi aussi qu'on peut se faire servir son dîner en chambre. C'est sûrement ce qu'ils ont fait.

— Oui. Sûrement.

Elle aperçut Eric Newman, dînant seul dans un coin. Il avait apporté un livre et il y avait quelque chose de pitoyable à le voir manger seul, le livre ouvert devant lui mais ses yeux balayant nerveusement la salle. Depuis leur rencontre sur la plage, Abigail avait bon espoir qu'il cesserait maintenant de l'importuner. Il ne s'était pas attendu à ce qu'elle l'appelle par son vrai nom ni qu'elle lui pose des questions au sujet de sa femme. Peut être s'agissait-il effectivement d'un pauvre mec dérangé qui s'imaginait avoir trouvé l'âme sœur ? En le provoquant comme elle l'avait fait, elle avait détruit ses illusions.

— Je suis fatiguée ce soir, dit Abigail au moment du dessert.

Elle n'avait pas envie de s'attarder au pavillon, même si elle n'avait pas renoncé à l'espoir d'y croiser Jill et de découvrir ce qui l'avait empêchée de la retrouver à la piscine.

— Moi aussi. On rentre directement après dîner ?

— Ce serait bien, oui.

Il faisait frais tandis qu'ils traversaient la pelouse, leurs lanternes électriques à la main. Alors qu'ils approchaient de leur porte, un bruit sec se fit entendre dans un arbuste à quelques pas. Abigail sursauta.

— Qu'est-ce que c'était ?

— Probablement un raton laveur, répondit Bruce. Ou peut-être un renard.

Il s'avança vers l'arbuste et aussitôt, quelque chose détala.

— C'est bizarre de penser qu'il puisse y avoir des animaux sur cette île, déclara Abigail en entrant.

— Pourquoi ?

— Parce qu'ils sont coincés ici. Déjà, comment ont-ils fait pour arriver ? Les oiseaux je veux bien, ils volent, mais les renards, ils sortent d'où ?

— Du ventre d'une maman renard. Tu veux vraiment que je t'explique ?

À l'intérieur, la cheminée avait été allumée. Abigail se rendit jusqu'au réfrigérateur escamoté et en sortit une bouteille qui, par sa taille, ressemblait à du vin, mais s'avérait être une bière King Titus.

— On se la partage ? proposa-t-elle.

— Ça marche.

Ils burent la bière brune ensemble sur le canapé, près du feu, en jouant une partie de backgammon. C'était la première fois que sa vie semblait avoir retrouvé un cours plus ou moins normal depuis qu'Eric Newman l'avait abordée dans le grand pavillon le premier soir. Après quatre parties, et deux victoires chacun, ils décidèrent d'un commun accord de se coucher, bien qu'il fût encore tôt.

Bruce s'endormit le premier. Il respirait profondément, recroquevillé en position fœtale. Allongée nue sous les draps, Abigail repensait aux événements des derniers jours. Le feu mourant continuait de projeter une lumière vacillante sur les murs et le plafond, un crépitement venant par moments briser le silence oppressant. Abigail ferma les yeux, mais elle n'était pas fatiguée. Les nuits où elle n'arrivait pas à trouver le sommeil, elle avait une astuce : elle comptait non pas les moutons, mais toutes les productions du théâtre de Boxgrove dont elle se souvenait. En général, ça fonctionnait. Comme souvent, le premier titre auquel elle pensa fut *Piège mortel*. Elle chercha alors toutes les autres pièces montées le même été : *Le Marchand de Venise*, *L'esprit s'amuse*, *Conviction* (une des premières pièces d'Eve Ensler) ; il y en avait une autre mais elle ne parvenait jamais à se souvenir du titre. Ce n'était pas une pièce de Shakespeare – ils n'en faisaient jamais plus d'une par été. Elle se rappela alors qu'une année, ils avaient monté *Promenons-nous dans les bois*, une incursion dans la comédie musicale aussi exceptionnelle que malheureuse – c'est du moins ce qu'en avaient conclu ses parents.

Abigail remonta quelques saisons de plus avant que la fatigue la gagne. Alors qu'elle allait s'endormir, elle entendit un bruit de raclement, comme une branche contre le carreau. Puis il cessa et elle crut l'avoir imaginé ; mais il reprit au moment où elle s'endormait.

Elle se glissa hors du lit, enfila sa chemise de nuit qu'elle avait jetée en boule et attrapa sa robe de chambre sur le dos du fauteuil. Le feu était complètement éteint et il faisait noir et froid. Elle marcha jusqu'à la fenêtre et jeta un coup d'œil à la pelouse. Rien. Elle allait en conclure que ce n'était qu'une branche agitée par le vent quand elle remarqua une forme accroupie dans un arbuste. À la chevelure blonde et à la peau pâle, elle sut qu'il s'agissait de Jill. Son visage lui apparut alors à la lueur de la demi-lune, ses yeux écarquillés par la peur et les mâchoires crispées. Abigail lui fit un signe, avant de réaliser que Jill ne pouvait pas la voir depuis l'extérieur. Elle courut à la porte et l'ouvrit aussi discrètement que possible. Le vent soufflait au-dehors et sa robe de chambre s'ouvrit quand elle franchit le seuil. Abigail referma la porte.

— Jill ? appela-t-elle tout bas en approchant de l'arbuste où elle l'avait aperçue. Jill, c'est Abigail.

Jill se leva et recula d'un pas. Elle portait une longue chemise de nuit satinée, blanche ou beige. Du côté droit, sous son bras, Abigail distingua une tache foncée sur le tissu qui à la lumière de la lune paraissait noire.

— Tu es blessée ? demanda-t-elle.

Mais Jill continua de reculer, l'air confus. Quand elle leva la main, Abigail vit que l'intérieur de son bras était lui aussi poissé de ce qui était clairement du sang.

— Qui êtes-vous ? demanda Jill.

— C'est moi Abigail, Jill, qu'est-ce qui ne va pas ?

Dès qu'elle s'avança, Jill pivota sur ses talons et se mit à courir à travers la pelouse, en direction de la rangée d'arbres bordant les dortoirs.

Abigail resta figée, tenant sa robe de chambre, choquée par ce qu'elle venait de voir. Sous le clair de lune, elle vit distinctement Jill détaler à toutes jambes, le bord de sa chemise de nuit blanche s'envolant. Abigail hésitait à faire demi-tour : le temps de réveiller Bruce, Jill serait déjà loin. Elle s'élança donc à sa poursuite, ses pieds nus foulant l'herbe humide.

Alors qu'elle courait, la lune dut se déplacer derrière un nuage car il fit soudain très sombre. Elle parvint cependant à repérer Jill à l'orée du bois et la vit s'y enfoncer.

Abigail ralentit, le souffle court, et regarda devant elle.

— Jill, cria-t-elle.

Elle s'avança jusqu'à la lisière du bois et attendit que ses yeux s'adaptent à la nuit pour tenter de distinguer quelque chose parmi les arbres. Mais il n'y avait plus rien à voir, ni rien à entendre, hormis le vent fouettant les cimes. À l'intérieur, l'obscurité était totale. Malgré cela, et en dépit du froid qui la faisait grelotter, Abigail décida d'avancer de quelques pas. Les aiguilles de pin sèches lui collaient à la plante des pieds et l'odeur du sol humide et de la végétation en décomposition emplissait ses narines.

— Jill, cria-t-elle de nouveau, mais Jill avait disparu.

Prise de panique, Abigail pivota sur elle-même et rebroussa chemin à grandes enjambées. Quelques lumières brillaient dans le grand pavillon, dansant à la périphérie de sa vision tandis qu'elle dévalait la pelouse. Elle songea un instant à s'y rendre immédiatement, mais préféra attendre que Bruce l'accompagne.

Elle poussa la porte du dortoir et courut vers le lit pour secouer Bruce. Comme à son habitude, il mit de longues secondes à émerger, la dévisageant comme s'il se demandait qui elle était ou ce qu'elle lui voulait.

— Bruce, réveille-toi ! répétait-elle sans arrêter de le secouer.

— Quoi ? Qu'est-ce qu'il y a ?

— C'est Jill. Je viens de la voir dehors. Elle saignait et je lui ai couru après jusque dans les bois.

Bruce s'assit et se frotta l'œil du talon de la main.

— Redis-moi ça.

Tandis qu'ils s'habillaient, elle lui raconta en détail ce qui s'était passé.

— Il faut appeler Paul, dit-il.

— Ça prendra trop de temps, Bruce. Allons directement au grand pavillon pour avertir la personne qui est de garde. Il faut organiser une battue. Il faut alerter la police !

— D'accord, mais calme-toi. Ils vont s'en occuper.

À leur arrivée, ils aperçurent de la lumière sur la mezzanine, mais Abigail se contenta de crier dans la salle sombre :

— Il y a quelqu'un ?

Le lustre aux chandelles factices s'illumina et elle entendit quelqu'un descendre l'escalier au pas de course. Une seconde plus tard, Paul traversait la salle pour venir à leur rencontre. Il marchait vite mais son visage affichait une parfaite placidité.

— Nous avons besoin d'aide, dit Abigail.

— Que puis-je faire pour vous ? demanda Paul.

Abigail résuma rapidement les événements : réveillée par un bruit contre la fenêtre, elle avait vu Jill couverte de sang et l'avait suivie jusque dans les bois.

— Il faut appeler la police.

Paul hocha la tête.

— Asseyez-vous au coin du feu, dit-il. Je vais aller réveiller Chip et je reviens. L'un de vous désire-t-il une boisson chaude en attendant ?

— Il faut absolument organiser une battue, insista Abigail. Elle était en chemise de nuit et il fait froid.

— Je reviens, répondit Paul.

Tandis qu'il remontait l'escalier quatre à quatre, Abigail se tourna vers Bruce :

— Bon sang, on devrait partir nous-mêmes à sa recherche…

— Calme-toi un peu, tu veux ? Paul va aller réveiller Chip, et il va s'occuper de ça. Promis.

— Mais il faut qu'ils préviennent la police. Jill n'allait vraiment pas bien.

— C'est ce qu'ils vont faire, mais donne-leur le temps. Et puis si ça se trouve, Jill avait simplement trop bu ou autre chose. Elle a peut-être des problèmes personnels.

— Elle saignait, Bruce. Sur tout le côté.

On entendit un nouveau bruit de pas tandis que Paul conduisait Chip Ramsay jusqu'à eux. Abigail ne l'avait pas revu depuis leur arrivée sur l'île trois jours plus tôt. Elle reconnut la barbe rousse foisonnante qui contrastait avec sa coupe militaire. Chip portait un peignoir en soie vert et des chaussons.

— Répète-moi ce que tu as dit à Paul, lança-t-il à Abigail en guise de bonsoir avant de s'asseoir sur l'accoudoir d'un fauteuil inoccupé.

Elle prit une profonde inspiration, puis déroula son récit d'une traite, ajoutant en conclusion que quelqu'un devait se rendre au bungalow de Jill pour parler à son mari Alec. Mais le mieux était d'appeler la police. Bruce la regardait sans rien dire.

— D'accord, dit Chip. Avant tout je dois te poser quelques questions : tu es absolument certaine que la femme que tu as vue était Jill Greenly ?

— Désolée, je ne connais pas son nom de famille. Mais c'était la Jill que nous avons rencontrée. Celle qui est en lune de miel avec son mari Alec.

— C'est leur nom de famille. Alec et Jill Greenly. Tu es sûre que c'était elle ?

— Oui, dit Abigail en haussant le ton. (Chip acquiesça en silence. Il fronçait les sourcils.) Je ne comprends pas. Vous ne me croyez pas ?

— Eh bien, le problème, répondit Chip, c'est qu'Alec et Jill Greenly ne sont plus parmi nous.

— Qu'est-ce que tu entends par là ? demanda Bruce.

— Ils sont repartis cet après-midi. Mme Greenly ne se sentait pas bien alors un avion les a ramenés tous les deux sur le continent.

— Non, non, murmurait Abigail en secouant la tête de façon mécanique. Ils n'ont pas pu partir, pas Jill en tout cas, parce que je viens de la voir.

Bruce lui prit la main. Elle la retira sans réfléchir.

— Je les ai conduits moi-même jusqu'à l'avion, dit Chip. Je les ai regardés décoller et plus tard, j'ai reçu la confirmation qu'ils étaient bien arrivés. Est-ce possible que tu aies vu quelqu'un d'autre ? Ou bien que tu aies rêvé ?

— Je n'étais pas en train de rêver, rétorqua Abigail, en même temps que Bruce déclarait :

— Elle ne l'a pas inventé, Chip.

— Oui, oui, je sais. Je n'ai pas dit ça. Je cherche juste une explication rationnelle, et l'une d'elles serait que tu aies fait un rêve qui t'a paru réel.

Abigail n'en démordait pas.

— Ce n'était pas un rêve. Je suis sortie et j'ai couru après Jill à travers la pelouse jusqu'à ce qu'elle disparaisse parmi les arbres. Puis je suis rentrée réveiller Bruce. Bruce, tu m'as prise dans tes bras. Tu as bien senti que j'avais les mains froides.

— Je suis désolé, Abigail, je n'ai pas remarqué, répondit Bruce. Mais soyons logiques : si Abigail dit qu'elle ne rêvait pas, c'est qu'elle ne rêvait pas. Et si Jill s'était débrouillée pour revenir sur l'île d'une manière ou d'une autre ? Imaginons qu'elle ait oublié quelque chose, ou que…

— Je sais très exactement qui se trouve sur cette île à tout moment, déclara Chip sans lui laisser le temps de terminer sa phrase.

Il se frotta le bord du nez.

— Dans ce cas il n'y a qu'une seule conclusion possible, dit Bruce en se tournant vers Abigail. Tu as vu quelqu'un qui ressemblait à Jill. Actuellement, combien de femmes y a-t-il sur l'île, Chip ? Il va falloir qu'on vérifie.

— D'accord, je m'en occupe. Eh bien, pas tant que ça en fait. Ça ne devrait pas me prendre trop de temps.

— C'était bien elle, répéta Abigail, à voix basse.

Elle se repassait mentalement le déroulé des événements. Avait-elle pu se tromper ? Bruce vint s'agenouiller un instant devant elle :

— On va tirer cette histoire au clair, je te le promets.

Puis il se redressa et se tourna vers Chip, qui s'était levé. Abigail fit de même, mais elle se sentit happée par une vague d'épuisement et de nausée.

— Est-ce que je peux l'appeler ? proposa-t-elle.

Les mots étaient sortis de sa bouche en même temps que l'idée germait dans son esprit.

— Qui ça ? demanda Chip. Jill Greenly ? Comment ça, l'appeler ?

— Vous devez bien avoir son numéro, ou celui de son mari. Je veux l'appeler, entendre sa voix, je tiens à m'assurer qu'elle va bien.

— Aucun souci, je m'en occuperai. Mais demain, d'accord ? Là, il est trois heures du matin. Essayez de dormir un peu. Demain il fera jour et on y verra plus clair.

Abigail serra les dents, mais elle accusait la fatigue. Combien d'heures avait-elle pu dormir depuis le mariage ? Le doute commençait à s'insinuer dans son esprit. Une nuit, étant enfant, elle s'était réveillée en hurlant. Elle avait expliqué à ses parents qu'un grand oiseau noir s'était posé sur sa poitrine durant la nuit et s'était envolé par la fenêtre quand elle l'avait chassé. La scène lui avait semblé si réelle que pendant des années, elle avait été persuadée que c'était bel et bien arrivé. Mais ce qui venait de se passer paraissait plus réel encore.

— Je ne sais plus, dit-elle finalement.

— Dès qu'il fera jour, reprit Chip, j'enverrai tout le personnel disponible fouiller les bois pour trouver cette femme. Promis.

— Ça me paraît bien, déclara Bruce.

— D'accord, dit Abigail.

Bruce resta silencieux sur le chemin du retour. La lune éclairait encore assez pour qu'ils puissent y voir sans lanternes et Abigail eut soudain conscience du sol froid sous ses pieds nus : elle avait ressenti la même sensation quand elle courait derrière Jill.

— Chip va s'en occuper, répéta Bruce en lui tenant la porte du bungalow.

Abigail entra en silence.

18

À L'HEURE OÙ L'AUBE POINTAIT, Abigail se préparait à sortir du lit, bien qu'elle eût à peine dormi. Elle referma les yeux un instant. Quand elle les rouvrit, elle émergeait péniblement d'un rêve compliqué, Bruce n'était plus à ses côtés et sa montre indiquait presque dix heures.

Elle se dépêcha de s'habiller en se repassant les événements de la nuit, s'aspergea le visage d'eau, se rinça la bouche puis sortit. C'était une journée d'automne idéale : l'air était vif, le ciel d'un bleu d'outremer resplendissant. Tout en marchant vers le grand pavillon, elle jeta un coup d'œil vers l'étang : un voilier solitaire sillonnait sa surface. Une colère la saisit. Comment quelqu'un pouvait-il tranquillement naviguer alors que Jill, ou une autre femme, se terrait dans les bois, paniquée et en sang ?

Avant même de pousser les portes du pavillon, elle sentit le bacon frit et le pain encore chaud. Bruce et Chip Ramsay discutaient au bar avec un troisième homme qu'elle n'avait encore jamais vu : grand et voûté, les cheveux blancs et le front dégarni. Elle se dirigea vers eux. Dès qu'il la vit, Bruce vint à sa rencontre.

— J'ai préféré te laisser dormir, dit-il.

— Que se passe-t-il ?

— La bonne nouvelle, c'est que Jill va bien.

— On l'a retrouvée ?

— Non, Abigail. Chip l'a eue au téléphone. Ce matin. Il lui a parlé, ainsi qu'à Alec. Ils sont arrivés en Californie.

En dépit de cette bonne nouvelle, Abigail sentit son cœur palpiter.

— Quand ça ? demanda-t-elle d'une voix où la colère était perceptible.

— C'est rassurant, non, Abigail ? Je sais que tu es persuadée de l'avoir vue, mais tu te trompes. Je pense… je pense que tu as simplement fait un rêve très réaliste. Ça t'a paru tout ce qu'il y a de plus vrai, mais ça ne l'était pas.

— Non, protesta-t-elle. Si ce n'était pas Jill, alors c'était une autre femme qui lui ressemblait comme deux gouttes d'eau. Je ne l'ai pas rêvée. Je sais ce que c'est qu'un rêve, et ça n'en était pas un. C'était bien réel. À qui Chip est-il en train de parler ?

Bruce la prit par le bras.

— Viens, dit-il. Explique à ce monsieur. C'est un enquêteur en poste sur l'île.

— Un policier ?

— Non, un détective privé.

Sans doute l'homme les entendit-il, car il se retourna et tendit la main vers Abigail.

— Je suis Bob Kaplan. Chip vient de m'expliquer que vous aviez passé une nuit… exaltante.

Il sourit, dévoilant une dentition aussi rectiligne que jaunâtre.

— Je ne sais pas ce qu'il y voit d'exaltant. Une chose est sûre, elle était horrible.

— Chip et Bruce m'ont raconté ce que vous leur avez dit, mais j'aimerais néanmoins l'entendre de votre propre bouche.

Abigail s'adressa à Chip.

— Il paraît que tu as parlé à Jill.

— Oui, répondit-il. Il y a une vingtaine de minutes. J'ai aussi eu Alec.

— Je veux leur parler.

Une lueur traversa le regard de Chip. Ses yeux avaient quelque chose de curieux, elle l'avait déjà remarqué. L'écart entre eux était un peu grand et ils étaient inexpressifs.

— Je viens de les appeler, répéta-t-il. Ils viennent d'atterrir en Californie et sont fatigués. Ils ont besoin de dormir.

— Je ne mets pas ta parole en…

— J'essaierai de les rappeler plus tard quand tu reviendras. Tu as besoin d'entendre la voix de Jill, c'est compréhensible.

— D'accord, merci.

Abigail aurait voulu insister, mais une lueur dans le regard de Chip l'en dissuada.

— Combien de femmes il y a en ce moment sur l'île ? demanda-t-elle à brûle-pourpoint.

— Eh bien, actuellement, pas tant que ça, répondit-il d'une voix éraillée. (Il toussa.) Il y a Mellie, qui travaille ici. Je crois que tu l'as rencontrée.

— Oui. Mais ce n'était pas elle.

— Je l'ai interrogée. Elle m'a assuré qu'elle n'était pas sortie cette nuit.

— Et parmi les clientes ?

— À vrai dire, répondit Chip, maintenant que Jill a quitté l'île, tu es notre seule cliente. Demain un groupe de dirigeantes d'entreprise doit arriver d'Atlanta, mais pour le moment, il n'y a que toi.

On aurait dit qu'il s'excusait, comme s'il s'était évertué à maintenir une parité, en vain.

— Mais je… je suis certaine que je n'ai pas rêvé.

Les trois hommes lui adressèrent un regard de compassion qui ne fit qu'attiser sa colère. Abigail n'avait qu'une envie : filer d'ici avec un café pour essayer de se réveiller un peu.

— Je vous assure qu'on a fouillé les bois, déclara l'enquêteur en tirant sur le long lobe de son oreille. Évidemment, ça ne manque pas de bois dans le coin, mais on n'a rien remarqué d'inhabituel. On peut… je peux organiser une autre battue plus tard.

— Laissez tomber, dit Abigail, qui souhaitait mettre un terme à cette conversation. De toute évidence, j'ai fait un rêve hyper réaliste. Soit ça, soit je suis en train de perdre la tête. Bruce, tu as pris ton petit déjeuner ?

— Non, pas encore. Je t'attendais.

Elle avait seulement envie d'un café, mais Bruce insista pour qu'elle boive un grand verre de jus d'orange fraîchement pressé ; puis elle grignota un muffin aux myrtilles.

— Je veux quitter cette île, dit-elle, une fois que Bruce eut terminé sa seconde assiette d'œufs.

Elle s'attendait à un refus catégorique de sa part et fut stupéfaite lorsqu'il répondit :

— Entendu. Allons-nous-en. Ce n'était peut-être pas une si bonne idée de venir ici.

Le voyant dépité, elle se hâta de préciser :

— Non, ça n'a rien à voir avec l'île. C'est un endroit magnifique. C'est juste que je ne crois plus pouvoir m'amuser après ce qui s'est passé la nuit dernière. Je ne peux pas rester ici et faire comme si je n'avais rien vu. Ou comme si j'acceptais de croire que ce n'était qu'un rêve.

— Je comprends. Tu veux partir quand ?

— Cet après-midi ? C'est possible ?

Il hocha la tête.

— Je vais arranger ça.

— Tu ne m'en veux pas ?

— Bien sûr que non. Je comprends parfaitement.

De retour au bungalow, ils firent leurs bagages en silence.

— Mince, dit Bruce tout à coup. J'ai oublié de demander à Chip de réserver l'avion.

— On n'a qu'à appeler Paul pour qu'il s'en occupe.

— Non, je file au pavillon arranger ça avec Chip. Qu'est-ce qu'on pourrait faire en attendant que l'avion arrive ? Une balade, peut-être. Ou aller nager. Évacuer un peu la tension nous ferait du bien.

— Je veux fouiller les bois, Bruce, répondit Abigail, penchée au-dessus de ses bagages. Je vais y aller ce matin. Il faut que j'essaie de trouver une trace de la femme que j'ai vue…

Elle le regarda, s'attendant à lire une marque de désapprobation sur son visage ; mais il opina du chef.

— Entendu, dit-il.

— Je termine mes bagages et j'y vais.

— Je t'accompagne.

— Non. Si tu veux te rendre utile, cherche plutôt de ton côté. Ça ne rime à rien qu'on cherche au même endroit. Mieux vaut se déployer.

— Je ne veux pas que tu t'aventures seule dans les bois.

— C'est une île. Je ne vais pas me perdre.

— Écoute. Attends-moi et on cherchera ensemble, d'accord ?

Abigail marmonna une réponse évasive.

— On ira ensemble, répéta-t-il. Je viens avec toi.

Une fois Bruce parti, Abigail se hâta de terminer ses bagages, puis enfila ses chaussures de marche, bien décidée à y aller seule. Elle avait vu une femme en sang disparaître dans les bois : il fallait qu'elle parte à sa recherche. Bruce serait sans doute fâché, mais peu importe. Il était convaincu qu'elle avait rêvé, cela ne faisait plus aucun doute. Tout le monde en était convaincu. Elle avait envie d'exploser de rage à cette pensée, mais elle s'obligea à rester calme. Peut-être avait-elle effectivement rêvé. Peut-être était-ce le stress de savoir Eric Newman sur l'île. Son subconscient avait projeté ses propres angoisses sur l'image de Jill et elle l'avait imaginée prenant la fuite et couverte de sang. Abigail secoua quelques instants sa tête et ses membres pour y faire circuler le sang. De toute manière, qu'elle perde la tête ou que des événements terrifiants se soient produits sur cette île, il fallait qu'elle aille jeter un œil dans les bois.

La température était montée de quelques degrés et elle croisa deux employés en train d'installer des cibles de tir à l'arc. Abigail passa devant la rangée de dortoirs, son regard parcourant les noms les uns après les autres. Elle cherchait celui d'Eric Newman. Comment avait-il dit ? Quelque chose comme Pinehaven. Elle lut soudain le nom de l'avant-dernier bungalow et pressa aussitôt l'allure sans regarder vers les fenêtres. Elle espérait qu'il ne soit pas à l'intérieur en train de l'espionner derrière les rideaux.

D'une certaine manière, la menace proférée par Eric Newman s'était faite moins urgente dans l'esprit d'Abigail. C'était en partie dû à l'incident de la nuit avec Jill, mais aussi à la réaction d'Eric lorsqu'il les avait croisés elle et Bruce à la crique. Elle était à présent convaincue que ce n'était qu'un pauvre type, malade et moins dangereux qu'il n'en avait l'air. Imaginons cependant qu'il la voie passer. Et qu'il décide de la suivre dans les bois. Eh bien, qu'il la suive. C'était bien moins terrifiant que ce qu'elle avait vu la nuit précédente. Et puis si jamais il la suivait, ça lui donnerait quelqu'un sur qui passer ses nerfs, se défouler même. Son harceleur ne l'effrayait plus tant que ça.

Une fois arrivée à l'endroit où elle pensait avoir vu Jill, ou la femme qui lui ressemblait, pénétrer dans les bois, Abigail aperçut un sentier, vaguement marqué, menant dans les broussailles. Elle y fit quelques pas, puis tira son téléphone de sa poche. Elle l'avait emporté car, même sans réseau, la boussole fonctionnait. Et la torche aussi, en cas de besoin. Le portable indiquait l'est ; Abigail décida d'avancer droit devant, puis de faire demi-tour et de repartir plein ouest. Il y aurait ainsi moins de risques qu'elle s'égare ou perde son temps à fouiller plusieurs fois la même zone. Elle se mit en marche, guettant toute empreinte, toute trace de sang. Par moments, le sol brillait d'un vert quasi luminescent ; ici et là des racines d'arbres émergeaient au milieu de la mousse dans des enchevêtrements compliqués. Au bout d'une centaine de mètres, elle lança des "Ohé". Mais le son de sa voix solitaire lui renvoyait un écho angoissant, alors elle arrêta.

Quelque chose bougeait dans les branches ; levant les yeux, elle vit un grand oiseau s'envoler dans le ciel azur

– peut-être l'aigle qu'elle avait aperçu la veille avec Bruce ? L'épuisement la gagna soudain, et elle comprit qu'elle était non seulement en train de perdre son temps, mais peut-être aussi de prendre des risques. Même si tout cela n'avait été que le fruit de son imagination, elle ne s'en trouvait pas moins seule au milieu des bois. Plus elle s'enfonçait, plus la végétation s'épaississait : des buissons étranges lui barraient le chemin, certains garnis de grappes de petites baies sombres à l'air toxique, d'autres aux feuilles coupantes.

Distinguant une trouée lumineuse un peu plus loin, elle décida de continuer jusque-là. Elle se tint immobile dans le halo des rayons, laissant sa peau se réchauffer, puis s'assit un moment sur l'étrange tapis de mousse verte, le dos contre un arbre. Il était temps de faire demi-tour, de retrouver Bruce et de s'assurer qu'il avait bien réservé l'avion pour quitter cette île maudite. De retour sur le continent, elle appellerait elle-même Jill Greenly pour vérifier si tout allait bien. Mais il n'y avait aucune raison pour que ce ne soit pas le cas… Elle était rentrée en Californie, comme Chip l'avait dit. Quant à Eric Newman, s'il s'avisait de la recontacter, elle préviendrait aussitôt la police. Elle parlerait également à Bruce, pas de son incartade, mais des affabulations d'Eric. Elle constata qu'elle était désormais disposée à mentir. Peut-être parce que Bruce mettait de toute évidence sa parole en doute : s'il ne la croyait pas quand elle lui disait la vérité, alors quel mal y avait-il à lui mentir, juste une fois ? Elle avait parfaitement conscience qu'elle était en train de s'arranger avec la vérité, mais ça ne lui posait plus aucun problème.

Elle ferma les yeux et tendit l'oreille. Les feuillages bruissaient dans le faible vent, les branches et les troncs craquaient. Au loin on entendait le cri des mouettes. Et c'était tout. Les arbres s'élevaient si haut et oscillaient si lentement – comme s'ils étaient sous l'eau – qu'Abigail se sentait petite et insignifiante, comme redevenue enfant. Il se tramait quelque chose à quoi elle ne comprenait rien. Et elle aurait beau rester assise tranquillement sur le sol humide, jamais les arbres ne lui confieraient leur secret.

Il était temps de rentrer.

Abigail se leva pour débarrasser les aiguilles sèches de son jean et vit entre les arbres, à une quinzaine de mètres, une silhouette silencieuse qui avançait vers elle. Elle reconnut Eric Newman ; il jetait des regards à gauche à droite, manifestement à sa recherche.

Telle une biche en alerte, elle se figea dans une immobilité parfaite. Alors qu'elle se demandait si elle aurait le temps d'arriver au grand pavillon avant qu'il la rattrape, Eric l'aperçut ; il s'arrêta aussitôt.

— Ne te sauve pas, cria-t-il en levant les bras au-dessus de sa tête, comme si elle pointait une arme.

— Qu'est-ce que tu veux ? demanda-t-elle d'une voix forte où persistait un tremblement.

— Juste parler. Pardon. Je t'ai vue passer devant ma fenêtre puis t'engager dans les bois, alors je t'ai suivie. Mais je ne m'approcherai pas davantage. Je ne veux pas t'effrayer.

— Trop tard.

— Désolé. Je t'assure, je veux seulement discuter.

— De quoi ?

— Je l'ai vue moi aussi. Hier soir. La femme en chemise de nuit.

19

Abigail prit une inspiration.

— Comment tu es au courant de cette histoire ?

— Tout le monde est au courant. Le détective privé m'a interrogé ce matin. Il n'a pas parlé de toi, mais je t'ai vue la nuit dernière courir après la femme. À travers la pelouse. Je n'arrivais pas à dormir et je regardais par la fenêtre. C'est bizarre, je sais.

— Et tu le leur as dit ? Tu leur as dit que tu avais vu quelqu'un ?

— Oui, bien sûr. Ils m'ont demandé si j'avais reconnu la personne, mais j'ai répondu que non.

— Tu ne connaissais pas Jill Greenly ?

— Non. Elle était en vacances ici ?

— Oui. C'est la femme que j'ai vue. Mais ils m'ont affirmé que je n'avais pas pu la voir parce qu'elle a quitté l'île hier après-midi.

— Ils t'ont dit qu'elle était partie ?

— Oui.

— Comment ? demanda Eric.

— Comment ça, comment ?

— Est-ce qu'elle a pris l'avion ?

— Oui. C'est ce qu'ils m'ont dit.

— C'est impossible.

— Pourquoi ?

Il fit un pas dans sa direction.

— Reste où tu es. N'avance pas, dit-elle aussitôt.

— D'accord. Eh bien, à moins d'avoir pris le bateau, elle n'a pas pu repartir hier car aucun avion n'a atterri sur l'île dans l'après-midi. Après vous avoir croisés ton mari et toi hier près de la crique, j'ai marché jusqu'à la piste d'atterrissage. Il y a un endroit là-bas où on peut s'asseoir, et si on regarde bien, on peut distinguer un des phares de Casco Bay. J'y suis resté pratiquement jusqu'à l'heure du dîner. Si un avion avait atterri, je l'aurais forcément vu.

— Peut-être que tu t'es…

— Je te le répète : aucun avion n'a atterri. Il se passe des trucs bizarres sur cette île. Je l'ai senti dès que j'y ai posé les pieds.

— Dès que tu m'y as *suivie.*

— Je te demande pardon. Excuse-moi pour tout ce que je t'ai fait subir. Je me rends compte à présent que je n'ai pas la moindre excuse. Mais si je t'ai suivie ce matin, c'était pour te dire que je ne t'importunerai plus.

— Qu'est-ce qui t'a fait changer d'avis ?

— Quand je t'ai vue hier sur cette plage avec Bruce, j'ai senti que tu étais en colère, et je crois que… ça m'a ouvert les yeux. J'ai compris que je me trompais sur nous deux. Je pensais réellement que nous étions faits l'un pour l'autre. Je crois que j'ai un peu pété les plombs.

— Tu crois ?

Eric sourit, avant de baisser les yeux. Il avait maintenant les mains dans les poches de son jean.

— J'ai complètement pété les plombs. Le truc c'est que… tu lui ressembles tant. Tu ressembles à…

Il hésitait.

— Je ressemble à ta femme.

— Pas la couleur des cheveux, les siens étaient d'un roux flamboyant. Et elle avait la peau diaphane. Mais tu as les mêmes yeux, et vous avez la même façon de parler.

— Eh bien, je ne suis pas elle, dit Abigail.

— Je sais. Je suis désolé d'être venu ici. Et d'avoir persisté après avoir reçu ton e-mail… mais je me disais que, peut-être, si tu me revoyais…

Il conclut d'un haussement d'épaules.

— Tu m'as suivie à New York, n'est-ce pas ? Quelques jours avant mon mariage.

— Oui. Je voulais que tu aies la possibilité de me revoir. J'espérais que tu changerais d'avis.

— Sortons de ces bois, tu veux bien ? dit-elle en rebroussant chemin.

— Je peux te suivre ?

— Marche à distance. Je ne suis toujours pas sûre de te faire confiance.

— Qu'est-ce que tu étais venue faire dans les bois ? Tu recherches la femme de cette nuit ?

— Oui. Ou au moins une preuve que ce que j'ai vu la nuit dernière est vraiment arrivé.

— Eh bien, maintenant tu as un témoin. Je l'ai vue aussi.

— Mais tu ne peux pas l'identifier.

— Non, je n'ai pas pu voir son visage. Et même si je l'avais vu, je ne la connaissais pas.

Eric avançait parallèlement à Abigail, les mains toujours dans les poches.

— Tu as dit tout à l'heure que cette île était bizarre. Pourquoi ?

— Parce que c'est vrai. Je suis peut-être cinglé, mais je sais ce que je dis. D'une, ce club de vacances n'est pas une entreprise viable. Je ne vois pas comment il pourrait l'être : il y a bien plus de personnel que de clients. Et tout le monde semble se connaître – tous les clients, je veux dire. Je crois qu'il sert de façade à un autre type d'activité.

— Et les clients sont tous des hommes, ajouta-t-elle.

— Oui, je l'ai remarqué aussi. Il y a quelque chose de pas clair.

— Je suis d'accord. D'un autre côté, si cet endroit est financé par des milliardaires, je suppose qu'ils se fichent de perdre un peu d'argent. Et j'imagine que la plupart des milliardaires sont des hommes.

— Ton mari fait sans doute partie des investisseurs.

— Il me semble, oui. Si j'ai bien compris, ce lieu a été créé pour offrir aux informaticiens un endroit exempt de tout écran. Un lieu où reprendre contact avec la nature. Alors même si c'est ouvert à monsieur tout le monde, ce n'est pas vraiment un club de vacances classique.

— Ça se tient. Mais je sens qu'il s'y passe des choses louches. Et si la femme qu'on a vue était bien Jill Greenly. S'ils t'avaient menti ?

— J'ai réfléchi à cette possibilité, répondit Abigail. Si c'était bien Jill, alors peut-être qu'elle tentait d'échapper à son mari violent. Dans ce cas il a pu la suivre jusque dans les bois et la tuer, et les gens du club ont étouffé la chose par peur du scandale. Ou bien le mari les a payés. Je n'en sais rien. Mais une chose est sûre, il faut que je quitte cette île.

Abigail n'avait pas mentionné la présence – soi-disant fortuite – de Porter, l'ancien petit ami de Jill; elle ne l'oubliait pas pour autant.

— Tu pars quand? demanda Eric.

Il s'était légèrement rapproché au fil de la marche. Ils n'étaient plus qu'à trois mètres l'un de l'autre. Abigail ne fit aucune remarque mais pressa le pas.

— Bruce règle les préparatifs. Nous partons dans l'après-midi.

— Logique, dit-il en hochant la tête.

Ils marchèrent un moment en silence. Bientôt, Abigail distingua l'étendue de pelouse à travers les arbres, puis entendit un sifflement, suivi d'un bruit pareil à celui d'une hache frappant l'écorce. Elle comprit dans la seconde qu'on était en train de tirer des flèches dans les cibles que les employés avaient installées.

— Et toi, tu restes combien de temps? demanda-t-elle à Eric, tandis qu'ils émergeaient du bois.

— Deux jours, je pense. Tu veux que je te tienne au courant si je découvre autre chose après ton départ?

— Oui, répondit-elle, sans savoir si c'était une bonne idée.

Ne risquait-il pas d'y voir une invitation à garder le contact? Mais elle ne s'en souciait plus vraiment. S'il découvrait quelque chose, elle voulait le savoir. Toute la peur et la colère qu'Eric lui avait inspirées semblaient s'être dissipées.

Il y eut un nouveau sifflement, suivi du même claquement sec quand la flèche atteignit sa cible. Deux hommes s'entraînaient, arcs en main, pendant que deux employés les regardaient. Abigail se sentit soudain agacée par l'existence même de cet endroit, ce simulacre de "camp de vacances" où des hommes adultes venaient déguster des mets délicats et se gorger de cocktails.

— Tiens, ce n'est pas ton mari ? dit soudain Eric.

Abigail suivit son regard et aperçut Bruce. Il descendait la vaste pelouse de ses longues enjambées disgracieuses.

— Si.

Ils étaient arrivés devant le bungalow d'Eric et il se dirigeait vers la porte.

— Encore une fois, je m'excuse pour tout ce que je t'ai fait subir, dit-il. J'espère que tu rentreras chez toi sans problème.

— Qu'est-ce que tu essaies de me dire, Bruce ? demanda Abigail.

— Ils n'ont plus d'avion disponible, mais ils peuvent venir demain matin très tôt.

Bruce et Abigail étaient dans leur chambre. Bruce enfilait une nouvelle chemise. Il l'avait sermonnée pour s'être aventurée seule dans les bois, et voilà maintenant qu'il lui annonçait que l'avion ne pourrait pas venir aujourd'hui.

— Je ne comprends pas, dit-elle. Nous ne sommes qu'à vingt minutes de la côte. Il doit bien y avoir un moyen de quitter cette île aujourd'hui.

— Je suis navré. Chip est bien embêté aussi, mais apparemment, un de leurs appareils est en rade et ils sont débordés.

— Merde, dit-elle excédée.

— Ne te mets pas dans cet état, Abigail. L'avion arrivera demain à la première heure. Tu n'as plus qu'une nuit à supporter cet endroit.

Il ponctua sa remarque d'un sourire sarcastique et Abigail eut soudain envie de se jeter sur lui et de le frapper. Pas parce que l'avion ne pouvait pas être là, mais à cause de sa réaction.

— On pourrait aller se baigner, proposa-t-il. Ou sinon, je peux t'accompagner dans les bois, si tu veux.

— Écoute-moi bien, répondit-elle. (Bruce était en train de farfouiller dans sa valise ; il se redressa et lui adressa un regard sérieux, sourcils froncés, lèvres pincées.) Cet endroit me fiche la frousse. Ce n'est pas seulement d'avoir vu Jill hier soir – et soit dit en passant, oui, je suis sûre que la femme que j'ai vue était Jill, je n'ai plus le moindre putain de doute… Ce n'est pas seulement ça, c'est tout le reste. Déjà, comment ça peut être rentable ? Il doit y avoir vingt clients à tout casser – que des hommes – et chaque fois que je me retourne un nouvel employé sort de je ne sais où. Enfin, explique-moi un peu où on est.

— On en a déjà parlé. Je t'ai dit que Chip avait voulu créer un lieu où les professionnels de l'informatique pourraient se détendre… s'évader. Et il y a beaucoup de femmes parmi eux, c'est juste qu'il n'y en a pas en ce moment. Ce sont surtout des femmes fortunées effectivement. C'est le but : offrir à des personnes qui occupent des postes à responsabilités un lieu où elles puissent oublier leurs tracas et évacuer leur tension.

— Eh bien, ça ne marche pas. Pas pour moi, en tout cas.

Bruce tendit une main vers elle.

— Allons, chérie. Détends-toi un peu.

— Là, tu ne m'aides pas non plus.

— Dans ce cas, dis-moi ce que je peux faire. Comment je peux t'aider ?

— Je veux partir d'ici. Il y a forcément d'autres compagnies. Je veux dire, en cas d'urgence médicale, vous préviendriez bien quelqu'un, non ?

— S'il y avait une urgence médicale, je suppose que les garde-côtes interviendraient, mais ce n'est pas le cas. Nous n'avons même pas vingt-quatre heures à patienter. Ce n'est pas la fin du monde.

— Je ne passerai pas une nuit de plus sur cette île.

— C'est juste une nuit. Je serai avec toi. On peut même rester dans le dortoir si tu préfères. On dîne ici, on se couche, et demain matin l'avion vient nous chercher. Je ne vois pas ce qui te pose problème.

— Ce qui me pose problème, c'est que j'ai vu une femme terrifiée – la *seule* autre femme présente sur cette île. Elle saignait et s'est enfuie en me voyant. Et maintenant tu m'annonces que je dois passer une autre nuit ici. Tout ça n'a aucun sens. Depuis mon arrivée ici on n'a pas arrêté de me répéter qu'on pourrait exaucer tous mes désirs, et là, je demande à partir et tout d'un coup il faut attendre une journée.

Bruce s'était tu. Il inspirait par le nez et se balançait légèrement sur la pointe des pieds.

— Quoi ? demanda Abigail.

— Espèce de sale petite chieuse.

Il avait chuchoté, mais Abigail avait clairement entendu chaque mot et elle se crispa aussitôt. Ce n'était pas tant l'insulte qui l'avait choquée que le fait qu'il l'ait murmurée. Son ton avait changé du tout au tout.

— Pardon ?

— Tu as très bien entendu.

Il regardait dans sa direction, mais fixait un point dans le vide juste à côté de son visage. Les mots se bousculaient dans la tête d'Abigail, mais elle était trop surprise pour parler. Elle découvrait son mari sous un nouveau jour. Il lui faisait peur.

— Très bien, dit-elle finalement, un léger tremblement dans la voix. Fais comme tu veux, mais moi je pars aujourd'hui. Il doit bien y avoir une autre compagnie.

— Vas-y si tu en trouves une, répondit-il sans la regarder.

— Mais qu'est-ce qui te prend ? dit-elle en faisant un pas vers lui, même si elle n'en avait pas envie.

— Je pourrais te retourner la question. Je t'emmène dans ce lieu fantastique et tu n'es même pas capable d'apprécier. Il faut toujours que tout tourne autour de *toi*, hein ?

— J'appréciais, répondit-elle plus calmement. Jusqu'à cette nuit. Maintenant je veux juste partir. Si tu n'arrives pas à le comprendre, je ne sais plus quoi te dire.

— Très bien.

Il se dirigea vers la cuisine.

20

Abigail sortit et prit le chemin du grand pavillon. Les hommes continuaient de tirer à l'arc et chaque fois qu'elle entendait une flèche atteindre sa cible, tout son corps se tendait. Alors qu'elle gravissait les marches en pierre de l'entrée, les portes s'ouvrirent et Chip Ramsay en surgit.

— Abigail, lança-t-il. (Après l'avoir regardée mieux, il demanda.) Tout va bien ?

— Bruce m'a dit qu'il n'y avait aucun moyen de quitter l'île aujourd'hui, dit-elle en s'arrêtant.

— Oui, je suis navré. Il m'a expliqué que tu avais vraiment envie de quitter l'île. Je comprends. J'ai passé la matinée au téléphone avec Sean de Casco Air : il n'y a aucun moyen. Ils n'ont plus que deux avions et ils croulent sous les réservations. Bruce t'a prévenue qu'ils seraient là demain matin à la première heure ?

— Oui. Le problème, c'est que j'aimerais vraiment partir aujourd'hui. Il doit bien y avoir une autre compagnie.

— Pas vraiment pour cette région, non.

— Mais que feriez-vous en cas d'urgence ? Si quelqu'un avait besoin de soins médicaux ?

— C'est ton cas ? demanda Chip avec une réelle inquiétude dans le regard.

— Non, je me posais juste la question.

— On préviendrait les secours évidemment, et j'imagine qu'ils enverraient un hélico. Mais ça n'est encore jamais arrivé. Je touche du bois.

Chip toucha la porte du pavillon.

— D'accord, merci. J'aimerais passer un coup de téléphone. Il y a quelqu'un dans le bureau sur la mezzanine ?

— Aaron, normalement. S'il n'y est pas, tu n'auras qu'à me demander. Je suis vraiment désolé. Sincèrement. S'il y a quoi que ce soit d'autre qu'on puisse faire, n'hésite pas.

— À quelle heure a atterri l'avion qui est venu chercher Alec et Jill Greenly hier ?

Il réfléchit un moment.

— Vers trois heures.

Elle poussa les portes du bâtiment. Il devait être midi, le bar était donc ouvert et elle aperçut Porter, un verre de bière à la main. Il était accoudé au comptoir, dans une pose assez suggestive, et Abigail pensa aussitôt : *Quel frimeur*. L'ayant remarquée, il la salua d'un hochement de tête et esquissa un sourire. Son instinct lui disait de s'enfuir à toutes jambes, pourtant elle alla le saluer.

— Je ne vous ai pas vue à la piscine ce matin, dit-il.

— Non.

— Tout va bien ? demanda-t-il en posant sa bière sur le bar, comme pour avoir les mains libres.

Elle se dit qu'elle avait peut-être la mine de quelqu'un au bord de l'évanouissement.

— Ça va. C'est juste que je suis un peu contrariée. J'espérais quitter l'île aujourd'hui, mais on vient de me dire que l'avion ne pourrait pas être là avant demain.

— Ah, ça c'est pas de chance, dit-il avec son léger accent.

— Je peux vous poser une question ?

— Oui.

— Connaissiez-vous Jill Greenly, la femme qui était ici il y a quelques jours avec son mari ?

— Ah, répondit-il avec un petit mouvement de sourcils. Vous êtes au courant ?

— C'est elle qui m'en a parlé. Vous étiez fiancés ?

— Il y a longtemps.

Il but une longue gorgée de bière.

— Vous avez dû être surpris de la croiser ici.

— Oui, je n'en croyais pas mes yeux. Mais je pense qu'elle a été encore plus étonnée que moi. Ce n'était pas exactement une bonne surprise, pour aucun de nous deux.

— À cause de votre relation passée.

— Elle ne s'est pas très bien terminée.

— Oui, c'est ce qu'elle m'a expliqué.

— Elle vous a dit quoi au juste ? demanda Porter, une pointe d'intérêt dans la voix.

— Oh, pas grand-chose. Je la connaissais à peine.

— Alors vous avez bien de la chance. Désolé, je ne voudrais pas paraître amer, mais…

— Mais vous l'êtes.

— Sans doute, oui. J'aurais préféré ne jamais croiser son chemin, dit-il, et Abigail eut le sentiment qu'il faisait un effort pour se contenir.

Tout à coup, elle repensa aux mots de Bruce, *sale petite chieuse*, à sa voix chargée de haine.

— Eh bien, votre problème est réglé. Elle ne vous embêtera plus maintenant puisqu'elle n'est plus là.

— Qu'est-ce que vous voulez dire ?

— Elle a quitté l'île.

— Ah oui ?

Il parut sincèrement surpris. De toute évidence Porter, lui, n'avait pas entendu parler de son histoire de la nuit précédente. À moins qu'il eût fait semblant.

— Elle est repartie hier après-midi avec son mari. En avion.

Il resta un moment interdit puis répondit juste : "Oh, je l'ignorais", tandis que ses yeux scrutaient la salle comme s'il cherchait quelqu'un. Abigail vit sa mâchoire se contracter légèrement. Manifestement, la simple mention du nom de Jill suffisait à le rendre anxieux.

— Eh bien, Porter, je ne vous dérange pas plus longtemps, dit-elle.

Il baissa de nouveau les yeux vers elle et se gratta la clavicule. Le regard d'Abigail fut attiré vers sa chemise ouverte ; il portait une sorte de collier fait d'une lanière de cuir tressé. Le pendentif était caché sous la chemise.

Il vida sa bière d'un trait et lui demanda :

— Vous êtes venue déjeuner ?

— Pas tout de suite, répondit-elle avant de se diriger vers l'escalier.

Abigail ne savait pas ce qu'elle avait gagné à parler avec Porter, mais le seul fait qu'il ait semblé évasif, nerveux même, confirmait selon elle qu'il avait quelque chose à voir avec ce qui était arrivé à Jill Greenly. C'était peut-être lui qui l'avait attaquée la nuit dernière.

La porte du bureau était ouverte, mais il n'y avait personne à l'intérieur. Mis à part le bourdonnement à peine perceptible de l'électricité et le grésillement de l'éclairage, la pièce était silencieuse. Abigail entendit des bruits de pas dans son dos. C'était l'employé qu'elle avait croisé la première fois dans ce bureau.

— Bonjour madame Lamb. (Il tenait des papiers dans une main, et une flèche dans l'autre. Le regard d'Abigail avait dû s'attarder sur la flèche car il la leva pour lui en montrer l'extrémité.) Apparemment quand une flèche a perdu ses plumes, elle ne vole plus très droit, déclara-t-il.

— Son empennage, le reprit-elle machinalement.

— Son quoi ?

— Pardon. C'est comme ça qu'on appelle les plumes d'une flèche.

Le mot lui était revenu en tête parce que Ben Perez, son ex-petit ami, avait autrefois écrit un poème où figurait ce mot. Ils s'étaient disputés à ce sujet, Abigail affirmant que personne ne le comprendrait. Cela lui parut étrange de repenser subitement à Ben, ici, sur cette île, où elle se sentait plus loin de New York et de son ancienne vie que jamais.

— Empennage, répéta-t-il. Je m'en souviendrai. Je m'appelle Aaron au fait, au cas où vous l'auriez oublié.

— Bonjour Aaron.

— Vous êtes venue utiliser le téléphone ?

— Oui.

Le plan d'Abigail était d'appeler Zoe pour qu'elle se mette immédiatement en quête d'un moyen de quitter l'île.

Peut-être trouverait-elle une compagnie qui accepterait d'affréter un avion pour Heart Pond. Si quelqu'un en était capable, c'était bien Zoe.

— Entrez, dit Aaron.

Il la conduisit jusqu'au bureau qu'elle avait utilisé la fois précédente. Il se pencha au-dessus du téléphone, coinça le combiné contre son épaule et enfonça une suite de touches. Elle regarda fixement son cou glabre. Il avait les cheveux coupés ras sur la nuque et les côtés, mais une longue mèche blonde sur le dessus, qu'il n'arrêtait pas de repousser vers l'arrière.

— Installez-vous, dit-il en tirant la chaise. J'espère que vous n'aurez pas de problème pour avoir la ligne. Le téléphone fait des siennes ce matin.

— Comment ça ?

— Un coup ça passe, un coup ça passe plus. Rien de méchant. Si ça ne marche pas, il suffit de patienter et de réessayer.

— D'accord, dit-elle, mais cette simple idée la mit hors d'elle : même si Zoe ne pouvait pas l'aider à quitter l'île, Abigail avait désespérément envie de lui parler, ne serait-ce que pour entendre sa voix.

— Ça arrive de temps en temps, conclut-il en souriant.

Abigail composa le numéro de Zoe de mémoire. Elle se réjouit en entendant la première sonnerie, mais après la cinquième ou sixième, elle fut brutalement coupée. *Putain,* se dit-elle. Elle retenta. Même résultat. Elle décida alors d'appeler son propre numéro. Occupé. Elle se retourna pour interroger Aaron, mais il n'était plus là. Elle réprima son envie de balancer le téléphone à travers la pièce. Évidemment qu'il ne fonctionnait pas. Rien d'étonnant. Ils n'allaient tout de même pas la laisser téléphoner. Gagnée par la panique, elle balaya la pièce du regard, scrutant le plafond en quête de caméras. Est-ce qu'ils l'observaient ? Elle reprit le combiné et appuya sur 9 pour passer un appel vers l'extérieur, puis composa le 911. Elle entendit la sonnerie et faillit raccrocher. Que dirait-elle si quelqu'un décrochait ? "Bonjour, je suis retenue contre mon gré sur l'île de Heart Pond. Je crois bien que je suis en danger." Dit comme ça, évidemment, ça prêtait à rire, pourtant techniquement, elle était bel et bien retenue contre son gré. Ses geôliers étaient des hommes souriants en chemise blanche, mais quelle différence cela faisait-il ? Elle voulait partir, et ils l'en empêchaient.

Sale petite chieuse.

La sonnerie s'arrêta de nouveau. Abigail raccrocha calmement et se dressa de toute sa hauteur pour jeter un coup d'œil par-dessus les cloisons. Il devait bien y avoir d'autres téléphones, et peut-être qu'ils fonctionnaient. Elle en repéra un noir vers le fond de la pièce, accolé à ce qui semblait être un fax. Abigail alla décrocher le combiné d'une main tremblante et composa le numéro de Zoe. Même résultat. Son cœur se mit à battre la chamade et sa respiration s'écourta, comme si l'air peinait à entrer dans ses poumons. Elle s'obligea à se calmer ; il restait une chance pour que tous les événements étranges qui s'étaient produits ces derniers jours ne soient qu'une succession de coïncidences.

Une femme entra dans le bureau en fredonnant. Il s'agissait de Mellie, la seule femme parmi les employés qu'Abigail avait pu voir depuis son arrivée sur l'île.

— Bonjour, lança Abigail depuis le fond de la pièce.

Mellie plissa les yeux et la reconnut.

— Bonjour, madame Lamb. Vous êtes venue téléphoner ?

— J'essaie.

— Oui. Il paraît que les téléphones sont encore en rade. Je suis désolée pour vous.

— Combien de temps cela dure-t-il d'habitude ? demanda Abigail en retraversant le bureau.

Mellie haussa les épaules.

— En général pas plus d'une journée. C'est le problème quand on décide de créer un club de vacances déconnecté du reste du monde. On finit déconnecté du reste du monde.

Abigail pinça les lèvres en hochant la tête. D'un doigt, Mellie ramena une mèche de cheveux roux derrière son oreille. Elle avait la peau pâle et constellée de taches de rousseur. Ses sourcils étaient si fins qu'on les distinguait à peine, et un profond sillon reliait la base de son nez à sa lèvre supérieure.

Abigail attendit d'être près d'elle pour demander :

— Mellie, avez-vous entendu parler de ce qui est arrivé la nuit dernière ?

— Euh, vous faites allusion à ce qui *vous* est arrivé ?

— Oui.

— On nous a réveillés tôt ce matin pour participer à une battue. Il paraît que vous avez vu une femme blessée… c'est bien ça ? Devant votre bungalow…

— J'ai vu Jill Greenly. À ma fenêtre. Elle avait tout le côté en sang. Et elle s'est enfuie dans les bois.

— J'ignorais que c'était Mme Greenly, répondit Mellie, ses narines minces s'évasant légèrement.

— Si, c'était elle. J'en suis certaine. Mais ce matin Chip Ramsay m'a dit qu'elle avait quitté l'île hier après-midi. Alors peut-être que je me suis trompée finalement.

— Vous ne vous êtes pas trompée, dit Mellie en baissant la voix. (Le regard fixé sur la porte, elle ajouta.) Je ne suis pas censée vous le dire, mais elle se trouve toujours sur l'île.

— Quoi ?

— Chut… S'ils apprennent que je vous l'ai dit, je perdrai mon travail. Elle est sur l'île, mais elle va bien. Elle n'est pas en danger. Écoutez-moi. L'avion arrive demain. Faites profil bas en l'attendant et tout se passera bien.

— Je ne sais pas quoi… Mellie, dites-moi ce qui se passe ici.

Mellie lança un nouveau coup d'œil vers la porte. Abigail regarda par-dessus son épaule et vit Aaron qui approchait tête baissée, lisant une feuille de papier. Mellie se pencha vers Abigail et lui murmura à l'oreille :

— Ne faites pas confiance à votre mari.

21

ABIGAIL REDESCENDIT L'ESCALIER, puis au lieu de traverser la grande salle, se dirigea vers le tunnel menant à la piscine – celui que Mellie lui avait montré quelques jours plus tôt. Elle avait besoin de s'isoler pour réfléchir.

Elle parcourut le couloir sinistre sans croiser personne. C'était un soulagement, à vrai dire, car elle ne savait pas ce qu'elle aurait fait si Chip, ou même Bruce, avait surgi devant elle. Hurlé, sans doute.

Elle bifurqua et entra dans le tunnel, plus sombre que dans son souvenir. Elle n'en menait pas large, mais elle préférait éviter le pavillon ; elle risquait d'y rencontrer des gens. Si son instinct lui disait de courir, en son for intérieur, elle savait qu'il ne fallait surtout pas paniquer. Elle avança aussi calmement que possible puis poussa les portes en verre et retrouva aussitôt l'air moite et teinté de chlore. Elle envisagea d'entrer dans le vestiaire des femmes – désert –, mais elle préférait être à l'air libre plutôt qu'entre quatre murs. Elle dépassa les vestiaires sans s'arrêter puis arriva devant une porte sans aucune inscription ; elle l'ouvrit et constata avec soulagement qu'elle donnait sur l'extérieur. L'air frais était agréable, tant et si bien qu'elle s'adossa un moment à la porte, respirant profondément, les paupières closes.

Le léger vent qui soufflait charriait des bruits de conversation qui provenaient sans doute de l'avant du bâtiment. Des hommes qui plaisantaient, mais Abigail ne distingua pas ce qu'ils disaient. Elle décida de le contourner par l'arrière. Dépassant le banc, elle découvrit que le sentier se prolongeait jusqu'à un bosquet d'épicéas, lui semblait-il. Elle jeta un coup d'œil par-dessus son épaule pour s'assurer que personne ne l'avait vue puis avança entre les arbres. Elle continua sur le sentier, qui se trouva bientôt pavé de pierres plates. Quelques mètres plus loin, elle arriva devant une pancarte clouée sur un tronc. On pouvait y lire BOIS DE SILVANUS, et juste en dessous était gravé un visage d'homme orné de feuillage qui donnait l'illusion de pousser sur sa peau. La pancarte avait l'air de dater – elle était incrustée par endroits de lichen vert foncé –, mais les clous qui la maintenaient étaient plus récents. Le nom "Silvanus" évoquait vaguement quelque chose à Abigail, qui avait gardé assez de souvenirs de ses cours de latin au lycée pour soupçonner que c'était une sorte de dieu romain.

Elle fit quelques pas de plus et découvrit une clairière en cercle un peu plus bas. Abigail se sentit prise entre deux feux: elle n'était pas vraiment curieuse de savoir ce qu'il y avait là-bas – la vision de Jill et de sa chemise de nuit ensanglantée lui revenait à l'esprit –, mais elle n'osait pas rebrousser chemin. Elle s'approcha timidement, murmura un "Ohé" d'une voix qu'elle espérait normale. S'il y avait quelqu'un dans ces bois, elle n'avait pas envie d'être prise au dépourvu.

Comme personne ne répondait, elle pénétra dans la clairière. Au centre se trouvait un foyer entouré de pierres noircies, et un peu plus loin plusieurs bancs grossièrement taillés dans des rondins et disposés en rond. Abigail choisit un endroit d'où elle pouvait surveiller le sentier afin de voir si quelqu'un arrivait, et s'assit. Malgré la pancarte avec l'étrange visage, elle se sentit temporairement en sécurité. Il s'agissait sans doute d'un vestige du temps où l'île accueillait des enfants ; les garçons devaient se rassembler ici la nuit pour allumer un feu et faire griller des chamallows. Des jeux innocents, contrairement à ce qui s'était passé ces derniers jours.

Elle repensa aux paroles de Mellie : Jill était toujours sur l'île et elle allait bien. Abigail devait faire profil bas en attendant que l'avion arrive. Et ne pas se fier à Bruce. Elle s'efforça d'imaginer un scénario dans lequel les événements récents pourraient s'articuler. L'hypothèse la plus plausible était que Jill avait été grièvement blessée à la suite d'une violente dispute avec son mari. Ne voulant pas que l'affaire s'ébruite, Chip Ramsay avait décidé de faire enlever Jill, puis de mentir à Abigail en prétendant qu'elle était repartie. Mais pourquoi tenaient-ils tellement à ce qu'elle reste sur l'île un jour de plus, s'ils comptaient finalement la laisser repartir ? Elle n'en avait aucune idée. Et quel rôle Bruce jouait-il dans tout ça ? Il paraissait clair à présent que Bruce était un ami proche de Chip. Si les dirigeants du "Quoddy" décidaient de camoufler une affaire, alors Bruce aurait obligatoirement voix au chapitre. Et que penser de la présence d'Eric Newman sur l'île ? Ce n'était peut-être qu'une coïncidence. Mais dans ce cas, était-ce aussi un hasard que l'ex-fiancé de Jill soit également ici ?

Si oui, c'était vraiment une sacrée coïncidence. Mais quelle autre explication y avait-il ?

Quand elle était adolescente, Abigail aimait jouer avec son père à un jeu qu'il avait baptisé "Dans quel film on est ?" S'ils étaient assis dans le jardin à regarder une nuée de moineaux se rassembler sur un arbre, son père lui demandait "Dans quel film on est ?", et elle devait répondre *Les Oiseaux*. Ainsi, un jour qu'ils avaient repéré deux hommes dans une voiture en face de la maison, il lui avait posé la question. *Maman, j'ai raté l'avion*, avait-elle répondu. Cette fois-là, son père songeait aux *Copains d'Eddie Coyle*. Aujourd'hui, sur son banc au milieu des bois, Abigail entendit la voix de son père lui demander : "Dans quel film tu es ?" Très certainement un thriller, pensa-t-elle. Peut-être un de ces thrillers ringards des années 1980 sur l'infidélité. *Liaison fatale*… ou peut-être ce film dans lequel Mark Wahlberg harcèle Reese Witherspoon. Pensait-elle réellement être dans ce genre de film ? Il y a quelques jours encore, peut-être, oui ; maintenant tout avait changé. Eric Newman l'inquiétait, mais pas autant que ce qu'elle avait vu la veille, ou que les similitudes entre sa situation et celle de Jill. Non, elle avait désormais l'impression d'être dans une sorte de film d'horreur. Et ça n'allait pas tarder à virer au macabre. Rien n'avait de sens dans cette histoire, et voilà qu'elle était assise dans une clairière au milieu des bois, devant une pancarte qui faisait froid dans le dos. Dans quel film se trouvait-elle donc ? Pas un *slasher* classique à la *Vendredi 13*. Non, quelque chose de plus bizarre. Elle songea alors au *Dieu d'osier*. Pas le remake navrant avec Nicolas Cage – bien qu'elle eût un faible pour cette version –, mais l'original des années 1970 avec Christopher Lee. Comme dans ce film, elle était coincée sur une île où il se produisait une succession de faits étranges. Et elle ne pouvait se fier à personne, pas même à son mari. Elle se demanda si elle allait finir brûlée vive.

Une brise passagère fit osciller les arbres à l'unisson. L'air charriait des odeurs de pin et de sel et Abigail sentit au loin l'arôme fruité d'un feu de cheminée. Il y avait autre chose aussi, l'odeur de pourriture et de décomposition entre les marées. Elle regarda le ciel à travers les branches. Des oiseaux planaient tout là-haut et l'espace d'un instant, elle ferma les yeux et s'imagina qu'elle volait. Toute sa vie elle avait été poursuivie par ce rêve récurrent, la sensation qu'elle pouvait voler, qu'une brise l'emportait et qu'elle chevauchait le vent. Ce songe revenait souvent quand elle était jeune, à tel point que Zoe pensait qu'Abigail avait été un oiseau dans une vie antérieure. (“Moi j'étais un chat, disait Zoe. On n'aurait pas été copines.”) À cet instant précis, Abigail aurait donné n'importe quoi pour pouvoir déployer ses ailes et s'envoler loin de cette île et de ses horreurs. Mais il fallait qu'elle attende l'arrivée d'un avion, et elle n'avait aucun contrôle sur ce paramètre.

Abigail échafauda un plan. Elle retournerait au bungalow et ne parlerait pas à Bruce de sa rencontre avec Mellie ; elle lui dirait qu'elle voulait qu'on lui serve ses repas en chambre. Puis elle prendrait son mal en patience.

S'il vous plaît, mon Dieu.

Demain matin l'avion arriverait et elle monterait à bord.

Une fois qu'elle aurait regagné le continent, et retrouvé un semblant de contrôle sur les choses, elle déciderait comment régler le problème avec Bruce. Car c'était bel et bien devenu un problème. Depuis le matin, elle n'avait pas cessé de repenser aux mots qu'il avait prononcés – *sale petite chieuse* –, à son ton empreint d'une véritable haine. Et nul doute qu'il était impliqué dans toute cette opération de dissimulation. Plus elle pensait à lui, plus elle se rendait compte qu'elle avait fait une énorme erreur en épousant un homme qu'elle ne connaissait pas assez. Car après tout, Bruce restait un inconnu ; elle avait simplement été aveuglée par sa gentillesse apparente, ses bonnes manières désuètes et son grand cœur.

Et sa fortune aussi, ne l'oublie pas, Abigail.

Oui, et sa fortune. Elle prendrait le temps plus tard d'essayer de comprendre quel poids cet élément avait eu dans sa décision, mais pas maintenant.

D'ailleurs, il se peut qu'il y ait une bonne explication... Peut-être que Bruce n'a rien à voir avec tout cela ?

Sale petite chieuse.

Abigail se leva. Elle serait bien restée plus longtemps seule dans les bois, mais elle avait échafaudé un plan, et il était temps de le mettre en œuvre.

Le bungalow était désert. Comme elle l'avait espéré. Elle savait que Bruce rentrerait tôt ou tard, mais elle n'était pas pressée.

Elle ouvrit le réfrigérateur, en sortit une boîte de salade de fruits ainsi que l'assiette de fromage et de charcuterie qui se trouvait là depuis leur arrivée, puis but une longue gorgée d'un soda framboise citron directement à la bouteille. Elle dévora tout le fromage de l'assiette et mangea seulement les fruits qu'elle préférait dans la salade. Elle enfila alors un bas de pyjama et un T-shirt et se glissa dans le lit, après avoir posé la bouteille de soda à côté d'elle. Quand Bruce rentrerait, elle lui expliquerait qu'elle ne se sentait pas bien et qu'elle souhaitait rester tranquille jusqu'à leur départ.

Comme elle n'arrivait pas à trouver le sommeil, elle cala deux oreillers dans son dos et s'assit pour observer la progression d'un ovale lumineux sur la couette. Elle ressortit du lit, entrouvrit la porte pour lancer un coup d'œil en direction de la pelouse et s'assurer que son mari n'était pas en chemin. Ne voyant personne, elle referma la porte et se rendit devant le dressing de Bruce. Il avait accroché ses vêtements dans la penderie, mais elle mit un peu de temps à trouver son sac de voyage : après avoir vérifié sur l'étagère du haut, elle le vit, poussé tout au fond. Le placard de Bruce était beaucoup plus grand qu'elle ne l'avait imaginé : profond, avec un recoin sur le côté doté d'étagères supplémentaires. Abigail s'agenouilla, ouvrit le sac en cuir et passa ses mains le long de la doublure. Elle sentit le téléphone portable, le sortit et l'alluma. Bruce avait remplacé son fond d'écran par une photo d'eux en plein fou rire sur la piste de danse le soir du mariage. Ce moment lui semblait appartenir à une autre vie. Elle vérifia si le clavier était verrouillé ; c'était le cas. Elle l'avait vu plusieurs fois composer son code, mais sur le moment elle fut incapable de s'en souvenir. Mais à quoi bon, puisqu'il n'y avait pas de réseau sur l'île ?

Elle remit le téléphone dans le sac et fouilla à tâtons les poches latérales. Il y avait un livre de poche, une espèce d'essai intitulé *Hierarchy in the Forest**. Abigail le feuilleta et lut une inscription sur la page de titre :

* "Hiérarchie dans la forêt" (ouvrage de sociologie de Christopher Boehm non traduit en français).

Pour Bruce,
Un bouquin hyper intéressant…
Ton frère, Chip

Sans doute s'agissait-il de Chip Ramsay. Après tout, combien de Chip Bruce connaissait-il ? Peu importait. Pour elle, ça ne faisait aucune différence. Le sous-titre du livre était *The Evolution of Egalitarian Behavior**. Elle le rangea.

La seconde poche intérieure contenait d'autres objets : un briquet gravé, un paquet de pastilles à la menthe encore emballé, ainsi qu'une bague en argent ornée d'un visage d'homme fait de feuillage, semblable à celui sur la pancarte dans les bois. Tandis qu'elle le fixait, hypnotisée et troublée, l'expression “homme vert” lui traversa l'esprit. Elle visualisa un panneau suspendu à l'entrée d'un bar quelque part, ou peut-être une enseigne de pub, aperçue lors d'un voyage en Angleterre avec Ben après leur diplôme. Elle n'arrivait pas encore à relier tous ces éléments, en revanche elle était à présent certaine que son mari était impliqué dans ce qui se passait à Passaquoddy. Le fait qu'il possède une bague – qu'il lui avait cachée – portant le même visage que le panneau menant à cette clairière ne pouvait pas être encore une coïncidence.

Elle remit la bague dans la poche et glissa le sac au fond du placard, en prenant soin qu'on ne remarque pas qu'il avait été déplacé. Peu importe ce que cette bague symbolisait, Abigail n'avait aucune envie de passer les dix-huit prochaines heures seule dans le bungalow avec Bruce. Elle ne savait pas où aller, mais elle ne voulait pas rester ici. Elle

* Évolution du comportement égalitariste.

enfila un jean et un pull à la va-vite et jeta un coup d'œil par la fenêtre pour voir si elle l'apercevait au loin : la pelouse était déserte. On avait même rangé les cibles de tir à l'arc. Une pensée horrible lui vint soudain à l'esprit ; ou plutôt une image. Ils s'étaient tous réunis au grand pavillon – employés et clients – pour décider de ce qu'ils allaient faire d'elle. Voilà pourquoi tout était si calme dehors, malgré la douceur des températures.

Elle était seule contre tous.

Devait-elle emballer un maximum d'eau et de vivres et courir se cacher dans les bois pour attendre ? Mais attendre quoi ? L'avion ? Une hypothétique équipe de secours ?

Un mouvement attira son attention et Abigail aperçut Eric qui traversait la pelouse ; il sortait probablement de son bungalow. Sans réfléchir, elle ouvrit la porte et courut vers lui. Ironie du sort, il pouvait s'avérer un allié, voire la seule personne vers qui se tourner.

— Eric, appela-t-elle à voix basse en s'approchant derrière lui.

Il s'arrêta et fit volte-face.

— Salut, dit-il.

— On peut se parler ?

— Volontiers. J'allais justement déjeuner. Tu veux m'accompagner ?

— En fait, je préférerais qu'on aille dans ton bungalow. Ce n'est pas du tout ce que tu crois.

— D'accord, aucun problème.

Ils firent demi-tour. Eric marchait en silence et elle se demandait à quoi il pensait. *Pourvu qu'il ne s'imagine pas que j'ai changé d'avis*, se dit-elle. Pour l'heure, c'était le cadet de ses soucis. Arrivés devant la porte, il l'ouvrit puis la laissa entrer. L'intérieur du dortoir était agencé différemment du leur, mais il en émanait le même sentiment de luxe. Le brun des murs était plus foncé, et une tête d'élan était accrochée au-dessus du lit.

— Je t'offre quelque chose à boire ? proposa Eric tandis qu'elle s'asseyait sur le canapé vert foncé près de la cheminée éteinte.

— Non, merci.

— Qu'est-ce qu'il se passe ? demanda-t-il en s'asseyant à son tour sur l'accoudoir d'un fauteuil club en cuir juste en face d'elle.

Il portait un jean et un T-shirt délavé à l'effigie du groupe Ween ; il y avait dans sa tenue quelque chose de décontracté – il avait presque l'air d'un étudiant – qui la rassurait. Elle eut une vision brève mais embarrassante de leur rencontre en Californie et se revit en train de lui descendre son jean.

— Tu te souviens de notre discussion ce matin dans les bois ? commença-t-elle.

— Hmm… oui.

— Tu me disais avoir l'impression que cette île n'était pas ce qu'elle semblait être.

— Oui.

— Parce que ce soi-disant club de vacances ne pouvait d'aucune manière être économiquement viable. C'est bien ce que tu disais ?

Eric hocha la tête.

— Est-ce qu'il y avait autre chose ? As-tu remarqué d'autres éléments étranges à propos de cet endroit ?

Eric hésitait, et Abigail devinait qu'il était en train de réfléchir à ce qu'il devait dire.

— Eh bien ? dit-elle.

— Pardon, je réfléchissais. Pourquoi tu me poses ces questions ? Que s'est-il passé ?

— Eh bien, premièrement, on m'empêche de quitter l'île.

— Comment ça ?

— Quand j'ai dit à Bruce que je voulais partir aujourd'hui, il m'a répondu qu'il allait faire affréter un avion. Mais il prétend maintenant que l'avion ne pourra pas être là avant demain matin.

— Hmm.

Abigail s'efforçait de déchiffrer son expression.

— Donc j'ai demandé à utiliser un téléphone au grand pavillon. Je pensais contacter une autre compagnie aérienne par moi-même, ou tout au moins appeler mon amie pour qu'elle s'en charge.

— Et alors ?

— Alors tous les téléphones sont hors service. Ils ne marchent pas.

— C'est bizarre…

— Tu le penses vraiment ou tu le dis comme ça ? Il faut que je sache. Je crois que je suis en train de perdre la tête.

Eric frotta ses paumes sur ses genoux et redressa les épaules, puis se décida à parler.

— Je vais te révéler quelque chose que je ne suis pas censé te dire. Peut-être que ça a un lien avec ce que tu m'expliques, peut-être pas, mais dans tous les cas, je crois que tu es en droit de le savoir.

— Quoi ?

Il se leva nerveusement.

— Ah, bon Dieu. Quand je te l'aurai dit, tu vas me haïr et c'est la dernière chose que je souhaite au monde, mais je ne peux pas garder ça pour moi.

— Très bien. Je t'écoute.

— Et s'il te plaît, laisse-moi finir avant de me juger. D'accord ?

— Mais oui. Vas-y, parle.

— Notre rencontre dans ce vignoble en Californie n'était pas un hasard. On m'avait payé pour t'aborder.

22

Sans doute le soleil disparut-il à ce moment derrière un nuage, car pendant quelques minutes, l'intérieur du bungalow s'assombrit.

— Quoi ? dit Abigail.

— J'ai été payé. Pour t'aborder.

Eric avait le corps tendu et la regardait droit dans les yeux.

— Mais qui… qui t'a payé ?

— Je ne sais pas exactement. Enfin si, je sais. On m'a contacté par l'intermédiaire de mon agent à San Francisco. J'en ai un, même s'il ne me trouve pas beaucoup de contrats. Un jour il me dit que quelqu'un a vu ma photo et lui a demandé si j'étais disponible pour un travail, qui n'était pas à proprement parler du théâtre. On me proposait un bon cachet, énormément d'argent, alors je l'ai laissé continuer. Mais je n'ai jamais parlé directement à la personne qui m'a engagé, tout passait par mon agent.

— Et ça avait un rapport avec moi ?

— Oui. On m'a dit qui tu étais, et où tu te trouverais le week-end en question. Une chambre serait réservée à mon nom dans le même hôtel, et je devais t'aborder, sympathiser avec toi, et essayer…

— De coucher avec moi, conclut Abigail, la voix tremblante.

Eric prit une grande inspiration et pinça les lèvres.

— Oui. Plus ou moins. Je veux dire… on ne m'a pas demandé expressément de coucher avec toi. On m'a juste expliqué que mon travail consistait à t'aborder, à essayer de sympathiser et à… te séduire. Ensuite j'étais censé raconter en détail ce qui s'était passé. Le client avait bien insisté sur ce point apparemment : il voulait savoir *en détail* tout ce qui s'était passé.

— Bon sang.

L'espace de quelques instants, elle ne put rien ajouter. La tête lui tournait et un nœud lui tordait le ventre.

— Je sais.

— C'était sûrement… Tu crois que c'était Bruce ? demanda-t-elle. Enfin… évidemment que c'était lui. Il me testait. Merde.

— Je ne sais vraiment pas, répondit Eric. Ça faisait partie du marché. Le client devait rester anonyme. Je ne l'ai jamais rencontré. Je rendais seulement des comptes à mon agent.

— Et on ne t'a pas dit pourquoi tu faisais ça ? (Elle sentit monter une bouffée de colère.) Tu ne t'es pas demandé pourquoi on te payait pour essayer de baiser une parfaite inconnue.

— Si. J'ai posé la question, mais on ne m'a pas répondu. Évidemment, aujourd'hui je me sens affreusement coupable d'avoir accepté ce travail. Je n'ai aucune excuse, si ce n'est que j'avais vraiment besoin d'argent. Je sais que ça ne justifie rien et que ce n'est pas une raison valable. Pour ne rien te cacher, j'étais curieux…

— J'imagine.

— Attends, laisse-moi finir. Ils m'ont montré une photo de toi, pour que je puisse te reconnaître.

— Quel genre de photo ? Ils l'ont récupérée où ?

— Ils m'ont montré ta page Facebook.

— Ah.

— Dès que j'ai posé les yeux dessus, j'ai ressenti quelque chose… une attirance. Écoute, je sais que dit comme ça, c'est un peu flippant, mais c'est la vérité.

— On t'a juste montré cette photo ? Ou est-ce qu'ils t'ont aussi parlé de moi ? Que savaient-ils d'autre à mon sujet ?

— Mon agent m'a dit que le fait que je sois monté sur les planches te plairait parce que tes parents tenaient un théâtre. On m'a aussi dit que tu aimais les vieux films, que tu étais drôle. C'est à peu près tout.

— Tu savais que Poe était mon poète favori ?

Il marqua une pause, et Abigail devina qu'il hésitait à mentir.

— Oui. On me l'avait dit.

Abigail serra les poings et ses mâchoires se crispèrent. Elle laissa échapper une amorce de cri.

— Je sais, je sais, dit-il. J'imagine ce que tu dois ressentir.

— Non, dit-elle, tu n'en as aucune idée. Crois-moi.

— D'accord, c'est vrai.

Elle prit une grande inspiration : elle laisserait éclater sa colère plus tard. Pour l'instant, elle avait besoin d'entendre toute l'histoire.

— Tu as donc mémorisé un poème d'Edgar Allan Poe au cas où je l'évoquerais ?

— Oui. Enfin je connaissais déjà ce poème, si tu veux tout savoir. Mais je l'ai relu pour me le remettre en mémoire. Je sais que c'est minable. Vraiment minable.

— Et à aucun moment on ne t'a dit pourquoi on te demandait de faire ça ?

— J'ai posé la question à mon agent, mais il ne m'a rien dit. Quand on m'a précisé que c'était un enterrement de vie de jeune fille… là, évidemment, j'ai deviné.

— Que tu étais payé par mon fiancé pour voir si j'allais le tromper ?

— Oui, c'est ce que j'ai pensé.

— Mais tu l'as tout de même fait.

Eric fit un léger mouvement vers elle.

— Écoute, dit-il. Inutile de me rappeler combien ce que j'ai fait est méprisable. J'en suis conscient. Je le savais quand j'ai accepté le travail, je le savais au moment où je le faisais, et je le sais aujourd'hui. Mais là j'essaie de t'aider parce que comme toi, je pense qu'il se passe des histoires pas nettes sur cette île, et je crois que ça a quelque chose à voir avec moi et ce qui s'est passé cette nuit-là. Mais maintenant je suis de ton côté.

— C'est pour ça que tu es venu ici ? Parce que tu avais peur qu'il m'arrive quelque chose ?

— Il y a de ça, oui. Après tout, si le but de ton fiancé, en faisant appel à moi, était de te faire passer une sorte de test de fidélité… tu l'as manifestement raté.

— C'est sûr.

— J'ai été étonné quand j'ai vu que le mariage était maintenu. Et donc oui, si je t'ai suivie jusqu'ici, c'est en partie parce que je m'inquiétais pour toi, mais la vérité, la vraie vérité, c'est que j'ai craqué pour toi ce soir-là. Ou j'en sais rien, peut-être que je fais juste un transfert ou une fixation. Évidemment, tu me rappelles ma femme qui est décédée, mais il n'y a pas que ça. Peut-être que c'est aussi lié à la culpabilité que je ressentais à l'idée de ce que j'avais fait. Je n'arrivais pas à te chasser de mon esprit. Ça me torturait, alors j'ai décidé de venir à New York, pour te chercher et trouver un moyen de te convaincre que ta place était auprès de moi.

— Et au mariage ?

— Quoi ?

— Tu étais là aussi, non ? Il me semble t'avoir aperçu en fin de soirée.

Il lâcha un soupir.

— Oui. Oui, j'étais là. Je n'avais pas l'intention de t'aborder ni rien. Mais… en fait je ne sais pas ce que j'avais en tête. J'espérais que tu aurais un déclic, parce qu'à ce stade, ça ne se jouait plus seulement entre toi et moi, mais aussi avec l'homme que tu venais d'épouser. Comme tu l'as dit, il t'avait fait passer un test.

— Auquel j'ai échoué.

Il eut un sourire crispé.

— En effet.

— À aucun moment tu ne t'es dit que si Bruce était derrière tout ça, il savait peut-être qui tu étais ?

— C'est pour ça que j'ai utilisé un faux nom. J'ai choisi Scott Baumgart, parce que tu m'avais rebaptisé Scottie. Et Baumgart était le nom de jeune fille de ma mère. Ma hantise était que ton mari me démasque. C'est en partie ce qui m'a poussé à l'aborder sur la plage. Il fallait que je vérifie s'il me reconnaîtrait. Apparemment, non. Et puis tout d'un coup, voilà que tu m'appelles par mon vrai nom…

— C'est pour ça que tu as flippé. Je l'ai vu.

— Oui, j'étais stupéfait que tu le connaisses. En même temps, j'ai réalisé que si Bruce m'avait engagé, il était très possible qu'il le connaisse aussi. Mais tout ça n'a sans doute plus d'importance aujourd'hui.

— Pourquoi ?

— De toute évidence, ils te punissent pour ce qui s'est passé en Californie. Ou ils s'apprêtent à le faire. C'est pour ça que j'ai décidé de t'en parler. Je crois que ça a un rapport avec ce qui se passe ici.

— Et quel rapport avec Jill Greenly et ce qui lui est arrivé ?

— Je ne sais pas. Elle aussi, c'était son voyage de noces, non ? Peut-être qu'elle a échoué au même genre de test.

Abigail hocha la tête.

— On avait un peu discuté, Jill et moi. Un de ses ex était également présent sur l'île et elle était en panique. Le parallèle entre sa situation et la mienne m'a interpellée. Après tout, quelles sont les probabilités pour que deux jeunes mariées partent en lune de miel dans un club de vacances où elles sont les deux seules femmes et que chacune tombe par hasard sur un mec avec qui elles ont couché ?

— Mais moi, je suis là par hasard, lui rappela-t-il. Alors peut-être qu'il s'agit vraiment d'une coïncidence…

— Je n'arrête pas de me livrer à ce petit exercice : le jeu des coïncidences. J'essaie de déterminer s'il y a bien une sorte de conspiration en train de se tramer ou si c'est moi qui relie des éléments qui n'ont aucun lien.

— Des éléments ?

Elle lui parla alors de la clairière, de la pancarte sur laquelle était gravé un visage d'homme orné de feuillage, et de la bague qu'elle avait trouvée dans les affaires de Bruce.

— Il est copropriétaire de ce club, non ?

— C'est aussi ce que je me suis dit. Mais pourquoi me l'avoir cachée ?

— Si ça se trouve il ne te la cachait pas. Peut-être qu'il ne la porte pas, tout bêtement.

— Tu vois, tu fais pareil. Tu trouves des explications à tous ces événements illogiques. Peut-être qu'il y avait vraiment un problème de téléphone. Peut-être que j'ai bel et bien rêvé et que ce n'était pas Jill Greenly devant mon bungalow…

— Non, ça, on en est sûrs. Puisque je l'ai vue aussi.

— Alors quelle est l'explication la plus logique selon toi ?

— Si on part du principe que j'ai été engagé par ton mari pour te tester, alors ça signifie qu'il sait que tu l'as trompé. Et si c'était assez important à ses yeux pour qu'il mette en place ce test, alors il t'a sûrement amenée ici pour une raison. Il veut te punir d'une manière ou d'une autre.

— Et qu'est-ce que je devrais faire, d'après toi ?

Eric réfléchit un moment tout en frottant la touffe de poils sous sa lèvre inférieure.

— Dis à ton mari que tu sais ce qu'il a fait, et que tu le quittes. Ensuite rejoins-moi ici et nous attendrons l'avion ensemble.

— Je… je n'éprouve rien pour toi. Sauf peut-être le sentiment d'avoir été violée.

Il baissa les yeux.

— Je sais. Tu as toutes les raisons de me haïr, pourtant je t'assure que tu dois me faire confiance. Il se peut aussi que je sois en mesure de te protéger pour le temps qu'il te reste à passer sur cette île. Installe-toi ici. Au moins nous serons deux pour les affronter. Nos chances resteront minces, mais tu seras plus en sécurité avec moi.

Abigail repensa aux paroles de Mellie, qui lui avait conseillé d'attendre. L'avion finirait par venir. Mais qu'arriverait-il si elle quittait Bruce en plein milieu de leur lune de miel pour rejoindre un autre homme dans son bungalow?

— Je ne sais pas quoi faire, dit-elle.

— Dans ce cas, je te propose autre chose. Va voir Bruce et raconte-lui tout. Demande-lui de tout te dire aussi. Mettez tout à plat et tu verras bien ce que ça donne. Ce ne sera pas facile, mais il y a peut-être une explication logique derrière tout ça. Peut-être qu'il se montrera raisonnable.

Abigail était pensive; elle hocha la tête, pas pour acquiescer, mais parce qu'elle voulait plus de temps pour réfléchir. En vérité, ce qu'elle voulait, c'était rester ici, avec cet homme, en attendant l'avion. Et ceci malgré la vague d'horreur qui commençait à la submerger. Elle avait vraiment le sentiment d'avoir été violée. Prise contre son gré – même si sur le moment elle avait pu se croire consentante. Mais bien qu'Eric ait été l'instrument de ce viol, l'architecte en avait été Bruce…

— Abigail? Ça va? demanda Eric au bout d'un moment.

— Non, pas vraiment.

À cet instant, un coup à la porte la fit sursauter.

— Ne bouge pas, murmura Eric en se levant pour aller ouvrir.

De là où elle était assise, Abigail ne voyait que l'ombre de la personne qui se tenait sur le seuil, mais elle reconnut la voix.

— Je cherche ma femme, dit Bruce.

— Elle n'est pas là, lui répondit Eric tout de go.

— Dans ce cas, tu verras pas d'inconvénient à ce que je jette un coup d'œil.

— Si.

Sous le regard inquiet d'Abigail, Eric commença à refermer la porte et Bruce cria :

— Abigail, je sais que tu es là !

— Dégage, putain, lança Eric en s'appuyant de tout son poids contre le battant, gagnant ainsi quelques centimètres.

Il se retourna vers Abigail, le visage rougi par l'effort, l'air désemparé, puis donna un dernier coup d'épaule. La porte claqua. Il la maintint fermée tandis que Bruce s'égosillait de l'autre côté et frappait à coups de pied. Abigail parvint à saisir quelques mots au milieu de ses cris étouffés : "menteuse", "salope".

Elle s'approcha derrière Eric et murmura :

— Je sors par-derrière.

— Non, reste ici, répondit-il à voix basse.

— Il ne va pas abandonner. Il faut que tu lui montres qu'il n'y a personne.

— Dans ce cas, reviens plus tard.

Bruce avait dû se jeter contre la porte, car Eric recula soudain sous le choc. Il sourit.

— J'y vais, dit Abigail. Je reviendrai.

— Promets-le-moi.

— Je ne peux pas.

Elle ouvrit la porte de derrière sans faire de bruit et sortit. Il n'y avait pas de terrasse, juste un étroit parterre oblong aménagé, puis les bois. Alors qu'elle s'approchait de la limite des arbres, elle entendit de nouveau Bruce, qui hurlait d'une voix éraillée :

— Abigail, espèce de sale pute. Je suis ton mari, bordel de merde.

23

ABIGAIL MARCHA UN MOMENT À L'AVEUGLETTE au milieu des bois pour essayer de mettre de la distance entre elle et Bruce. Ses yeux se remplissaient de larmes, qu'elle essuyait au fur et à mesure. Elle s'efforçait de ne pas éclater en sanglots.

Elle avait épousé une espèce de psychopathe, un homme si paranoïaque et vindicatif qu'il avait engagé un acteur pour mettre la fidélité de sa fiancée à l'épreuve.

Il n'empêche que tu as échoué au test, lui répétait une voix dans sa tête.

Pour l'instant, elle choisit de l'ignorer. La colère enflait en elle. Il voulait qu'elle échoue. Il avait engagé un homme séduisant, qui avait tout pour lui plaire, et cet homme l'avait éloignée du troupeau, il l'avait fait boire et l'avait séduite. Pire. Cela s'apparentait bel et bien à un viol. Elle était écœurée à l'idée d'être tombée dans le panneau, mais encore plus choquée en pensant que Bruce avait tout manigancé. Et qu'Eric avait accepté de se rendre complice. Le plus grave dans tout ça, c'était qu'elle n'avait toujours pas réussi à quitter l'île.

Tu es toujours sur cette île parce que tu as échoué au test.

Mais pourquoi m'a-t-il épousée ? se demandait Abigail. Si la petite mise en scène en Californie était un test pour vérifier si elle lui était fidèle, elle avait échoué. Alors pourquoi ne l'avait-il pas quittée ? C'était ce qu'elle ne s'expliquait pas. Il n'y avait que deux réponses possibles : soit il lui avait pardonné et avait décidé de fermer les yeux sur son incartade, soit il l'avait amenée ici pour la punir. Et s'il était suffisamment jaloux pour mettre en place un tel stratagème, il n'allait vraisemblablement pas lui pardonner. Ça ne laissait donc qu'une seule possibilité : il voulait la punir et l'humilier. Et s'il l'avait amenée ici dans ce but, il devait bien se douter que dès leur retour, elle engagerait une procédure de divorce – ou plutôt d'annulation de mariage. Dans tous les cas, ce ne serait pas joli. Alors pourquoi avait-il tout de même choisi de se marier ? La petite voix chuchotait dans sa tête…

Il va te tuer.

Elle s'arrêta, posa ses mains sur ses genoux et remplit ses poumons d'air. Un seul sanglot lui échappa, et la douleur lui vrilla les côtes.

Non, se dit-elle. *Je connais assez Bruce pour savoir que ce n'est pas un tueur.*

Mais le connaissait-elle vraiment ? Apparemment pas assez pour imaginer qu'il puisse échafauder un coup comme celui en Californie.

Tu as échoué au test et il va te tuer.

Non. Il y avait forcément une autre explication. Qui sait ? Peut-être que ce n'était pas lui qui avait tout manigancé, mais l'un de ses collègues, un collaborateur qui voyait en elle une chasseuse de fortunes. Ou bien Eric Newman avait-il tout inventé ? Peut-être était-ce un plan pour l'éloigner de Bruce... Ça ne semblait pas impossible, mais elle n'y croyait pas.

Abigail avait repris sa marche à travers les bois. Bientôt, elle repéra un sentier qu'elle reconnut : il menait à l'étang. Elle le suivit en tâchant de calmer le flot de ses pensées pour se concentrer sur l'air frais et les couleurs verdoyantes qui l'entouraient. Se calmer l'aiderait à réfléchir plus clairement. Elle atteignit l'étang, désert à l'exception d'un canoë sur le côté ouest, dont l'unique occupant était en train de pêcher ; Abigail le vit lancer dans une zone ombragée par les arbres. Le canoë était trop loin pour qu'Abigail puisse distinguer qui était à son bord, mais une chose était sûre : il s'agissait d'un homme. Forcément. Que n'aurait-elle pas donné pour que ce soit une femme, une cliente qu'elle n'aurait pas encore croisée ; ou l'une de celles qui devaient arriver d'Atlanta, aux dires de Chip.

Mais oui c'est ça... un groupe de femmes arrive sur l'île aujourd'hui.

Elle descendit jusqu'au bord de l'eau, puis longea la rive par le chemin de droite, le regard fixé sur le hangar à bateaux de l'autre côté et le pavillon qui le surplombait. Sans doute cherchait-elle juste une destination, toujours est-il que l'envie la prit soudain de visiter l'autre camp. Elle savait qu'il n'était pas occupé depuis des années et que les travaux de rénovation n'avaient pas démarré, mais elle se prit à rêver : peut-être qu'elle y trouverait un vieux téléphone fixe en état de marche, un poste de radio ou une CB ; n'importe quoi, tant que ça lui permettait de communiquer avec le monde extérieur. Elle accéléra l'allure, courant par moments à petites foulées sur l'étroit chemin de gravier bordant la rive. Elle finit par atteindre le hangar à bateau, accolé à un ponton d'une vingtaine de mètres. Abigail jeta un coup d'œil à l'intérieur. Le bois était pourri et tacheté de mousse sombre. Il n'y avait aucun bateau, juste un amas de vieux gilets de sauvetage qu'un animal semblait avoir déchiquetés pour s'en faire un nid.

Elle reprit le chemin et monta une petite côte jusqu'au pavillon. Comme son pendant de l'autre côté de l'étang, le bâtiment était bordé d'une vaste étendue de pelouse, à une différence près : ici, elle était colonisée par les hautes herbes. Une rangée de dortoirs jouxtait le pavillon, mais ils avaient tous l'air décrépits – le lierre en étouffait la moitié ; seul le pavillon, peut-être parce qu'il était principalement fait de pierre, paraissait assez robuste pour être habité. Abigail se fraya un chemin à travers la pelouse. En approchant de l'édifice, elle remarqua que certaines fenêtres étaient barricadées et que les poignées des portes étaient couvertes de chaînes verrouillées par des cadenas à code. Abigail tira énergiquement sur une porte, qui s'entrouvrit de deux ou trois centimètres, assez pour qu'elle puisse jeter un coup d'œil à l'intérieur. L'obscurité était épaisse mais pas impénétrable, et ce qu'elle vit la laissa d'abord interdite. Des arbres. Le mur du fond était peut-être démoli ? Pourtant non, il y avait assez de lumière pour qu'elle le distingue. En regardant mieux, elle discerna au pied des arbres des morceaux de planches cloués en croix et comprit qu'il s'agissait d'éléments de décor. Il y avait assez de faux arbres pour composer une fausse forêt. Dans la pénombre du pavillon, on aurait dit une forêt hantée. Elle aperçut quelque chose. Un jeu d'escalade pour enfants ? Non. C'était une cage, dont on avait tordu les barreaux métalliques pour les faire ressembler à des branches entrelacées. Abigail repensa à la bague de Bruce, celle avec “l’homme vert”. Tout comme ces barreaux, elle avait un rapport avec les arbres. Abigail ne savait pas trop à quoi rimait cette mascarade, mais elle était terrifiée. Une légère odeur de pin s’échappait du pavillon : il s’agissait donc de vrais arbres qu’on avait coupés puis disposés à l’intérieur tels des sapins de Noël. Tout ça avait quelque chose de théâtral et alimentait une certitude grandissante : cette impression que tout ce qui se trouvait ici sur cette île, chaque arbre et chaque personne n’étaient que les accessoires d’une pièce de théâtre à laquelle elle participait à son insu.

Elle se retourna. Devant ses yeux s’étirait l’étang, qui ne ressemblait plus tellement à un cœur ; quelques nuages noirs obscurcissaient le ciel et une rafale de vent faisait onduler l’herbe jaunissante. Elle imagina qu’on venait la chercher – des hommes, surgissant des bois ici et là et convergeant vers elle. Elle se hâta de gagner le dortoir le plus proche. La porte était ouverte. Dès qu’elle y entra, un air âcre et vicié l’assaillit. Elle entendit un battement d’ailes dans les combles et aperçut la silhouette d’un oiseau qui s’envolait par un trou dans le toit. Le plancher grêlé de chiures d’oiseaux s’était gondolé sous la pluie. Exception faite d’une dizaine de lits superposés réduits à leur cadre en métal, il ne restait plus un seul meuble. Pensant à toutes les filles qui avaient dormi ici du temps où le camp accueillait des enfants, Abigail tenta de convoquer leurs visages et leurs voix dans son esprit, mais n’y parvint pas ; pas plus qu’elle n’arrivait à imaginer les garçons qui avaient occupé son luxueux dortoir de l’autre côté de l’île.

L'air âcre des lieux finit par lui irriter la gorge et elle ressortit. Alors qu'elle refermait la porte, elle vit Bruce qui venait à sa rencontre.

Elle songea à s'enfuir, mais à quoi bon. Elle se força à sourire et lui fit un signe. *Fais comme si tu ne t'étais jamais trouvé dans le bungalow d'Eric*, se dit-elle. *Fais comme si tu n'avais pas entendu ce qu'il a dit.*

Espèce de sale pute.

Sale petite chieuse.

— J'étais sûr que je te trouverais ici, lui dit-il une fois à portée de voix.

Il s'arrêta et posa les mains sur ses hanches, comme si la randonnée l'avait épuisé.

— Je suis allée explorer un peu, déclara-t-elle. Cet endroit m'intriguait.

— Tu peux arrêter ton cinéma. Je sais que tu étais dans le dortoir de ce type. Scott ou Eric, peu importe son nom. Ça n'a plus aucune importance. On reparlera de ça plus tard. Je sais tout ce qu'il y a à savoir sur lui.

— Et qu'est-ce que tu sais au juste ?

— Rentre avec moi et je te le dirai.

— Dis-le-moi maintenant.

— D'accord. Comme tu voudras. Je me suis renseigné sur lui quand j'ai compris que vous aviez une liaison. J'ai fait quelques recherches.

— Comment as-tu fait ? Il n'y a pas de réseau.

— Chip s'en est chargé. Tu savais que ton petit copain s'était enregistré pour son séjour sous un faux nom. Plutôt louche, non ? Son véritable nom est Eric Newman. C'est un meurtrier. Mais peut-être que tu le savais déjà ?

— Comment ça ?

— Il a échappé à la prison par manque de preuves, mais pour les inspecteurs de police sa culpabilité ne faisait aucun doute.

— Je ne vois toujours pas de quoi tu parles.

— Il a tué sa femme pendant leur lune de miel. Les autres clients de l'hôtel où ils passaient leur séjour ont déclaré que le couple en était venu aux mains. Apparemment, Newman pensait que sa femme flirtait avec un serveur. Elle s'est noyée alors qu'ils faisaient du snorkeling. Comme il n'y avait pas de témoins, ils n'ont pas pu obtenir de condamnation. Tout ce que l'autopsie a montré, c'est qu'elle était morte par noyade.

— Eh bien, peut-être que c'est vrai, déclara Abigail, ne sachant quoi dire d'autre.

— Je me doutais que tu le défendrais.

— Je ne sais pas pourquoi tu es persuadé que lui et moi…

— Parce que je sais que vous vous êtes rencontrés en cachette le matin où tu es allée nager, et je sais que tu étais dans son dortoir aujourd'hui.

Abigail se sentit soudain très lasse; elle était fatiguée des accusations de Bruce.

— Si tu es certain que c'est un meurtrier, lâcha-t-elle, alors ça signifie que tu as envoyé un meurtrier me piéger, Bruce. Tu as payé un meurtrier pour qu'il essaie de me baiser pendant mon week-end en Californie.

Bruce paraissait réellement surpris; elle vit son front se plisser, sa bouche s'ouvrir puis se refermer.

— Je ne vois pas de quoi tu parles, dit-il au bout d'un moment.

— Tu as engagé cet homme pour qu'il essaie de me séduire dans ce vignoble où tu m'as envoyée. Tu m'as tendu un piège. Bon, écoute, c'est fini. Notre mariage est mort. Je ne sais pas ce qui se passe ici, mais… quoi que ce soit, peut-être qu'on peut se dire la vérité maintenant. J'ai peur, Bruce, je flippe, putain. Je ne sais pas ce que tu cherchais à obtenir, mais je ne pense pas que ce soit ça. Du moins je l'espère.

— Il était avec toi au vignoble ?

— Oui, hurla-t-elle. (Bruce tressaillit.) C'est toi qui l'as envoyé là-bas.

Bruce secoua énergiquement la tête.

— Non, non, non, dit-il, presque pour lui-même. (Il leva alors les yeux vers Abigail.) Tu as vraiment couché avec ce type ? En Californie ?

— Rien de tout ça n'a plus d'importance. Notre mariage est mort et enterré.

— En effet.

— À cause de toi.

Brusquement, il fondit sur elle, le poing en arrière, les mâchoires serrées. Pétrifiée, Abigail se raidit, dans l'attente du coup. Mais il ne vint pas. Bruce s'arrêta à un pas d'elle.

— C'est quand même pas ma faute si tu es une pute.

— Merde.

— Dis-moi que tu n'as pas couché avec lui.

— Je t'expliquerai tout si tu me dis la vérité. Est-ce que c'est toi qui l'as envoyé ? Est-ce que tu l'as payé pour qu'il me séduise ? Qu'il me fasse boire et qu'il me baise ?

Bruce secoua de nouveau la tête.

— Pourquoi tu secoues la tête ? Tu l'as fait ou pas.

— Ma mère a anéanti la vie de mon père, répondit doucement Bruce. Est-ce que tu peux comprendre ça ?

Abigail en avait assez entendu : il était temps de partir. D'un pas décidé, elle passa devant Bruce, sûre qu'il allait la rattraper. Elle fut néanmoins choquée de sentir sa main se refermer sur son bras, ses doigts s'enfoncer dans sa chair.

— Tu savais l'importance que j'accordais à la fidélité. Ne dis pas le contraire.

— Lâche-moi, Bruce, dit-elle en essayant d'écarter tout tremblement de sa voix.

Il la lâcha. Abigail fit un pas de côté et se retint de se frotter le bras. Un gros nuage noir avait assombri le ciel d'un coup et une pluie fine tombait par intermittence.

— Je l'ai peut-être fait, oui, dit-elle, mais c'est toi qui m'y as poussée. Tu m'as piégée.

Abigail reprit le chemin de l'étang ; elle s'attendait à ce qu'il la suive mais il lui cria :

— T'inquiète pas. Tu vas enfin obtenir ce que tu veux. C'est pour te dire ça que je suis venu te chercher.

Abigail s'arrêta et pivota sur ses talons.

— Obtenir quoi ?

— Je suis venu te prévenir que l'avion arrive. Nous partons cet après-midi.

— Vraiment ?

À ces mots son cœur s'emballa. Était-ce vrai ?

— Oui, d'une minute à l'autre apparemment, répondit Bruce en regardant le ciel. Il faut qu'on se prépare.

Elle termina ses bagages à toute vitesse, persuadée que l'avion ferait demi-tour au moindre contretemps.

Assis tranquillement dans le canapé, Bruce attendait en triturant la fermeture éclair de son sac de voyage. La marche pour revenir du camp des filles leur avait pris une éternité. Bruce avançait en silence, un ou deux pas derrière Abigail.

L'envie l'avait démangée de le questionner davantage, pour qu'il admette avoir orchestré la rencontre au vignoble, mais elle ne voulait pas le contrarier. L'avion arrivait. Le plus important était de monter à bord.

Elle venait de vérifier une dernière fois si elle n'avait rien oublié lorsqu'elle entendit le Land Rover.

— Chip est là ! dit Bruce.

Elle s'assit à l'arrière et Bruce à l'avant. Chip lui avait souri lorsqu'elle lui avait tendu son bagage, mais il semblait nerveux et agité. Des rafales de pluie fouettaient le 4x4.

Ils franchirent le portail en bois et suivirent la piste de terre battue jusqu'à l'aérodrome. La pluie redoublait et le vent soufflait de tous les côtés. Il était plus tard qu'elle ne l'avait cru, pas loin du crépuscule. Abigail craignait que le pilote refuse de voler de nuit s'ils n'atteignaient pas l'aérodrome à temps. Est-ce qu'un petit avion pouvait voler de nuit ? Et par temps de pluie ou de grand vent ? Est-ce qu'ils partiraient si la météo était mauvaise ? Abigail pensait que oui, mais elle se faisait tout de même du souci. Elle ne serait pas tranquille tant qu'elle n'aurait pas quitté cette île.

À leur arrivée à l'aérodrome, elle ne vit aucun appareil sur la piste. Chip descendit du Land Rover pour aller dans le hangar vérifier la position de l'appareil.

Pendant qu'ils étaient seuls dans la voiture, Bruce se retourna vers Abigail.

— Là, tu es heureuse ? Tu as ce que tu voulais.

C'était la même voix au ton feutré qu'elle avait entendu plus tôt quand il l'avait traitée de “sale petite chieuse”.

— Non Bruce, je ne suis pas heureuse. Mais je suis soulagée de partir d'ici.

À cet instant, Chip émergea du hangar, l'air embêté, et un sentiment de désespoir traversa Abigail. L'avion ne viendrait pas. Il allait lui expliquer qu'il y avait trop de vent, ou trop de pluie. Ils étaient simplement en train de jouer avec ses nerfs.

Chip ouvrit la portière passager et déclara :

— Le char ailé de Madame ne va plus tarder. En fait, je crois bien que je l'entends.

Abigail sortit du 4x4 et leva les yeux vers le ciel. Elle aussi entendait quelque chose, un bourdonnement discret. Elle vit alors l'avion survoler la cime des arbres, grossissant à vue d'œil. Il allait enfin l'emmener loin de cette île.

24

Le pilote était le même qu'à l'aller. Abigail lui avait à peine prêté attention lorsqu'il les avait déposés sur l'île de Heart Pond quatre jours plus tôt, mais à présent elle le regardait comme elle aurait regardé un vendeur d'eau fraîche en plein désert.

— C'est tout ? demanda-t-il en descendant de l'avion par le petit escalier, ses yeux passant rapidement d'elle à Bruce.

Il était jeune, avec des cheveux blonds au niveau des épaules. Un collier de coquillages enserrait son cou musclé.

— C'est tout, répondit Chip. Merci d'être venu au pied levé.

— Pas de problème. Laissez-moi juste le temps d'aller au petit coin et ensuite je serai prêt à partir.

Tandis que le jeune pilote se hâtait en direction du hangar, le talkie-walkie de Chip se mit à grésiller. Il le décrocha rapidement de sa ceinture et tourna le dos à Bruce et Abigail pour répondre. Les quelques paroles qu'il échangea furent couvertes par une bourrasque ; c'était la deuxième qu'ils essuyaient depuis leur arrivée sur la piste d'atterrissage. Elle regarda les nuages se masser à l'horizon.

— On attend un autre passager, annonça Chip en réattachant son talkie-walkie. L'hémorragie de clients continue.

Il leur sourit, et Abigail remarqua à nouveau ses yeux étrangement vides. Il s'avança vers Bruce pour échanger une poignée de main et une accolade.

— Prends soin de toi, mon frère, dit-il.

Bruce lui donna deux grandes tapes dans le dos. Abigail observait leurs adieux en silence, en espérant que Chip n'essaierait pas de l'embrasser elle aussi. Il se contenta de lui tendre la main. La mollesse et la chaleur de sa paume la surprirent ; on aurait dit de la pâte à gâteau.

— Qui attendons-nous ? demanda Abigail, même si elle soupçonnait qu'il s'agissait d'Eric Newman.

Il ne les quittait pas d'une semelle. À moins qu'il ait simplement profité du passage de l'avion pour s'échapper lui aussi de cette île.

— Scott Baumgart, répondit Chip.

— Elle connaît son vrai nom, indiqua Bruce. Je lui ai tout dit sur lui.

— Ah. Je suis navré qu'il soit venu t'importuner jusqu'ici, Abigail, dit Chip. Ce genre de désagréments ne se produit jamais à Quoddy. Du moins, ils ne devraient pas. J'espère que ça ne te dérangera pas de partager l'avion pour regagner le continent avec lui. Le vol est court, comme tu le sais déjà.

— Ça ira, répondit Abigail, bien qu'elle n'en fût pas tout à fait sûre.

Enfin, c'était largement mieux que de ne pas prendre l'avion.

Bruce avait les yeux fixés sur elle ; son visage était impassible.

— Je peux refuser qu'il nous accompagne, proposa-t-il après un moment.

— Peu importe.

Le pilote revenait du hangar au pas de course quand une jeep s'arrêta à côté du Land Rover de Chip. Abigail regarda Eric en descendre puis balancer son sac à dos sur son épaule et se diriger vers eux. Même à distance, elle pouvait lire la froide détermination sur son visage. Sa présence ne l'enchantait guère en vérité, car elle craignait que, pour une raison ou une autre, elle ne retarde leur départ ou ne l'empêche de prendre l'avion. Il les rejoignit au moment où le pilote arrivait et la jeep fit demi-tour.

— Ça t'en fait un de plus, lança Chip au pilote.

— *No problemo*, répondit l'autre, en même temps qu'Eric annonçait d'une voix anormalement forte :

— En fait, il n'y aura qu'Abigail et moi. (Se tournant vers Bruce et pointant son index sur lui, il lança :) Toi, tu restes ici.

— Ça suffit, dit aussitôt Abigail. Tout le monde montera dans cet avion.

Bruce éclata de rire.

— Il me semble être en mesure de décider si je viens ou non, dit-il en s'adressant à Eric.

— Tu ne viens pas, insista Eric. (Il se tourna vers Abigail.) Il allait te jeter de l'avion.

— Putain mais qu'est-ce que tu racontes ? s'exclama Bruce.

Chip s'avança vers Eric :

— Attendez un peu, qu'est-ce que c'est que cette histoire ?

— C'est ce qui est arrivé à Jill Greenly, dit Eric à Abigail. (Il baissa la voix, comme s'il ne voulait pas que les deux autres entendent.) Ils lui ont fait croire qu'elle pourrait repartir et puis ils l'ont balancée de l'avion.

Le pilote eut un rire nerveux.

— Vous parlez du couple que j'ai ramené hier après-midi ? Je peux vous assurer que personne n'a été jeté de mon avion.

Eric capta le regard d'Abigail.

— J'ai discuté avec la femme qui travaille au grand pavillon juste après notre conversation. Elle m'a expliqué ce qui était arrivé à Jill : ils l'ont balancée de l'avion pour la punir.

— Mellie m'a affirmé qu'elle se trouvait toujours sur l'île, dit Abigail.

Elle sentit son estomac se nouer dans une sorte de spasme.

— Stop ! Tout le monde la met en veilleuse, dit Chip. Personne n'a balancé personne d'aucun avion. Je ne sais pas ce que Mellie vous a raconté, mais les paroles de cette femme sont à prendre avec des pincettes... Elle n'est pas vraiment digne de confiance.

— Elle m'a affirmé qu'Alec et Jill se trouvaient toujours sur l'île, répéta Abigail, dans l'espoir qu'ils s'accordent tous au moins sur ce fait.

— J'ai embauché Mellie pour rendre service à quelqu'un, mais elle a un peu trop d'imagination, répondit Chip. Et je pèse mes mots. Alec et Jill Greenly ont quitté l'île. Jill Greenly n'a pas été balancée d'un avion. Personne n'a été jeté d'un avion. Je vous garantis que Mellie et moi, on va avoir une petite discussion.

— Je me fiche de ce que vous avez prévu de faire, rétorqua Eric. Tout ce que je sais, c'est que je vais prendre cet avion avec Abigail. Rien qu'elle et moi. (Il ajouta en la regardant :) Et je me fiche de ce que tu feras une fois qu'on aura atterri. Tu peux bien ne plus jamais m'adresser la parole, je dois m'assurer que tu quittes cette île sans problème.

Bruce sourit à Eric, tout en fronçant les sourcils.

— Pas question. Tu ne partiras pas seul avec ma femme. Alors maintenant, soit tu fermes ta gueule et tu montes dans ce putain d'avion avec nous, soit *je* fais en sorte que tu n'y montes pas. Et je pense que Chip n'y verra aucun inconvénient.

— Tu m'as engagé pour coucher avec ta fiancée. Espèce de merde.

— Et toi tu as assassiné ta femme, répliqua Bruce. Chip, appelle Bob et demande-lui de venir s'occuper de ce gars avant que je m'en charge.

— Pourquoi ne pas laisser Abigail décider ? proposa alors Eric en la regardant. Dis-moi ce que tu veux et je le ferai. Si tu veux que je te laisse tranquille, alors je te laisserai tranquille.

Les quatre hommes se tournèrent vers Abigail, attendant sa réponse. L'espace de quelques secondes, elle se sentit étourdie et crut qu'elle allait s'évanouir, puis le malaise passa et elle éprouva juste une immense fatigue mêlée de tristesse ; sa gorge lui faisait mal, comme si elle était sur le point de pleurer. Elle avait les cheveux plaqués à cause de la pluie, et elle grelottait.

— Je repars seule, dit-elle. Sans personne. Je veux juste quitter l'île. (Une fois ces paroles prononcées, elle se rendit compte à quel point elles étaient vraies. Elle voulait monter dans l'avion et quitter cet endroit maléfique en laissant Bruce et Eric derrière elle.) Oui, voilà ce que je veux, dit-elle d'une voix ferme. Je veux être seule, et je veux partir d'ici.

Elle regarda le pilote, qui semblait s'amuser de tous ces rebondissements. Il haussa les épaules, comme pour dire que cela ne lui posait aucun problème. Elle lui adressa un signe de tête.

— Vous êtes prêt ? demanda-t-elle.

Le pilote fut le premier à rire, puis Chip se joignit à lui. Abigail regarda autour d'elle, interloquée. Seul Eric demeurait sérieux, mais il semblait se retenir d'exploser et pinçait les lèvres si fort qu'elles étaient devenues aussi pâles que sa peau. Brusquement, il éclata de rire à son tour, expulsant au passage quelques postillons. La terreur d'Abigail, qui n'avait cessé de grandir, se doubla de confusion.

— Excuse-moi, dit Bruce, qui riait maintenant si fort qu'il avait du mal à parler.

Abigail crut qu'il s'adressait à elle, mais c'était Eric qu'il regardait. Ce dernier, bien qu'il eût arrêté de rire, continuait d'afficher un large sourire.

La petite voix intérieure d'Abigail lui intimait de dire quelque chose, pour qu'ils se souviennent qu'elle était toujours là, mais aucun mot ne voulait sortir. Elle sentit ses jambes flageoler, puis un relâchement dans la partie inférieure de son abdomen. Pourquoi tout le monde riait-il ?

— La pauvre, dit Eric. Regardez-la. Elle n'a aucune idée de ce qui se passe. (Il se retourna vers Bruce.) Tu sais qu'elle a trouvé ta bague ? Et elle l'a reconnue. Elle est déjà allée au lieu sacré.

— Je crois qu'elle va tomber dans les pommes.

La remarque venait de Chip. Tout d'un coup, elle sentit tous les yeux converger vers elle. Une autre rafale déferla, faisant s'envoler cheveux et vêtements, mais personne ne bougea. Chaque détail semblait étrangement précis, comme si la scène se jouait au ralenti, gravant les visages dans l'instant : la barre de sourcils foncés de Bruce épilée au milieu ; les yeux bleu pâle d'Eric ; la peau laiteuse de Chip parsemée de poils roux ; la pluie battante et les gouttelettes de brume dans l'air. Et le ricanement diffus du pilote en petits soubresauts incontrôlés. Tous ces détails flottaient devant ses yeux, et la voix dans sa tête lui criait que sa meilleure chance était de fuir.

Une cinquantaine de mètres la séparaient de la limite des arbres bordant la piste d'atterrissage. Ses jambes lui semblaient lourdes, mais Abigail s'enfuit aussi vite que possible, le bruit de sa course effrénée couvrant presque les rires des hommes.

Elle avait quasiment atteint les bois quand elle sentit un objet massif la frapper dans le dos. Elle tomba de tout son long, son menton s'écrasant douloureusement contre le sol.

— Je l'ai eue, cria une voix à trente centimètres de son oreille.

On la retourna sur le dos. C'était le pilote. Abigail tendit le bras et sa main se referma sur une poignée de cheveux et le collier de coquillages, qui vola en éclats quand elle tira de toutes ses forces. Une touffe de cheveux lui resta entre les doigts. Il gémit en serrant les dents.

— Salope, dit-il en lui assénant un coup de poing au menton.

Tout devint sombre et flou. Quand Abigail rouvrit les yeux, les quatre hommes se tenaient au-dessus d'elle et la regardaient. Bruce souriait de toutes ses dents, et Chip haletait, sa barbe brillante de sueur. Eric, le regard dans le vague, paraissait presque préoccupé. Le pilote lui plaquait les deux bras contre la terre dure et mouillée et elle sentit un froid humide s'infiltrer à travers ses vêtements.

— Elle s'est pissé dessus, dit Bruce, presque avec désinvolture, comme s'il formulait une banale remarque.

Il fallut un moment à Abigail pour comprendre qu'il parlait d'elle : son jean était trempé de sa propre urine.

Un bruit de tapotement lui fit tourner la tête. Chip donnait une chiquenaude dans une grande seringue qu'il tenait à la main.

— Attendez, dit-elle, mais le pilote affermit sa prise pendant que Chip s'accroupissait et lui enfonçait l'aiguille dans le cou.

25

PENDANT UN TEMPS, il n'y eut plus rien.

Puis l'obscurité. Elle la devina avant même d'ouvrir les yeux.

Quelqu'un toussa ; elle leva la tête. Sentit monter la nausée, baissa la tête, referma les yeux.

Et à nouveau, plus rien.

Un bruit de toux.

Quelqu'un d'autre. Un son humide et étranglé.

Quand elle leva la tête, ça tournait toujours, mais son estomac s'était calmé. Où qu'elle puisse être, l'obscurité était totale, d'un noir opaque. Une odeur d'humidité flottait dans l'air, et un parfum floral qu'elle ne parvenait pas à identifier. Elle se redressa en position assise et découvrit qu'un de ses poignets était menotté au cadre métallique du lit sur lequel elle se trouvait. Son autre main était libre ; elle se toucha le visage, sentit une croûte molle et collante sur son menton, là où le pilote l'avait frappée. Elle avait un goût aigre dans sa bouche sèche.

— Il y a quelqu'un ? lança-t-elle à travers la pièce, sa voix résonnant dans son crâne, brisée et pâteuse.

— Oui, répondit une voix à deux ou trois mètres d'elle : féminine, anxieuse, teintée d'une pointe d'espoir.

— Qui est là ? demanda Abigail.

La réponse prit la forme d'un murmure.

— Jill Greenly. Est-ce que c'est Abigail ?

— Oui, c'est moi. Mon Dieu, qu'est ce qui se passe ? Depuis combien de temps tu es enfermée ici ?

— Je ne sais pas. Quel jour on est ?

Il y eut un bruit de pleurs étouffés.

— Mercredi, je crois. Mercredi soir, ou peut-être qu'on est déjà jeudi. On était mercredi après-midi quand ils m'ont fait l'injection.

— Qui ça ?

Abigail se remémora les événements qui s'étaient produits après l'arrivée de l'avion. Eric avait débarqué en lui annonçant son intention de la ramener en personne, lui et Bruce s'étaient disputés, puis soudain tout le monde riait et on se serait cru dans un de ces films où l'on comprend subitement qu'il n'y a que des méchants, que tous les habitants de la ville sont complices et qu'on est pris au piège.

— Chip, répondit-elle dans l'obscurité. C'est Chip, le propriétaire du club, qui m'a injecté ce produit qui m'a assommée. Mais ils sont tous dans le coup : mon mari, Eric, tout le monde. Ils sont tous complices.

— Comment ça ? Qui est Chip ?

— Le directeur. Mais il est aussi dans le coup.

— Quel coup ?

— Ce qu'ils font ici. Tout ça. Je pense qu'on a été amenées ici pour être punies ou quelque chose dans le genre. Nous sommes les seules femmes sur l'île.

Jill resta un moment silencieuse.

— Tu es toujours là ? demanda Abigail.

— Oui. C'est ce qu'il m'a dit justement. Que j'allais être punie pour mes fautes.

— Qui t'a dit ça ?

— Alec. La nuit où j'ai essayé de m'enfuir.

— Je t'ai vue cette nuit-là. Devant mon bungalow.

Jill se remit à pleurer et Abigail attendit. Elle voulait lui dire d'arrêter afin qu'elles puissent se parler, ne sachant pas combien de temps elles avaient.

— Alors c'était toi ? finit par demander Jill.

— Oui, mais tu t'es sauvée.

— Je… je ne comprenais pas ce qui se passait.

— Pourquoi tu avais le côté en sang ?

— Alec… et Porter…

— Porter, c'est l'homme avec qui tu étais fiancée, n'est-ce pas ? Et quand tu l'as recroisé sur l'île, tu as commencé à paniquer…

— Je ne sais pas si je devrais en parler, dit Jill. Ils sont sûrement en train de nous écouter.

— Qu'est-ce que ça peut faire ? Il faut qu'on se raconte nos histoires. Ça nous permettra d'y voir plus clair.

— Je ne sais pas, fit Jill tout bas.

Abigail crut l'entendre pleurer un peu.

— Vas-y, insista-t-elle. Raconte-moi tout ce qui s'est passé. On s'en fiche qu'ils écoutent.

Il s'écoula peut-être une minute, puis Jill dit simplement :

— D'accord.

— Prends ton temps.

Jill s'éclaircit la voix, et commença sans attendre.

— Je ne t'ai pas tout dit quand nous avons bavardé l'autre soir. Je t'ai présenté Porter comme un homme plutôt gentil, mais il ne l'est pas du tout. Enfin, il l'était au début, mais avec le temps, il a montré un autre visage : autoritaire et jaloux. Il m'a dit qu'il ne voulait plus que je fasse l'actrice, et qu'après notre mariage il ne me laisserait plus travailler. Il disait que ça ternirait son image, que les gens penseraient qu'il n'était pas capable de subvenir à nos besoins, ce qui était ridicule quand on connaît sa fortune. Je lui ai répondu que ça n'avait rien à voir avec l'argent, que j'aimais mon métier et que je voulais continuer. C'est devenu de pire en pire. On n'arrêtait pas de se disputer, et j'allais régulièrement à Los Angeles passer des auditions. Et puis on m'a proposé un rôle dans une websérie tournée à Vancouver. C'était payé au salaire minimum, mais j'ai dit à Porter que j'allais accepter et qu'il valait mieux qu'on se sépare. Il m'a laissée partir, mais il n'a pas voulu qu'on rompe.

"Je sais que j'aurais dû insister, mais à l'époque je cherchais seulement à m'éloigner de lui. Le tournage ne durait que trois mois. Bref. À Vancouver, j'ai rencontré un mec. Il était barman, et vraiment mignon, et je savais à ce moment-là que Porter et moi c'était fini, alors je suis sortie avec lui, juste un soir. Je sais que ça paraît dingue… mais il s'est avéré que le mec avait été engagé par Porter pour me séduire. C'était un piège, une sorte de test, et il avait fait son rapport à Porter.

— Hmm, fit discrètement Abigail pour ne pas la couper ; préférant attendre que Jill termine son récit pour comparer leurs expériences.

— Toute cette histoire a été un cauchemar. Porter est venu jusqu'à Vancouver. Franchement, j'ai cru qu'il allait me tuer. Le mec lui avait raconté en détail tout ce qu'on avait fait, il lui avait répété tout ce que j'avais dit.

— Comment il s'appelait ? demanda Abigail. Le barman. Tu connais son nom ?

— Il me l'a dit, oui, mais je ne sais pas si c'était son vrai nom. Je ne l'ai plus jamais revu.

— Il était comment physiquement ?

Abigail voulait savoir s'il s'agissait d'Eric Newman, mais c'était idiot : si ç'avait été lui, Jill l'aurait reconnu quand il était arrivé sur l'île.

— Il était très beau. De type hispanique. Il ressemblait à l'acteur de *Quantico*, la série télé. Aarón Díaz, tu vois qui c'est ? Porter savait très bien que c'était mon type d'homme parce que je lui avais dit une fois. Il n'avait pas arrêté de me demander avec quel acteur j'aurais couché si on m'avait donné le choix. "Personne", je lui avais répondu, parce que je savais que c'était ce qu'il voulait entendre, mais il avait tellement insisté que pour être débarrassée, j'avais répondu Aarón Díaz. Alors je crois qu'il a trouvé ce mec, peut-être que c'était un acteur, une espèce de sosie, puis il a monté ce plan pour me piéger. Le lendemain matin, le mec avec qui j'avais couché n'était plus là et Porter a débarqué à Vancouver. Il m'a retenue pendant vingt-quatre heures dans l'appart que je louais, à me hurler dessus. J'étais sûre que j'allais mourir, je pensais vraiment que Porter allait me tuer. Et puis il est parti. Et je ne l'ai plus revu, ni eu de ses nouvelles… jusqu'à ce que je le croise ici, en arrivant sur cette île à la noix.

— Tu as pensé qu'il te traquait ?

— Évidemment.

— Le soir où tu m'en as parlé, tu m'as dit que c'était un pur hasard…

— C'est ce qu'il m'a dit. Je ne l'ai pas cru, mais j'espérais que c'était vrai. Et puis je me suis disputée avec Alec. Il me reprochait de lui avoir menti à propos de certaines choses, notamment de mes relations passées, mais je crois maintenant que… je sais, c'est dingue… mais je crois qu'Alec est aussi dans le coup.

— Ils sont tous dans le coup, Jill, dit Abigail. C'est pour ça qu'ils nous ont amenées ici. Ils veulent nous punir.

— Oh mon Dieu… Mais… pourquoi ? Pourquoi ils font ça ?

— Qu'est-ce qui s'est passé la nuit où tu étais en sang ? demanda Abigail.

— La journée avait été horrible. On s'était donné rendez-vous pour aller nager, tu te souviens ?

— Oui.

— Je me préparais à sortir quand Alec m'a dit que ce n'était pas possible. Ça ne lui ressemblait tellement pas, cette façon de me parler… Je lui ai demandé ce qu'il voulait dire par là. Il a répondu que dorénavant il déciderait pour moi, et qu'il avait décidé qu'aujourd'hui je ne quitterais pas la chambre. Il voulait que j'y passe toute la journée, nue, avec lui. Il avait un tel regard. Un peu dérangé. Je me souviens… je me rappelle m'être dit que j'avais fait une terrible erreur en l'épousant. Et puis j'ai remis les choses dans leur contexte. Je me suis dit qu'en fait, ça pouvait avoir un côté excitant : on était en lune de miel et il prenait le contrôle, il disait qu'il voulait m'avoir pour lui toute la journée et que je devais rester nue. Alors j'ai accepté. On a pris nos repas en chambre et fait l'amour non-stop. J'essayais de m'imaginer de quoi ça aurait eu l'air sur le papier, dans un roman d'amour. Sûrement fantastique. *Au milieu de leur lune de miel, ils passèrent une journée entière sans sortir de la chambre, complètement nus, juste elle et lui.* Mais ce n'était pas ce que je ressentais. J'avais le sentiment d'être enfermée, que si j'avais tout à coup envie de faire une pause et de prendre l'air, il refuserait de me laisser sortir, ou que si je ne voulais plus faire l'amour, il m'y forcerait.

Jill resta un moment silencieuse ; Abigail ne la relança pas. Elle prit alors une longue inspiration qui résonna dans la petite pièce humide.

— J'ai fait un somme je crois, juste après le dîner. J'étais épuisée. Complètement épuisée. Mais maintenant que j'y repense, je suis sûre qu'il m'avait droguée. Quand je me suis réveillée, au bout de plusieurs heures, Alec n'était plus seul dans la pièce. Au début, j'ai pensé qu'il se parlait à lui-même, ou qu'il discutait au téléphone, même s'ils ne fonctionnent pas ici… et puis j'ai entendu une autre voix et j'ai ouvert les yeux. Porter l'avait rejoint dans la chambre, ils se tenaient tous les deux debout autour du lit et me regardaient. J'étais déboussolée, un peu dans les vapes, et je ne me rappelle pas tout ce qu'ils ont dit, mais Alec n'arrêtait pas de répéter un truc comme : "C'est ce que tu voulais, hein ? Lui et moi ensemble." Et il ricanait. On aurait cru un fou alors je me suis mise à crier et Porter m'a plaquée dans le lit. C'est à ce moment-là qu'Alec m'a mordue, sous le bras. Ça m'a fait si mal que j'ai retrouvé un peu mes esprits. J'ai réussi à me débarrasser de Porter – je pense qu'il avait relâché un peu sa prise parce qu'il riait lui aussi. J'ai couru vers la porte et je me suis sauvée. Je ne me souviens pas bien de ce qui s'est passé. Je saignais, j'avais froid, et je crois que j'ai commencé à halluciner. Je me sentais comme une fois où quelqu'un m'avait donné du *space cake* à la fac et que j'avais fait un mauvais trip. J'entendais des sons fantomatiques au milieu des bois et je n'avais plus la notion du temps. Je ne savais plus si c'était réel. Au bout d'un moment, j'ai essayé de frapper aux fenêtres des bungalows, dans l'espoir que quelqu'un vienne à mon secours.

— C'est à ce moment que je t'ai vue, dit Abigail.

— C'était vraiment toi ?

— Oui. Je t'ai vue, tu saignais. Tu m'as demandé qui j'étais et puis tu t'es enfuie. Tu ne t'en souviens pas ?

— Si, peut-être. Je ne savais pas que c'était toi. Tu... tu avais l'air... dans mon souvenir, tu étais là debout devant moi, mais ton visage n'était pas humain. Je savais que tu étais une femme, à ta voix, mais tu n'avais pas un visage de femme. Tu avais un museau et des yeux jaunes. Ensuite je me rappelle seulement avoir passé la nuit dans les bois ; j'imaginais qu'il y avait des loups partout. Puis l'aube est arrivée et ils sont venus me chercher. Ils m'ont fait une piqûre, et je me suis réveillée ici. Depuis je n'ai pas bougé.

Jill fut secouée de gros sanglots, et Abigail regrettait de ne pouvoir aller la réconforter. Elle se contentait de chuchoter des paroles rassurantes depuis l'autre côté de la pièce, sans savoir si c'était vraiment efficace.

— Pourquoi ils font ça ? finit par demander Jill.

— C'est une punition. Ils le font parce qu'ils en ont le pouvoir.

— Mais pourquoi on est enfermées ici ? Qu'est-ce qui nous attend ?

Abigail pensait connaître la réponse. Elle n'avait pas cessé d'y penser depuis qu'elle avait ouvert les yeux dans les ténèbres de ce cachot. Elle n'était pas sûre de vouloir prononcer le mot, mais elle décida finalement que c'était préférable. Il fallait qu'elles accordent leurs violons.

— Je crois qu'ils vont nous tuer, Jill, dit-elle. Sans doute au cours d'un rituel, ou d'une espèce de jeu ; ils jouent avec nous depuis que nous avons posé les pieds sur cette île. Mais ils vont bel et bien essayer de nous tuer. Ils ne nous laisseront pas repartir d'ici.

— Et si on leur promet de ne rien dire ? proposa Jill.

La réaction de Jill laissa Abigail dépitée. Elle s'était déjà résignée au compromis.

— Peut-être…, répondit-elle, et ce simple mot prononcé à voix haute lui donna une lueur d'espoir. Peut-être que ce n'est qu'une sorte de jeu pervers.

— En plus, ce sera notre parole contre la leur. Ils feront en sorte que personne ne nous croie.

Abigail sentait monter l'optimisme dans la voix de Jill.

— Peut-être, répéta-t-elle, mais n'y comptons pas trop. Ce sont des hommes riches et puissants. Ils ne peuvent pas se permettre de nous laisser porter des accusations contre eux. Il y a de fortes chances qu'ils aient projeté de nous tuer. Il faudrait qu'on essaie de trouver un moyen de quitter cette île.

Jill se remit à pleurer, tout bas cette fois.

— Mais ils ne peuvent pas nous tuer et s'en sortir comme ça.

— Ils trouveront un moyen. Ils ont de l'argent, ils se débrouilleront pour maquiller leur crime. On aura un accident… d'avion peut-être, ou alors on se noiera. Il n'y aura pas de témoin. C'est pour ça qu'il faut qu'on survive, Jill. Pour raconter ce qui nous est arrivé.

— OK.

— Si une occasion de t'enfuir se présente à toi, avec ou sans moi, saisis-la. Essaie de t'échapper et cache-toi quelque part sur l'île. Reste cachée aussi longtemps que tu pourras et tu réussiras peut-être à leur échapper.

— Mais seulement s'ils essaient de nous tuer, hein ?

— Oui, répondit Abigail. On ne sait pas ce qui nous attend.

Pendant un moment, Abigail se contenta d'écouter la respiration de Jill, longue et bruyante.

— Raconte-moi ton histoire, demanda Jill. Pourquoi est-ce qu'ils t'en veulent, à toi ?

Abigail commença à raconter. Elle n'en avait pas vraiment envie, mais elle savait qu'il valait mieux qu'elles continuent de se parler. Entendre une voix familière atténuerait leur angoisse. Abigail raconta donc à Jill l'aventure d'un soir en Californie et expliqua qu'il s'agissait d'un coup monté. Elle parlait toujours quand elle entendit des pas résonner à l'extérieur. La porte s'ouvrit, et la lumière pénétra l'obscurité.

26

Ses yeux mirent un moment pour s'accommoder à la lumière soudaine, mais Abigail réussit tout de même à deviner la silhouette de Chip dans l'embrasure. Il portait une chemise marron clair sous une veste verte et ses cheveux roux semblaient flamboyer. Jill hurla et Abigail se retourna instinctivement pour la rejoindre, mais les menottes la rappelèrent à l'ordre. Elle vit que Jill portait toujours la chemise de nuit ensanglantée de l'autre nuit. Ses cheveux étaient sales et mêlés d'aiguilles de pin. Sans un mot, Chip se dirigea vers elle, et Abigail entendit un bruit sec, comme une gifle. Jill cessa de crier et son corps se raidit.

Abigail cria à son tour. Un deuxième homme venait d'entrer dans la pièce : le pilote blond tenait dans sa main ce qui semblait être un rasoir électrique. Dès qu'il s'approcha, Abigail tenta de l'atteindre de sa main libre, mais il esquiva sans mal. Elle remarqua que ses lèvres étaient humides. Il la frappa à la poitrine. Abigail entendit un crépitement et une douleur immédiate l'irradia. Tous ses muscles se tétanisèrent, sa vision se constella de clignotements étranges. Elle se crut morte, et pendant ce bref moment, l'absurdité de sa mort la désola.

On lui mit une cagoule sur la tête et de nouveau, l'obscurité.

— Attention, ça va piquer, dit une voix goguenarde à travers le tissu.

Elle sentit comme un violent pincement dans le muscle de son épaule, ou une morsure, et fut presque soulagée.

L'air était froid autour d'elle, transportant des bribes de voix. Abigail leva la tête et un semblant de lumière jaune intermittente cisailla l'obscurité. Son visage la démangeait, sa peau était chaude ; par réflexe, elle secoua la tête et sentit un tiraillement quand on lui arracha la cagoule. Serrant les paupières, elle aspira de grandes goulées d'air.

Elle se décida à ouvrir les yeux, pour les refermer aussitôt en constatant que le monde tanguait dangereusement. Son estomac gargouilla ; se croyant sur le point de vomir, elle se pencha et posa son front sur ses genoux. Il lui sembla qu'elle était désormais assise sur une chaise en bois, sans menottes.

— Allez, allez, on se réveille, fit une voix.

Abigail se redressa et rouvrit les yeux, pour de bon cette fois. La scène qui s'offrait à elle se précisa lentement. Il faisait nuit. Elle était dans les bois, et un vent froid soufflait entre les arbres. Son côté droit était plus chaud que son côté gauche. En se tournant, elle vit qu'un grand feu brûlait, les flammes presque aussi hautes que les hommes rassemblés autour. Elle plissa les yeux pour mieux les voir, et l'un d'eux lâcha un rire familier. C'était Bruce, vêtu d'un pull à col roulé et d'un jean, le visage jauni par les flammes. Détail étrange, troublant, il tenait un verre à la main – du whiskey a priori – comme s'il assistait à une fête.

— Ouais, elle est réveillée, dit-il.

Abigail voulut parler, mais sa bouche resta immobile. Elle se passa la langue sur les dents et les lèvres. Les premières lui semblaient bizarrement grandes, les secondes comme du caoutchouc.

Vous m'avez droguée, dit-elle aux hommes, mais les mots ne franchirent pas ses lèvres. Elle referma les yeux.

Elle se réveilla à nouveau au son de rires et leva sa tête lourde.

Devant elle, un homme était en train de danser, les genoux pliés presque à angle droit, sautant d'un pied sur l'autre. Elle n'aurait su dire de qui il s'agissait, car il portait un masque qui cachait la moitié supérieure de son visage. Des feuilles vertes en éventail en dépassaient. Derrière lui, un groupe d'hommes se balançaient d'avant en arrière, certains ricanant. Peut-être était-ce dû au vent, ou aux drogues qui circulaient dans l'organisme d'Abigail, mais leurs rires semblaient venir d'ailleurs, de tout là-haut dans les arbres.

Le monde bascula. Elle ferma les yeux, et les ténèbres l'engloutirent.

Quelques secondes plus tard – ou était-ce des heures ? – Abigail se réveilla en frissonnant. Elle ouvrit les yeux et observa les hommes à leur insu. Plus personne ne dansait. Ils avaient enlevé leurs masques et s'étaient regroupés autour du feu. Le vent continuait de disperser leurs voix. Ils ne lui prêtaient pas attention mais regardaient une autre personne assise sur une chaise de l'autre côté du feu. Le décor se précisa et Abigail sut alors où ils se trouvaient : dans la clairière, derrière la piscine, celle qu'elle avait découverte en marchant. Les bois de Silvanus. Combien d'hommes étaient là ? Elle essaya de les compter et en dénombra cinq avant que leurs silhouettes se brouillent à nouveau. L'un d'eux était penché au-dessus de la femme assise – Jill évidemment – et un autre lui retira sa cagoule. Jill était complètement amorphe. L'espace d'un instant, Abigail la crut morte, mais elle tenta soudain de se mettre debout. L'homme la força à se rasseoir en s'esclaffant. Il s'agissait d'Alec, son mari, vêtu d'une veste de ski bouffante, une espèce de cigare entre les dents.

Tous avaient les yeux tournés vers Jill, et Abigail les observa un à un. En plus de Bruce et d'Alec, il y avait Chip, une bouteille de bière à la main, Eric Newman, tenant lui aussi une bière et fumant une cigarette ; Porter, vêtu simplement d'un jean et d'un polo, sa peau sombre luisant sous les flammes. Elle reconnut le pilote aux cheveux blonds, ainsi qu'un autre homme avec une large moustache grise aux pointes cirées : Carl, le barman.

Abigail bougea très légèrement ses jambes pour vérifier si elle était attachée à la chaise. Elle n'espérait pas pouvoir courir – la drogue qui coulait dans ses veines lui alourdissait le corps et l'esprit –, mais elle tenait néanmoins à vérifier. Elle déplaça ses jambes d'une dizaine de centimètres et eut la conviction que la seule chose qui la retenait à la chaise était le sédatif qu'on lui avait injecté.

Elle prit une profonde inspiration par le nez pour se remplir les poumons. Le monde tanguait encore vaguement, mais sa nausée était passée et elle avait les idées un peu plus claires.

“Mets le masque, mets le masque”, scandait une voix qu’elle n’identifia pas immédiatement. Encore des rires, dont certains semblaient venir de derrière elle. Abigail se retint de tourner la tête et ramena lentement son menton sur sa poitrine pour faire croire qu’elle était toujours dans les vapes. *Je vais rester assise comme ça le plus longtemps possible*, pensa-t-elle. *Il faut que je gagne du temps jusqu’à ce que j’aie retrouvé tous mes esprits. Je vais faire semblant. Je n’ai plus sommeil.*

Elle sentit une main lui tapoter la joue, doucement d’abord, puis plus fort. Secouant la tête, Abigail s’extirpa de sa torpeur et lança un bras en avant ; son poing rencontra une cuisse. Un rire sonore retentit, puis le visage ciselé d’Eric apparut. L’haleine imprégnée par les cigarettes françaises, il la regardait dans les yeux.

— Elle est réveillée, dit-il en se redressant, si bien qu’elle se retrouva face à son entrejambe : une ceinture large en cuir, une chemise en flanelle à demi rentrée dans le jean.

Abigail continua de prendre de profondes inspirations par le nez. Cela lui faisait du bien. Elle fit pivoter sa tête sur son cou ; la douleur irradia ses épaules et son dos, mais le sol demeura stable. *Je me sens mieux,* se dit-elle en laissant retomber sa tête afin que personne ne soupçonne qu’elle était plus consciente qu’ils ne le pensaient.

— Non, non, dit Eric d’une voix curieusement douce. (Il lui tapota à nouveau la joue.) Hé, reste avec nous.

— Où suis-je ? répondit-elle en prenant à dessein une voix pâteuse, sans avoir vraiment à se forcer.

— Tout ça n’est qu’un rêve, dit Bruce en s’avançant à côté d’Eric.

Il se tourna vers les hommes rassemblés autour du feu pour observer leur réaction. Constatant leurs mines hilares, il la regarda de nouveau, un sourire satisfait sur les lèvres.

— Ça ressemble plutôt à un cauchemar, déclara-t-elle en prenant une voix blanche.

Elle se demandait si elle pouvait encore espérer grappiller un reste de sympathie auprès de son mari, ou même d'Eric. Mais Eric souriait, et Bruce s'esclaffait du même rire insensible qu'elle avait découvert à l'aérodrome, comme des pierres qu'on entrechoque.

— Ouais, les rêves qui tournent au cauchemar, on connaît, dit une nouvelle voix.

Ses yeux firent la mise au point sur la personne qui venait de parler. La voix grêle et nasillarde était celle de Chip et tous les hommes, Bruce y compris, dirigèrent leur attention vers lui.

— Qu'est-ce que ça fait ? demanda Chip en pointant le doigt vers elle.

Il semblait attendre une réponse, mais elle se contentait de secouer la tête. Elle sentit monter une panique soudaine, comme une écolière qu'on interroge et qui ne connaît pas la réponse.

— Qu'est-ce que ça fait ? répéta-t-il en haussant la voix.

Il fit un pas vers elle. Sa barbe touffue et ses épaules tombantes se découpaient dans la lumière vacillante et orangée des flammes. À côté de lui, le jeune pilote blond tapotait son masque contre sa cuisse comme un tambourin.

— Qu'est-ce que ça fait quoi ? demanda Abigail.

Sa voix résonna bizarrement dans sa tête, mais les mots sortirent forts et clairs.

— Qu'est-ce que ça fait d'être une femme américaine moderne, de vivre une vie de privilégiée, de pouvoir faire tout ce qu'on veut, tout ce qui vous passe par la tête en toute impunité ?

Abigail ne répondit pas.

— Et qu'est-ce que ça fait de devoir aujourd'hui assumer ses actes ? Je vous pose la question à toutes les deux.

Chip regarda Jill de l'autre côté et Abigail fit de même. On les avait rapprochées, mais elles étaient encore séparées de quatre ou cinq mètres.

— Alec, s'il te plaît, fit Jill dans un début de plainte.

— Jill Greenly, dit Chip d'une voix forte et solennelle. Tu es accusée d'infidélité et de débauche. Que plaides-tu ?

Abigail se tourna vers Jill qui secouait la tête en ouvrant des yeux ronds. On aurait dit une chatte en panique cherchant à sortir d'une pièce.

— Que plaides-tu ? répéta Chip en s'avançant davantage, le bras levé au-dessus de sa tête et le doigt pointé sur elle.

C'est un putain de procès, pensa Abigail. *Ils sont en train de nous juger.* Elle sentit monter un rire hystérique. Tenta de le réprimer, mais il explosa tout de même, attirant tous les regards sur elle.

— Ton tour arrive, Abigail Lamb, dit Chip.

Elle rit de plus belle.

— La ferme, dit Bruce.

Mais elle continuait de rire et des soubresauts agitaient ses épaules.

— Vous n'êtes qu'une bande de lâches, cria-t-elle finalement, le visage strié de larmes.

Bruce voulut lui décocher un coup de poing au visage, mais elle se pencha en arrière et il manqua sa cible. Emporté par son élan, il valsa sur lui-même et tomba sur le côté. Eric l'aida à se relever puis l'éloigna d'Abigail.

Abigail sentit le rire monter de nouveau mais réussit à se contrôler, certaine que cette fois Bruce la tuerait sur-le-champ.

— Je te faisais confiance, dit-il.

— Tu m'as piégée, répondit-elle. Quand on donne sa confiance à quelqu'un on ne cherche pas à le piéger.

— Tu as baisé avec un autre homme, le week-end où tu étais censée célébrer notre union… un week-end que je t'avais payé, par-dessus le marché.

Tandis qu'il parlait, la salive brillait au bord de ses lèvres à la lueur des flammes.

— Très bien, dit-elle. (Elle parlait vite, craignant que Chip ne les interrompe en voyant son scénario changer de tournure.) D'accord, je suis une mauvaise personne. Je suis coupable. Mais tu n'étais pas obligé de m'épouser. Tu n'avais pas besoin de me torturer et de faire tout ça.

— Si je ne t'avais pas épousée, tu en aurais épousé un autre et tu l'aurais rendu malheureux.

— En quoi est-ce que ça te concernait ?

— Tu plaides donc coupable, Abigail Lamb, déclara Chip sans laisser à Bruce le temps de répondre.

De toute évidence, Chip était la tête pensante. C'était lui qui menait la danse, bien qu'il n'eût aucun lien avec Abigail ou Jill.

— Oui, Chip Ramsay, répliqua-t-elle sur le même ton. Je suis coupable de tout ce qu'on me reproche.

Chip leva le bras et donna une petite tape sur l'épaule du pilote. L'homme remit son masque puis passa derrière

Abigail et posa les mains sur son épaule gauche. Eric vint se placer de l'autre côté.

— Et toi, Jill Greenly, plaides-tu également coupable des accusations d'infidélité et de débauche ?

Abigail regarda Jill : elle pleurait en silence. Levant lentement la tête, elle répondit par un acquiescement muet. Carl se déplaça derrière elle, le haut du visage dissimulé par un masque qui laissait voir sa moustache. Il s'agissait de masques de papier mâché, probablement confectionnés à la main puis peints en vert, et la vision surréaliste de ces hommes en train de les fabriquer s'imprima soudain dans son esprit. Mais ils avaient tout aussi bien pu les trouver dans l'atelier de théâtre du camp ; peut-être avaient-ils servi dans une production du *Songe d'une nuit d'été*? Abigail se retourna vers Bruce – Eric l'avait lâchée – et tenta de déchiffrer son expression. Ses yeux brillaient d'excitation et tout son corps trépignait d'impatience, tel un petit garçon pris d'un besoin pressant. Mais la peur se lisait sur son visage : les mâchoires contractées, le cou raide.

Merde, est-ce qu'ils vont vraiment nous tuer ?

Un flot de désespoir lui glaça les veines.

— Bruce, demanda-t-elle. Dis-leur d'arrêter.

Son expression changea pour afficher une mine soucieuse, et pendant un moment, elle s'accrocha à l'espoir qu'il allait mettre un terme à cette mascarade. Peut-être n'était-ce qu'une mise en scène destinée à les effrayer, une sorte de punition théâtralisée. Tout d'un coup Chip leva à nouveau les bras et annonça :

— Nous vous déclarons toutes les deux putains, et décrétons au nom du privilège masculin que votre châtiment sera la mort.

Jill leva la tête.

— Alec ! cria-t-elle à plusieurs reprises, sa voix gagnant à chaque fois en volume et en hystérie.

Derrière elle, Carl lui colla une main sur la bouche pendant que Porter la maintenait sur la chaise ; de l'autre côté, Eric et le pilote saisirent Abigail par les bras et les épaules pour l'empêcher de bouger.

— Bruce, Alec, dit Chip. (Les deux hommes se tournèrent vers lui.) Êtes-vous prêts à délivrer le châtiment ?

27

— Nous sommes prêts, répondit Bruce.

Alec se contenta de hocher la tête. Il avait le visage rubicond, et Abigail réalisa qu'il n'avait pas prononcé un seul mot. Fouillant dans les poches de sa veste, Chip sortit de chacune un petit couteau. Abigail tenta de se libérer d'Eric et du pilote, mais ils affermirent leur prise et l'obligèrent à se lever, chacun lui tenant un bras. Bruce et Alec prirent les couteaux des mains de Chip. Abigail se débattait à coups de pied, mais les deux hommes étaient trop forts. Elle sentait le souffle chaud d'Eric sur son cou, et les doigts du pilote s'enfoncer dans la chair souple de son bras.

Elle jeta un regard vers Jill : Carl et Porter venaient de l'obliger à se lever. Elle n'opposait aucune résistance et donnait l'impression d'être déjà morte, aussi amorphe qu'une poupée de chiffon entre les deux hommes.

Tandis que Bruce avançait vers elle, tout ce qu'Abigail voyait était le couteau dans sa main. *Je vais mourir*, pensa-t-elle, la terreur déferlant de nouveau en elle. Elle avait froid et se sentait plus seule que jamais. Elle leva les yeux vers le visage de Bruce, toujours aussi impassible, le rictus menaçant. Elle entendit Jill gémir, mais garda les yeux fixés devant elle. Bruce appuya la pointe du couteau contre sa poitrine et l'enfonça.

Elle sentit une pression, mais rien d'autre. *Ça ne fait pas mal,* songea-t-elle. *C'est déjà ça.*

Bruce recula alors le couteau, qui fit entendre un étrange cliquetis. Abigail ne ressentait toujours aucune douleur. Juste une sensation de tournis et la froide et terrible certitude qu'elle était en train de mourir. Bruce enfonça le couteau une seconde fois en riant, avant d'adresser un regard à Chip. Il arborait un air de triomphe sur son visage rouge. Abigail baissa les yeux vers sa poitrine : il n'y avait pas une goutte de sang. Elle ne ressentait toujours aucune douleur, et lorsqu'elle leva les yeux vers le couteau, elle constata que la lame ne portait aucune trace de sang.

Suivant son regard, Bruce posa son doigt au sommet de la lame et la poussa vers le bas : la lame s'enfonça dans le manche. Ce n'était qu'un accessoire de théâtre, un faux couteau.

— C'était pour rire, dit Bruce en reculant d'un pas.

Abigail sentit son corps s'avachir et elle s'effondra. Elle n'était plus tenue que par le pilote, Eric l'avait lâchée et s'était éloigné.

Elle n'éprouvait toutefois aucun soulagement, juste une vague d'impuissance mêlée de rage. Bruce se retourna vers Chip et lui fit une demi-révérence tandis que son ami applaudissait.

— Allez vous faire foutre, cracha Abigail.

Elle avait mis ses dernières forces dans ces mots, mais aucun des hommes ne répondit. Le pilote la lâcha et elle se laissa tomber sur la chaise. Son corps était lessivé. Tous ses muscles la brûlaient. Elle regarda du côté de Jill, qui s'était elle aussi rassise sur sa chaise. Carl avait retiré son masque et elle le vit taper son poing contre celui d'Alec, puis de Porter. Alec tenait toujours le couteau et se balançait sur ses pieds d'avant en arrière. Son expression était impossible à déchiffrer. Carl et Porter avaient rejoint Chip, mais Alec demeurait debout devant Jill.

— Tu as vraiment cru que j'allais te tuer ? demanda Bruce, sa voix trop forte laissant penser que l'adrénaline coulait toujours dans ses veines.

Abigail ignora la question. Sa gorge lui faisait mal et elle sentait monter un sanglot qu'elle parvint à retenir. Les hommes s'étaient regroupés autour du feu et échangeaient leurs impressions en riant. Abigail les observait en se demandant ce qui l'attendait à présent. Bruce imaginait-il sérieusement qu'elle reprendrait l'avion avec lui pour repartir ? Qu'est-ce qui l'empêcherait alors de raconter son histoire à la police ou à un journaliste ? Pour l'heure cependant, rien de tout ça ne lui importait ; tout ce qu'elle voulait, c'était s'échapper, rentrer chez elle, oublier ce qu'elle venait de vivre.

— Alec ?

C'était la voix de Porter. Il regardait de l'autre côté du feu, où Alec était toujours planté devant Jill. Les autres aussi commençaient à diriger leur attention vers le couple. Quand elle se décida à tourner la tête, Abigail avait déjà compris au ton de Porter qu'une vision de cauchemar l'attendait.

Alec tenait dans sa main une pierre anguleuse avec laquelle il frappait lentement Jill. Ou peut-être ne le faisait-il pas si lentement ; peut-être était-ce une impression produite par son bras qui montait et descendait de façon répétitive pendant que le monde autour de lui s'était figé. Les autres étaient muets et le seul son qu'on entendait était celui des coups de pierre contre la tête blonde qu'Alec tenait avec son autre main. Démêlant sa main de la chevelure sanguinolente, il frappa un grand coup, fracassant la mâchoire de sa femme qui tomba de la chaise. Alec mit un genou à terre et donna trois autres coups, chacun plus fort que le précédent. Personne ne bougeait, et quand bien même, il était trop tard. Le dernier coup avait rendu un craquement sinistre et l'une des jambes de Jill était agitée de convulsions.

Porter contourna le feu pour venir attraper Alec et le tirer à l'écart de sa femme. Les autres s'approchèrent lentement, formant un demi-cercle autour du corps de Jill. Sa jambe ne tremblait plus, mais dans la lumière des flammes, Abigail vit très distinctement son crâne fracturé.

— Bon sang, balbutia Chip avec un soupçon de peur réelle dans la voix.

Bruce fixait un point au sol, une main plaquée sur sa bouche. Le pilote avait ôté son masque, qui gisait par terre près de Jill.

Abigail se leva sur ses jambes flageolantes. Elle s'attendait à ce que les regards se tournent vers elle, mais ce n'était pas le cas.

Une voix dans sa tête lui dit :

Sauve-toi.

Tu es un témoin. Il faut que tu te sauves.

Chip attrapa le visage d'Alec entre ses mains.

— Putain Alec ! Qu'est-ce que t'as fait ?

Sauve-toi.

Elle fit deux pas de côté. Les hommes se contentaient d'échanger des regards confus.

Ils vont être obligés de te tuer maintenant. Quelles que soient les chances que tu pensais avoir de repartir d'ici, tu peux leur dire adieu. Tu as été le témoin d'un meurtre.

Sauve-toi. Cours.

Au lieu de courir, elle se borna à mettre un pied devant l'autre et s'éloigna en marchant sur le sentier qui menait hors des bois. Plus loin, le chemin obliquait et continuait dans l'obscurité car de gros arbres masquaient la lueur du feu. Comme elle se mettait à courir, son pied buta contre une racine et un éclair de douleur lui traversa l'orteil, mais elle réussit à ne pas tomber. Le bâtiment abritant la piscine et le spa apparut bientôt dans son champ de vision, sa silhouette se découpant dans le clair de lune. Abigail ralentit; elle ne s'était pas projetée aussi loin dans sa fuite et n'avait aucune idée d'où se cacher. Que devait-elle faire ? Essayer de trouver quelqu'un – un employé – et lui raconter ce qui s'était passé ? *Non*, se dit-elle. Quand bien même certains auraient tout ignoré des cérémonies nocturnes dans les bois, ça ne signifiait pas qu'ils prendraient sa défense. Cette île appartenait à des hommes très riches qui étaient seuls maîtres à bord. Il fallait à tout prix qu'elle s'en échappe. C'était sa seule chance.

Elle s'arrêta un moment. Pour l'instant, la priorité était de se cacher, trouver un endroit où elle serait en sécurité. Elle pourrait ensuite réfléchir à ses options.

Valait-il mieux s'enfoncer dans les bois près des bungalows ? Ou vers l'étang, le contourner et aller se cacher dans l'ancien camp des filles ? Ou encore rebrousser chemin et tenter sa chance dans le bâtiment de la piscine, voire carrément dans le grand pavillon ?

Alors qu'elle passait devant l'entrée du pavillon, elle se demanda s'il restait du monde à l'intérieur ; tous ceux qui n'avaient pas assisté à la cérémonie étaient-ils tranquillement endormis dans leurs lits ? Elle consulta sa montre. Il était un peu plus d'une heure du matin. Elle crut entendre une voix dans son dos mais n'osa pas se retourner. Unc fois à l'angle du pavillon, elle décida de longer le mur par la droite : revenir sur ses pas lui apparaissait comme la meilleure option. Elle éviterait ainsi la pelouse où elle risquait d'être repérée. Et peut-être qu'en agissant de manière inattendue, elle pourrait leur échapper.

Elle était à bout de souffle, ses poumons étaient en feu et tous ses membres en coton. Elle s'arrêta un moment derrière le bâtiment et tendit l'oreille, mais n'entendit rien. Risquant le tout pour le tout, elle gravit en silence les marches en bois à l'arrière du grand pavillon et actionna la poignée de la porte.

Elle s'ouvrit. Abigail entra dans le noir.

28

Abigail se tenait contre le mur de la grande salle, aussi immobile que possible. Il faisait noir dans le grand pavillon, n'était quelques lignes jaunes qu'un éclairage sur la mezzanine projetait sur le sol. Sans doute une veilleuse qu'on éteignait durant la journée. Le bâtiment était plongé dans le silence : on n'entendait ni voix ni mouvement. Abigail réfléchit et se dit que si quelqu'un pénétrait dans le pavillon par l'entrée, elle n'aurait qu'à revenir discrètement sur ses pas puis emprunter le tunnel qui menait à la piscine. De là, elle pourrait ressortir dans la nuit et gagner les bois.

Mais pour l'instant, elle était probablement seule dans le pavillon, et ce pour un bon moment. *Ils vont me chercher dehors*, pensa-t-elle. *Ils sont en train de ratisser les bois. Qui sait si tout cela n'est pas une autre mise en scène : ils tuent une femme et laissent l'autre s'échapper pour mieux pouvoir la traquer comme un gibier.* Mais elle n'y croyait pas. Elle avait vu Alec tuer Jill et observé la réaction des autres hommes. Ce meurtre n'était pas censé se produire. Ils se débrouilleraient pour étouffer l'affaire, évidemment, mais Abigail n'en restait pas moins un témoin. Ils feraient tout pour la retrouver.

Une vague de panique la submergea. Elle se força à respirer, à se rappeler qu'elle était toujours vivante.

Et puis, elle pensait l'avoir jouée fine en revenant sur ses pas pour se cacher dans le grand pavillon. Elle les avait trompés. Temporairement.

Mais que faire maintenant ? La simple idée de courir l'épuisait. La drogue qu'ils lui avaient injectée continuait de circuler dans son organisme et son corps lui semblait lourd, ses pensées floues. En outre, comme elle ne cessait de se le répéter, il n'y avait nulle part où aller. Elle était sur une île, où elle ne pouvait faire confiance à personne. Pas plus aux autres clients qu'aux employés ou qu'à ce détective… Mellie, au moins, avait tenté de la mettre en garde, mais elle ne pourrait pas l'aider pour autant. Le plus sage était donc de trouver une cachette et de s'y terrer, gagner du temps. S'ils ne la trouvaient pas, ils céderaient à la panique… et commettraient une erreur. Naturellement, si elle choisissait de se terrer, elle allait avoir besoin de provisions.

Sans trop réfléchir, elle traversa la salle et poussa les portes des cuisines. Il faisait presque noir à l'intérieur, les LED sous les placards éclairant juste assez pour lui permettre de deviner le mobilier de cuisine haut de gamme rutilant. Elle aperçut deux imposants réfrigérateurs contre le mur du fond et se dirigea vers eux.

Dans le premier, elle trouva un gros morceau de fromage cellophané, ainsi qu'un sachet de pommes. Elle y glissa le fromage et emporta le tout. Avant de ressortir, elle se saisit du plus grand couteau de boucher qu'elle pût trouver. Elle avait de quoi se nourrir et se défendre ; il lui fallait maintenant de l'eau. Préférant ne pas s'éterniser plus que nécessaire dans le pavillon, elle retourna vers l'un des gigantesques éviers en inox et but directement au robinet, se gorgeant d'eau jusqu'à plus soif.

Elle revint ensuite sur ses pas, à travers la grande salle puis le long du couloir contigu. Alors qu'elle passait sous la mezzanine, elle s'arrêta net. Elle venait de penser aux téléphones et aux ordinateurs. Cela valait-il la peine de vérifier ? De toute évidence, on s'était arrangé pour lui faire croire que la ligne était hors service lors de sa dernière tentative, mais peut-être fonctionnait-elle à présent... Elle pourrait passer un coup de fil.

S'armant de courage, elle prit les escaliers, son cœur s'arrêtant de battre à chaque craquement. Arrivée sur la mezzanine, elle constata que la porte du bureau était fermée.

Alors qu'elle se tournait pour redescendre, elle se figea : une porte du couloir venait de s'entrouvrir et un rai de lumière s'étira sur le sol. L'individu qui sortit de la pièce était vêtu d'une longue robe de chambre blanche. Il referma la porte derrière lui puis se tourna vers le fond du couloir et disparut dans la pièce voisine. Malgré le manque de lumière, Abigail crut distinguer des cheveux longs. En soi, cela n'indiquait pas grand-chose, mais si l'on ajoutait la faible carrure, tout laissait penser qu'il s'agissait d'une femme. Auquel cas ça ne pouvait être que Mellie. Plus Abigail réfléchissait, plus elle en était convaincue. En tant qu'employée, il semblait logique qu'elle dorme au grand pavillon, et la pièce adjacente était vraisemblablement une salle de bains.

Abigail en était là de ses réflexions quand le son étouffé d'une chasse d'eau se fit entendre. La personne ressortit dans le couloir. Abigail courut aussi discrètement que possible et reconnut Mellie ; elle la regardait approcher, l'air confus et à demi endormie.

— Chut, dit Abigail en arrivant devant elle, le doigt posé sur les lèvres.

— Ab…

— Ils ont tué Jill, la coupa-t-elle à voix basse. Son mari l'a battue à mort à coups de pierre. J'ai tout vu.

Mellie, le visage pâle dans la pénombre, écarquilla les yeux.

— Je ne peux pas vous aider, dit-elle aussitôt en bégayant légèrement. Il faut que vous partiez.

— Impossible. C'est ce que je vous explique. J'ai été témoin d'un meurtre.

— Désolée, répondit Mellie en reculant d'un pas. Personne ici ne peut vous aider.

— Écoutez-moi. On m'a droguée et battue. À la base c'était juste une sorte de mauvaise blague à nos dépens, et puis Alec Greenly a tué sa femme pour de bon. J'ai assisté à la scène.

Mellie secouait la tête en lançant des regards de tout côté, comme si elle les savait observées.

— Je vous crois, dit-elle en chuchotant elle aussi. Tous ceux qui travaillent ici savent ce qu'ils font, mais vous pouvez me croire quand je vous dis que personne ne vous aidera.

— C'est à vous que je le demande.

Mellie secoua la tête de plus belle, son menton se mit à trembler.

— Il n'y a rien…

Elle se tut en voyant les portes du pavillon s'ouvrir et le faisceau d'une torche électrique fendre l'obscurité. Attrapant Abigail par le bras, elle l'attira dans une chambre sombre et étroite seulement éclairée par la lumière de la lune filtrant par une grande fenêtre grillagée.

— Sortez par la fenêtre et descendez sur le toit. Il n'y a que deux mètres jusqu'au sol.

Mellie soulevait déjà la guillotine sans faire de bruit.

— Je préférerais me cacher ici, murmura Abigail.

— Je ne peux pas vous laisser faire ça. Sauvez-vous, s'il vous plaît. Je ne leur dirai pas que vous étiez là, mais c'est tout ce que je peux faire.

Croyant entendre des pas dans l'escalier, Abigail passa une jambe par la fenêtre et se retrouva sur un toit métallique légèrement en pente. Elle s'approcha prudemment du bord et vit que Mellie avait dit vrai : il n'y avait pas haut à sauter. Elle agrippa le bord de la gouttière et se laissa tomber au sol juste au moment où la guillotine de la fenêtre se fermait. Le silence régnait au-dehors, et il faisait moins sombre qu'à l'intérieur. En l'absence de nuages, le clair de lune la laissait voir à une cinquantaine de mètres ; à sa droite elle apercevait les courts de tennis au milieu des arbres, et à sa gauche la piste menant à l'aérodrome. Elle longea le mur vers la gauche, puis une fois parvenue à l'angle, courut au ras du sol et traversa la route pour s'enfoncer dans les bois.

Le terrain ne tarda pas à descendre vers l'étang. Abigail bifurqua pour se diriger vers l'arrière des bungalows. Elle entendit hurler derrière elle, probablement un homme dans le pavillon, qui rageait en constatant qu'elle lui avait échappé de peu ; mais il n'avait aucun moyen de savoir quelle direction elle avait prise. Alors qu'elle progressait à travers les bois, elle aperçut au loin un autre faisceau de torche balayer la surface de l'étang. Elle continua de marcher jusqu'au premier dortoir. Étaient-ils fermés à clé ? Probablement pas. Son plan était d'entrer dans un bungalow inoccupé et de se cacher, soit sous un lit, soit dans un placard. Elle mangerait ses provisions, essaierait de dormir un peu. Si elle survivait au jour suivant, alors elle disposerait d'une autre nuit entière, et elle avait déjà imaginé un autre plan, aussi faillible soit-il, qui lui permettrait de quitter l'île. Mais elle avait besoin pour cela de rester en vie jusqu'au lendemain soir. Il lui fallait un trou où se terrer.

Elle reconnut sa propre terrasse et décida d'essayer d'entrer dans le bungalow voisin du sien, puis se ravisa.

Qui penserait à la chercher dans son propre bungalow ?

29

C'ÉTAIT PEUT-ÊTRE la meilleure cachette... Elle se souvint tout à coup du dressing de Bruce, de l'espace en plus sur le côté et du renfoncement garni d'étagères. Elle monta les trois marches de la terrasse et ouvrit la porte. Il faisait noir, mais elle connaissait l'agencement des lieux. Elle resta néanmoins immobile un moment, le temps de s'habituer à l'obscurité, et tendit l'oreille pour s'assurer qu'elle était bien seule. Avant de se cacher, elle jugea plus sage d'utiliser les toilettes et de se ravitailler en eau. Elle commença par vider sa vessie – le bruit lui parut assourdissant – puis se força à tirer la chasse. Elle attendit un peu dans la salle de bains pour être sûre que le bruit n'avait pas trahi sa présence. Personne n'entra. Aucune alarme ne se déclencha. Aucune lumière n'inonda l'intérieur du bungalow.

S'approchant du réfrigérateur intégré, elle hésita à l'ouvrir pour y prendre une bouteille. Le bruit de la chasse d'eau était passé inaperçu, mais ce ne serait sûrement pas le cas de la lumière du frigo : aucun des bungalows voisins n'étant éclairé. Par prudence, elle renonça et se rendit jusqu'au dressing.

Une fois entrée, elle referma la porte et se glissa dans le profond renfoncement sur le côté. C'était plus confortable qu'elle ne l'avait imaginé : un peu moins d'un mètre d'espace vide où l'on pouvait ranger des draps de rechange ou des oreillers. Au-dessous des étagères, elle disposait d'assez d'espace pour se reposer et même s'asseoir, les jambes repliées. La seule manière pour quelqu'un de la repérer serait d'avancer la tête à l'intérieur du placard et de regarder directement dans le coin. C'était certes risqué, mais elle misait sur le fait que tout le monde la croirait partie se cacher dans les bois pour tenter de s'échapper. Penserait-on à la chercher ici ? Peut-être bien, mais pas tout de suite. Ils s'assureraient d'abord qu'elle ne se terrait pas dans les bois.

Elle prit un oreiller sur l'étagère et s'installa dans le recoin noir comme un four. Elle envisagea un moment de manger du fromage et une pomme, mais elle n'avait pas faim. Plaçant la nourriture et le couteau sous l'oreiller, elle s'adossa contre le fond du placard et ferma les yeux. Elle n'imaginait pas une seconde réussir à dormir, pourtant elle dut s'assoupir, car un bruit de mouvements la réveilla. Elle se tint prête. Est-ce qu'ils fouillaient les bungalows ou était-ce Bruce qui rentrait dormir ?

Elle entendit le bruit de la chasse, puis du robinet ; suivit un long moment de silence, interrompu à trois reprises par des toux rapides. Elle reconnut les quintes aiguës de Bruce.

Abigail tira doucement le couteau de derrière l'oreiller. Si jamais il entrait dans le dressing pour le fouiller, elle le prendrait par surprise. Elle le frapperait avec le couteau, peut-être au tendon d'Achille.

Elle tendit l'oreille encore un moment. Plus rien. Puis un faible ronflement. Abigail se détendit. Bruce avait le sommeil lourd, et elle savait qu'une fois qu'il ronflait, il était extrêmement difficile de le réveiller.

Va le tuer.

Ignorant les injonctions de sa petite voix, elle desserra sa prise sur le couteau.

Il n'y aurait rien de plus facile pourtant ; elle n'avait qu'à se faufiler hors du dressing et plonger la lame dans sa poitrine pendant qu'il dormait. Mais qu'avait-elle à y gagner ?

Il t'a torturée.

Tu te sentiras mieux.

Ça ne l'aiderait pas à quitter l'île.

Ça en fera toujours un de moins à tes trousses.

Elle relâcha le couteau, contractant dans le même temps les muscles de son cou.

Imagine la sensation.

Alors elle se laissa aller à imaginer. Elle se vit debout près du lit, Bruce endormi sur le dos, comme à son habitude, une main posée sur son visage. Elle aurait le choix : le cou offert à sa lame, ou en plein cœur. Mais ce n'était pas ce qu'elle voulait. Son objectif était de survivre. Pour raconter son histoire. Dire aux gens ce qu'on lui avait fait et ce qui était arrivé à Jill.

Elle reposa sa tête contre l'oreiller, et se rendit soudain compte qu'elle avait faim. Elle mangea la moitié du fromage, hésita à croquer dans une pomme, de crainte que ce soit trop bruyant, mais prit finalement le risque, mâchant avec précaution et vérifiant régulièrement que Bruce ronflait toujours.

Elle remballa alors la nourriture, en priant pour que l'odeur du cheddar dans l'espace réduit se dissipe, puis ferma les yeux et dormit de façon intermittente jusqu'à ce qu'un coup sonore à la porte la réveille.

— Vous l'avez trouvée ? fit la voix dolente de Bruce.

Bien qu'assourdie, elle était claire et Abigail perçut un espoir dans la question. Bruce n'était plus dans le lit, mais près de la porte.

Elle ne saisit pas ce qu'on lui répondit. Puis Bruce demanda :

— Vous avez fouillé le camp des filles ?

Là encore, elle ne parvint pas à distinguer la voix de son interlocuteur.

— Très bien, j'arrive, dit Bruce.

La porte se referma. Bruce se déplaça, passa par la salle de bains, prit quelque chose à manger dans la cuisine. Elle espérait échapper à l'angoisse de l'entendre fouiller dans le dressing ; il se contenta de pousser la porte sur le côté, déplaça quelques vêtements sur cintres, en attrapa un et partit sans refermer. Retenant son souffle, Abigail l'écouta claquer la porte d'entrée.

Elle resta accroupie dans le placard, immobile, pendant ce qui lui parut durer une heure, mais qui ne dépassa probablement pas quinze minutes. Bruce s'était sans doute rendu au grand pavillon pour discuter d'une stratégie de recherche. Peut-être repasserait-il ensuite, mais elle ne le croyait pas. La priorité était de la retrouver, et tant qu'ils n'envisageraient pas la possibilité qu'elle soit revenue se cacher dans son propre bungalow, elle serait en sécurité.

Elle se rappela tout à coup que Bruce venait d'ouvrir le dressing pour y prendre des vêtements. Était-il repassé au bungalow pour défaire ses bagages après l'avoir piégée à l'aérodrome ? À moins qu'il ne les ait jamais faits et se soit contenté d'emporter sa valise vide pour la berner ? Et où se trouvait la sienne d'ailleurs ? Ici ou au grand pavillon ?

La scène cauchemardesque autour du feu l'avait tellement secouée qu'elle en avait presque oublié ce moment horrible à l'aérodrome où elle avait pris conscience qu'elle n'était qu'un pion dans un jeu cruel. Celui d'une poignée d'hommes cherchant à humilier une femme. Ou deux en l'occurrence. Elle et Jill. D'abord s'amuser à leurs dépens, puis les humilier, enfin leur faire croire qu'elles allaient mourir. Abigail repensa brièvement à ce moment : le faux couteau, la certitude que sa vie était sur le point de s'achever, l'impuissance qu'elle avait ressentie. D'un coup, elle chassa ce souvenir de son esprit. Elle devait se concentrer sur le moyen de quitter l'île. Elle se demanda si chercher à gagner du temps pouvait être une stratégie judicieuse. Chip n'avait-il pas dit qu'un groupe de clientes était attendu d'un jour à l'autre ? Il avait probablement menti. Cet endroit recevait sans doute des clients, mais le but premier de l'île était d'offrir à ces hommes riches et sadiques un lieu où tourmenter des femmes. Heart Pond était coupée du monde. Le personnel se voyait certainement contraint de signer une clause de confidentialité. Il fallait qu'elle s'échappe de l'île, d'une manière ou d'une autre.

Pourquoi lui avait-il fallu tout ce temps pour le comprendre ? La population quasi exclusivement masculine de l'île aurait dû lui mettre la puce à l'oreille. Elle se souvint d'une histoire de son enfance : celle de la grenouille plongée dans une eau que l'on chauffe très lentement et qui finit ébouillantée vivante sans même s'en rendre compte. C'était peut-être l'explication. Il y avait bien eu des signes, mais insignifiants. Et maintenant, l'eau bouillait.

Dans quel film je suis ? se demanda-t-elle. Cachée dans l'obscurité de son placard, elle pensa immédiatement à

Halloween ; alors que ce n'était pas exactement cela. Elle n'était pas traquée par un psychopathe mais par plusieurs. En fait, elle avait l'impression d'être dans un film de zombies, sauf que la horde qui la pourchassait n'était pas constituée de zombies. C'était pourtant l'effet que cela faisait : la sensation de nager en plein cauchemar, poursuivie dans la nuit.

Aussi terrifiée qu'elle fût, elle se sentait malgré tout étrangement vivante. Le fait que Bruce ait passé la nuit à seulement quelques mètres de sa cachette la plongeait dans une jubilation étourdissante. Elle s'était jouée d'eux. Ça ne durerait peut-être pas, mais c'était déjà une victoire. Aujourd'hui plus que jamais, elle voulait s'échapper de cette île. C'était son seul objectif. Survivre. Puis se venger. Cet objectif n'était pas du tout quelque chose qu'elle abordait avec hésitation, comme une nouvelle relation ou un nouveau travail. Elle se sentait de taille. Elle avait véritablement l'impression que sa vie entière l'avait préparée à ce moment, tapie dans le noir, couteau en main.

Abigail sortit à quatre pattes du placard et se mit debout ; ses muscles étaient raides et ses genoux craquèrent. Les rideaux sur le devant étaient à demi tirés, mais au-dehors l'aube était là et la lumière du petit matin filtrait au travers. Elle s'étira le dos et les jambes, puis utilisa la salle de bains. Contournant le lit défait, elle jeta un coup d'œil par une fente entre les rideaux et vit un homme traverser la pelouse. Il portait un jean et un sweat-shirt à capuche. À cette distance, Abigail n'arrivait pas à distinguer son visage ni même à déterminer s'il comptait parmi les hommes qui l'avaient torturée la nuit précédente. Quelle importance ? Si Mellie elle-même ne l'avait pas aidée, personne ne le ferait. Elle devait une fois encore attendre la nuit. Sa seule mission pour l'instant était de survivre à sa journée, manger et s'hydrater. Pour ça elle se trouvait dans le meilleur endroit. Si jamais Bruce, ou quelqu'un d'autre, décidait de fouiller le bungalow, il était très probable qu'on la trouverait, mais pas sans qu'elle fasse quelques dégâts avec le couteau de cuisine.

Elle récupéra les pommes et le fromage et les rangea dans le réfrigérateur, poussant le sac au fond du bac à légumes. Même emballé dans son cellophane, le fromage sentait fort et c'était trop risqué de le laisser dans le dressing. Elle but une bouteille d'eau, mangea un yaourt, et cacha les deux emballages vides au fond de la poubelle. Dans l'un des placards de la cuisine, elle dégota un paquet d'amandes fumées entamé dont elle mangea deux poignées, puis prit le risque d'ouvrir un sachet de saumon séché, et en mâchonna trois tranches avant de repousser le sachet au fond du placard. Elle se surprit à trouver le poisson délicieux et s'étonna du plaisir qu'elle prenait à savourer la nourriture au milieu de tous ces événements, sachant combien ses chances de survie étaient minces.

La salive s'accumulait sous sa langue et elle sentit la nourriture remonter. Elle se précipita dans la salle de bains, mais une fois à genoux devant la cuvette, la sensation passa et finalement elle ne vomit pas.

Elle retourna attendre dans le dressing, roulée en boule comme un animal qui hiberne. Elle sentit quelque chose de dur contre sa hanche, mit la main dans la poche de son jean et en sortit le petit galet qu'elle avait ramassé dans la crique pour construire son tas de pierres. Elle l'avait gardé. Elle frotta son pouce contre la surface lisse. Il faisait trop sombre pour qu'elle puisse le regarder, mais elle s'en souvenait parfaitement. D'un blanc presque translucide et auréolé d'un anneau rouge clair. Elle se roula de nouveau en boule, le galet dans sa main.

30

ABIGAIL PASSA une grande partie de la journée à dormir par intermittence, s'autorisant même à étendre ses jambes de temps en temps.

Durant l'après-midi, prise d'une fringale, elle tenta le sort et s'aventura brièvement dans la cuisine pour grappiller de quoi manger et faire un tour aux toilettes. Le tout ne lui prit pas plus de cinq minutes, mais son cœur galopa dans sa poitrine tout du long.

Quand elle ne dormait pas, Abigail essayait de mettre de l'ordre dans ses pensées en recourant au système de son père : décomposer ses problèmes et faire des listes. Malgré cela, elle se retrouvait inévitablement à imaginer ce qu'ils lui feraient si jamais ils l'attrapaient. Elle revoyait Jill au moment de sa mort, son crâne brisé, sa jambe agitée de soubresauts à la lueur des flammes. L'image tournait en boucle dans son esprit, comme une rengaine, si bien qu'elle finit par renoncer à bloquer ces sombres pensées. En même temps qu'elles la terrifiaient, elles lui fournissaient une motivation. Si elle parvenait à survivre à… à ce cauchemar qu'elle vivait, alors elle raconterait son histoire, elle s'assurerait que ces hommes soient mis sous les verrous afin qu'un tel drame ne se reproduise plus jamais.

Son autre motivation était ses parents, leurs visages lui revenant à l'esprit par intervalles. Elle se demandait ce que leur vie deviendrait lorsqu'ils apprendraient que leur fille unique était morte pendant son voyage de noces. Cela l'emplissait d'un chagrin immense. Ils s'étaient déjà perdus mutuellement, pas tout à fait certes, mais en bonne partie. Elle savait que sa mort leur porterait un coup fatal. Ils vieilliraient sans personne pour s'occuper d'eux, et cette seule pensée renforçait sa détermination à s'échapper de cette île.

Une autre pensée persistante – ou n'était-ce qu'un rêve ? – était que sa mort sur cette île entraînerait la mort de ses propres enfants, des enfants qui n'existaient pas encore. Elle arrivait presque à les imaginer, à sentir l'amour inconditionnel, l'amour effrayant qu'ils éveilleraient en elle. Pour le moment, elle, ses enfants, ses parents étaient tous en train de tituber au bord du néant, soumis à un clan d'illuminés qui s'estimaient au-dessus des lois. *Survivre*, se répétait-elle, *tu dois survivre.*

Elle ignorait l'heure qu'il était quand Bruce rentra le soir venu. Autour de huit heures, peut-être ? À l'intérieur du bungalow, il faisait sombre depuis au moins trois heures. Bruce claqua la porte derrière lui. Elle ne fut pas immédiatement sûre qu'il s'agissait de lui, mais ses doutes se dissipèrent lorsqu'il toussa. Coincée dans le dressing, serrant le couteau dans sa main, elle savourait l'idée d'avoir réussi à se cacher toute une journée dans le bungalow pendant qu'ils la cherchaient à l'extérieur.

Après avoir farfouillé dans la cuisine, Bruce s'approcha du dressing et en sortit rapidement sa valise. Faisait-il ses bagages ? Il ne prit aucun des vêtements accrochés sur les cintres. Puis referma la porte.

Il ressortit et environ deux heures s'écoulèrent. À un moment donné, Abigail crut distinguer le bruit distant d'un avion dans le ciel. Se pouvait-il que Mellie ait fait ce qui s'imposait et alerté les autorités ? Cette pensée suscita en elle un espoir, mais de bien courte durée. Mellie n'avait averti personne. Sans doute même les aidait-elle dans leurs recherches. L'avion ne faisait probablement que passer, et s'il atterrissait sur l'île, ce serait plutôt pour y amener des renforts ; ils seraient encore plus nombreux à la chercher.

Trêve de suppositions vaines. Elle se concentra pour essayer de se souvenir du chemin jusqu'au hangar à bateaux, puis jusqu'à la crique où elle s'était promenée avec Bruce quelques jours plus tôt. Elle s'était contentée de le suivre, mais se rappelait qu'il fallait marcher à travers bois jusqu'à la falaise, puis vers l'est le long de la côte jusqu'au promontoire qui redescendait vers la crique. Le trajet leur avait pris une bonne vingtaine de minutes, mais pas plus de trente, et elle pensait pouvoir l'effectuer de nuit, surtout si la lune brillait.

À son retour, Bruce alla directement se coucher. Des ronflements se firent entendre presque aussitôt, mais Abigail s'astreignit à patienter un long moment pour s'assurer qu'il dormait réellement à poings fermés.

Une partie d'elle aurait voulu rester un jour de plus dans le bungalow. Elle s'y sentait en sécurité, et qui sait ? Peut-être de l'aide finirait-elle par arriver. Mais elle savait qu'elle devait s'échapper ce soir ; un jour de plus dans sa cachette et les hommes qui la pourchassaient décideraient de chercher *partout*, y compris dans les dortoirs. Soudain Abigail entendit un son rauque et haché qu'elle ne parvint pas tout de suite à identifier – elle crut un instant qu'il s'agissait d'un moteur qui démarrait. Mais elle comprit qu'il s'agissait plus probablement d'un aboiement. Ça venait de loin, sûrement du grand pavillon. D'un coup il se tut.

Un avion avait donc bien atterri sur l'île, mais pour y déposer un chien. Ou plusieurs. Avec un peu de chance, ils auraient mis un terme aux recherches pour la journée et attendraient le matin pour déployer les limiers. Mais il était temps d'agir.

Elle s'extirpa alors de sous l'étagère pour se mettre debout face à la porte du dressing. Le couteau dans sa main droite, elle y colla son oreille. Les ronflements de Bruce étaient profonds et réguliers. Elle tourna toutefois la poignée de la porte puis poussa le panneau aussi lentement que possible, craignant que les charnières grincent. Mais rien ne grinçait à Passaquoddy, tout était bien huilé. L'intérieur du bungalow était sombre, moins que le dressing toutefois, et Abigail discernait la forme de Bruce sous les couvertures. Un rai de lumière argentée filtrait par un interstice des rideaux ; cela présageait une nuit claire.

Abigail fit deux pas vers la porte de derrière, puis pivota sur elle-même pour refermer le dressing. Elle s'inquiétait qu'à son réveil, Bruce ne remarque que la porte était maintenant ouverte. Elle poussa doucement le battant jusqu'à entendre un clic, puis repartit, quand soudain elle se rendit compte que Bruce ne ronflait plus ; elle tourna la tête pour regarder : il se tenait au bord du lit, le visage masqué par l'obscurité.

— Bonjour Bruce, dit-elle.

Il secoua la tête, une seule fois, puis fondit sur elle tête baissée, un bourdonnement bizarre montant de sa gorge.

Malgré le couteau dans sa main, elle se pétrifia ; Bruce l'empoigna par la gorge et la poussa contre le dressing. Sa tête cogna. Il resserra les doigts autour de son cou et elle ouvrit la bouche tel un poisson hors de l'eau cherchant de l'oxygène. La pénombre obscurcit peu à peu son champ de vision et ses forces l'abandonnaient quand elle se souvint du couteau dans sa main. Affermissant sa prise, elle frappa d'un geste large et le toucha au thorax. Il fit un bond en arrière et lui écarta la main d'une tape, comme s'il chassait une abeille. Elle ramena alors le couteau sur le côté et frappa une seconde fois, en remontant cette fois ; elle visait les côtes, mais il recula et la lame lui taillada le menton. Le couteau manqua de lui échapper en cognant contre l'os. Bruce porta la main à son menton, où pendillait un lambeau de chair, le sang dégoulinant. Son visage se déforma de douleur ; réalisant qu'il allait crier, elle le frappa à la gorge avec la pointe du couteau. La lame s'enfonça à peine de deux centimètres, mais quand elle la ressortit, un jet de sang jaillit par-dessus son épaule droite et Bruce tomba à genoux, avant de s'effondrer sur le côté. Abigail se mit à haleter.

Elle avait beau être mariée à cet homme et lui avoir fait l'amour il y a trois nuits de cela, elle avait l'impression, en regardant Bruce mourir, de regarder un inconnu.

Pas seulement un inconnu, pire, un animal qu'il fallait abattre.

Elle fixa la flaque de sang qui se formait sous sa tête, s'étendait et s'infiltrait entre les lames du plancher. L'odeur brute et cuivrée saturait déjà ses narines et elle porta la main à son visage en détournant les yeux.

Elle décida de se changer et ôta ses vêtements ensanglantés, puis ouvrit l'un des tiroirs de sa commode, avant de se rappeler qu'elle avait déjà fait ses bagages le jour où elle pensait prendre l'avion pour quitter l'île. Elle scruta rapidement la pièce autour d'elle en quête de son sac, mais il n'était nulle part. Elle était sur le point de renoncer quand elle s'accroupit et le découvrit sous le lit. Bruce avait dû l'y pousser. Elle le tira pour l'ouvrir mais se ravisa et se contenta d'y récupérer son téléphone dans la poche extérieure, ainsi qu'un coupe-vent à capuche posé au-dessus des habits pliés. Il ferait certainement froid en pleine mer. Avant de sortir, elle palpa les poches de son jean – un vieux tic – et sentit le galet dans celle de devant. Abigail n'était pas particulièrement superstitieuse, pourtant elle savait que ce galet l'aiderait à s'échapper de l'île.

Une fois dehors, elle se félicita d'avoir enfilé le coupe-vent. La nuit était claire, mais les températures avaient chuté depuis la veille et son haleine se condensait en volutes. Elle se sentait étrangement calme tandis qu'elle inspirait l'air frais ; peut-être était-elle en état de choc.

Elle s'apprêtait à descendre de la terrasse quand elle remarqua un arc posé contre la rambarde. Appartenait-il à Bruce ? Elle se demanda s'il l'avait pris avec lui pendant qu'il la cherchait, tel un chasseur traquant sa proie. Un carquois de flèches l'accompagnait. Elle souleva l'arc par sa poignée pour apprécier son poids, puis tira sur la corde. Abigail s'était déjà servie d'un arc auparavant, lors d'une fête médiévale où elle était allée avec Zoe à l'époque du lycée. Zoe avait essayé de tirer, raté la cible et abandonné, mais Abigail avait décoché une vingtaine de flèches, bien décidée à en loger une au centre de la cible, ce qu'elle avait fini par faire. Le responsable du stand, un homme très prévenant, lui avait montré comment se tenir, positionner ses bras, lâcher la flèche sans à-coups. Le souvenir refaisait à présent surface avec une cinglante clarté, témoin d'un temps où elle n'était pas chassée comme du gibier. Elle emporta l'arc et les flèches.

Abigail n'eut pas trop de mal à retrouver le chemin de l'étang. Elle continua à toutes petites foulées, ne voulant pas perdre de temps mais préférant rester discrète. Alors qu'elle traversait un bosquet, l'obscurité se referma sur elle et elle dut ralentir pour regarder où elle allait. Les arbres chuchotaient à ses oreilles, leurs silhouettes fuligineuses l'encerclant, et elle sentit gonfler une bulle de panique dans sa poitrine. Ses poumons se racornirent et son cœur se mit à battre comme un tambour. Un bruit sec éclata dans la nuit – une brindille cassée peut-être, ou une pomme de pin tombée à terre – et Abigail quitta instinctivement le chemin. Elle se tint sans bouger au milieu des ténèbres, s'efforçant de ne pas faire le moindre bruit. L'enfant en elle se souvint qu'il suffisait de rester immobile et silencieux pour que les bois vous absorbent. La peur disparut un instant pour laisser place à une sorte de mélancolie. Lorsqu'elle se cachait dans les bois derrière la maison étant enfant, elle s'évadait dans un monde qu'elle s'était créé, un monde qu'elle pouvait quitter à tout moment. Ses parents l'attendaient à la maison, à moins de cent mètres – son père dans son bureau probablement en train de bricoler, sa mère dans le jardin, ou en train de lire dans un coin de la véranda. Ici, cette nuit, elle était seule. L'île aurait tout aussi bien pu flotter aux confins du cosmos, et les bois étaient remplis d'individus psychotiques déterminés à la tuer.

Sauf Bruce, pensa-t-elle. Il s'était vidé de son sang sur le sol de leur bungalow nuptial. Elle se revit soudain enfoncer la pointe du couteau dans sa gorge aussi facilement qu'on crève un ballon. Et le jet de sang qui avait jailli de son cou lui avait rappelé quelque chose, mais quoi ? Un lointain souvenir. Elle songea aux pneus de Kaitlyn Austin qu'elle avait crevés des années plus tôt à cause des rumeurs ignobles qu'elle avait fait circuler sur ses parents. L'image était nette dans sa mémoire : le couteau volé dans la cuisine pour trancher le caoutchouc, l'air s'échappant aussitôt en même temps que la tension quittait son corps. Elle repensa à Bruce, fou de rage, en train de l'étrangler puis, quelques coups de couteau plus tard, étendu par terre, perdant son sang.

Elle se reprit et tendit l'oreille. Elle n'avait plus rien entendu après le sinistre craquement de brindille. S'armant de courage, elle regagna le sentier et reprit ses foulées aussi discrètement que possible, retenant sa respiration, plantant d'abord le talon avant de poser le reste du pied. L'obscurité était à la fois rassurante et terrifiante. Bientôt le sentier vira à droite et elle se retrouva face à l'étang irisé par le clair de lune.

Elle s'accroupit, laissa sa respiration retrouver son rythme normal, et observa le hangar à bateaux, guettant un signe d'activité. Il faisait assez clair pour distinguer les canoës alignés le long de la rive, ainsi que les kayaks qu'elle avait vus plus tôt dans la semaine. Les kayaks étaient tous monoplaces et fabriqués en fibre de verre ; Abigail savait par expérience qu'ils ne dépassaient probablement pas une vingtaine de kilos. Chaque fois qu'elle avait réfléchi à un moyen de quitter l'île, elle s'était heurtée au même problème : l'absence d'embarcations. Il y en avait pourtant bel et bien – des voiliers, des kayaks, des canoës – seulement elles ne se trouvaient pas au bon endroit ; elles étaient sur l'étang. Abigail était presque sûre de pouvoir traîner, voire porter, un kayak jusqu'à l'océan et, de là, pagayer jusqu'au continent. Mais si eux aussi y avaient pensé ? Avaient-ils posté un homme pour surveiller les embarcations ? Et si oui, où ?

Le hangar à bateaux était un bâtiment modeste, pour ne pas dire rudimentaire : quatre planches de bois brut et un toit en plastique vert. Le côté qui donnait sur l'étang était complètement ouvert et Abigail supposait que, si garde il y avait, il devait être assis à l'intérieur du hangar, à attendre – voire à dormir.

Elle posa l'arc au sol, à côté du couteau avec lequel elle avait tué Bruce, puis chercha à tâtons parmi les feuilles mortes et les aiguilles sèches jusqu'à trouver une pierre de la taille d'une balle de golf. Elle se redressa alors et la lança aussi loin qu'elle put de l'autre côté du hangar. La pierre ricocha sur la rive rocailleuse. Presque aussitôt, une silhouette apparut et se mit à courir en direction du son, regardant à gauche et à droite. L'homme était trop loin pour qu'Abigail puisse le reconnaître, mais elle vit clairement qu'il tenait un fusil. La vue de l'arme lui causa un choc ; peut-être l'avion qu'elle avait entendu avait-il apporté des armes en plus des chiens…

Abigail ramassa l'arc et encocha une flèche, puis courut discrètement jusqu'au hangar. Elle s'adossa contre le mur de derrière puis se déplaça prudemment le long du bâtiment pour scruter l'homme qui continuait de ratisser la zone. Elle se sentit tout à coup ridicule avec son arc à la main : combien de tentatives lui avait-il fallu pour réussir un tir correct à la fête médiévale ? Qu'est-ce qui lui faisait croire qu'elle réussirait à toucher cet homme d'une seule flèche, avant qu'il se retourne et l'abatte d'un coup de fusil ? Elle aurait mieux fait de lui planter le couteau dans le dos. Au corps à corps au moins, elle avait une chance. Elle décida d'attendre à l'ombre du hangar qu'il abandonne ses recherches. Elle retournerait alors chercher son couteau et tenterait de l'attaquer.

À ce moment précis, elle entendit un bref grésillement de parasites et vit qu'il parlait dans son talkie-walkie, probablement pour demander des renforts. Sans réfléchir, elle s'écarta, positionna ses pieds de manière parallèle et banda son arc. Sans doute l'homme entendit-il le craquement des branches car il fit volte-face ; il la regarda, elle décocha sa flèche. La corde claqua contre la manche du coupe-vent, mais le projectile vola droit et termina sous l'aisselle gauche de l'homme, qui, déséquilibré, recula et s'écroula. Abigail courut près de lui et s'agenouilla. Il s'agissait du détective, Bob quelque chose ; elle le reconnut immédiatement à ses cheveux blancs. Il leva des yeux effrayés vers elle et hurla : “Elle est ici !” Le talkie-walkie qu'il tenait toujours dans sa main grésilla. Abigail s'empara du fusil par le canon et asséna un coup de crosse au détective ; elle visait son front, mais elle lui brisa le nez et le sang lui coula à flots dans la bouche. Il émit un petit cri aigu, un son qui n'avait presque plus rien d'humain. Elle frappa derechef, en pleine tête cette fois, et il se tut.

Sans perdre une seconde, elle courut jusqu'aux kayaks et examina le premier qu'elle trouva. La proue était équipée d'une poignée de portage en plastique attachée à une cordelette d'une dizaine de centimètres. Elle glissa le fusil au fond du kayak puis se mit en quête d'une pagaie ; elle en avait aperçu plusieurs alignées contre le mur à l'intérieur du hangar. Abigail choisit la plus courte. En ressortant, elle huma un parfum de café et son regard tomba sur une Thermos ouverte au pied d'une chaise de jardin. Elle en but une longue gorgée ; le café était laiteux, chaud et sucré, avec un arrière-goût d'alcool très prononcé, sans doute du whiskey. Elle repéra le bouchon posé au-dessus d'un roman de poche sur le plancher et le revissa sur la Thermos pour l'emporter. Abigail ignorait combien de temps elle mettrait pour regagner la côte du Maine en kayak depuis l'île, mais ça ne pouvait pas faire de mal d'avoir un peu de carburant.

Ayant embarqué pagaie, Thermos et fusil, elle attrapa la poignée et commença à traîner le kayak le long de la côte.

31

Abigail se trouvait sur la falaise lorsqu'elle entendit les chiens : deux hurlements distincts suivis d'aboiements. Elle ne savait pas exactement combien de temps elle avait traîné le kayak. Une heure, peut-être ?

Le plus difficile avait été de le tirer le long de la rive, car le frêle esquif raclait contre les roches et les talons d'Abigail ne cessaient de heurter la proue. Elle s'était alors rappelé qu'il existait une méthode plus pratique pour transporter un kayak hors de l'eau. Elle se souvenait même du terme que son père lui avait appris des années plus tôt : "portage". Pliant les genoux, elle glissa son bras dans le cockpit et hissa le kayak sur son épaule. Elle l'inclina légèrement afin que la pagaie et le fusil ne tombent pas par l'ouverture, puis se redressa. Le kayak n'était pas trop lourd et elle eut tôt fait d'atteindre le chemin qui traversait le bois. Après avoir escaladé un talus couvert de roches moussues et de touffes d'herbes éparses, terrifiée à l'idée de glisser mais avançant coûte que coûte, ignorant un douloureux point de côté, elle finit par émerger des bois.

Le chemin devint plus plat et le vent prit un parfum d'océan. Lorsqu'elle atteignit les bords du promontoire, le ciel, où trônait une lune presque pleine, s'étirait comme un dôme au-dessus de sa tête. Malgré ses poumons en feu et les crampes qui lui cisaillaient les jambes, Abigail ressentit une pointe d'espoir presque inquiétante. Elle contempla l'océan, calme sous le clair de lune.

Elle redescendit lentement l'autre versant du promontoire, s'économisant quelques efforts en coupant par un sentier qui longeait le bord de la falaise. C'est à mi-parcours qu'elle entendit les chiens – les deux hurlements distants suivis d'aboiements. Ils mettaient les bouchées doubles pour la retrouver. Elle se demanda s'il y aurait un homme posté près de la crique vers laquelle elle se dirigeait. C'était l'un des rares endroits d'où l'on pouvait assez facilement mettre une embarcation à la mer. Mais elle s'en inquiéterait plus tard. Pour l'instant elle devait accélérer l'allure. Les chiens étaient sur sa piste.

Abigail tourna à gauche et s'engagea sur le sentier qui descendait vers le rivage, l'hiloire du cockpit lui broyant l'épaule. Nouvel aboiement, beaucoup plus près cette fois. Elle jeta un coup d'œil derrière elle et vit ce qu'elle pensait être la faible lueur d'une torche électrique émerger de la ligne d'arbres. S'approchant du bord, elle envisagea un instant de laisser tomber le kayak du haut de la falaise puis de sauter à l'eau après lui. Mais il y avait bien vingt mètres de vide et la courte section de rivage était jalonnée de roches noires en dents de scie. Elle continua.

Son point de côté lui perçait le flanc. Sentant la salive emplir sa bouche, elle s'arrêta un instant, posa la proue du kayak contre le sol et se pencha pour vomir le café qu'elle avait bu dans le hangar à bateaux. Elle se mit alors à courir malgré ses jambes en coton et la douleur qui lui déchirait l'épaule.

Une voix humaine retentit, un cri – quelque chose comme “Par-là”. Elle distingua à présent les halos de torches électriques se rapprochant derrière elle, et la silhouette sombre d'un chien bondissant devant les hommes.

Si elle n'avait pas aperçu le sentier qui descendait, elle n'aurait pas hésité à lancer le kayak et à sauter. Mais la crique n'était plus qu'à une dizaine de mètres, alors elle força l'allure et scruta le rivage en contrebas.

Sur la plage, un homme pointait un fusil sur elle.

— Ne bouge plus, cria-t-il, et elle reconnut Eric Newman.

Sans même réfléchir, elle lâcha le kayak et le regarda dévaler vers lui, cognant et rebondissant contre les rochers. Eric tenta de s'écarter, mais le kayak le percuta juste en dessous des genoux, avant de dévier sa course pour aller glisser sur les rochers couverts d'algues. Étendu sur le dos, Eric agrippait sa jambe, le fusil gisant près de lui. Abigail descendit les derniers mètres à toute allure et arriva devant lui juste au moment où un chien déboulait dans son dos. Elle s'empara de l'arme et pivota sur elle-même, mais l'animal, un gros chien au pelage marron foncé, se contenta de la bousculer gentiment et de la renifler en remuant la queue, visiblement satisfait d'avoir accompli sa tâche. Eric attrapa un pan de son coupe-vent, mais Abigail se libéra sans mal et le visa avec le fusil.

— Abigail, non, dit-il en levant les mains. Je comptais te laisser partir. C'est pour ça que j'ai demandé à surveiller cette plage.

À côté d'elle, le chien aboya deux fois.

— Tu te fous de moi, répondit-elle en épaulant l'arme.

— Attends, écoute-moi. Ne fais pas ça. Personne n'était censé être blessé. On va s'occuper d'Alec. Il va payer pour ce qu'il a fait.

Elle imagina la balle fracassant le crâne de cet homme et le réduisant pour toujours au silence. Au lieu de ça, elle pointa le fusil vers sa jambe blessée et pressa la détente. Eric écarta sa main de justesse, mais sa jambe tressauta violemment et le sang jaillit de son genou en miettes. Le chien détala en couinant.

Laissant Eric à ses hurlements, Abigail courut vers le kayak et le poussa du pied par-delà les rochers vers le ressac. Elle sauta sur la coque quand elle entendit des coups de feu au-dessus et derrière elle. Saisissant la ligne de vie à la poupe, elle mit un pied dans l'ouverture du cockpit puis se glissa à l'intérieur du kayak aussi loin que possible. D'autres coups de feu suivirent, mais Abigail s'éloignait déjà, plongeant la pagaie toujours plus profond, tête baissée. Le kayak buta contre une série de vagues, puis avança bientôt sans heurts sur la surface calme de l'océan et prit de la vitesse. Elle entendit encore quelques détonations, puis seulement le silence. Le dernier son qu'elle perçut furent des aboiements étouffés.

Quand elle fut suffisamment loin de l'île, Abigail tira son téléphone de sa poche. Il s'alluma : trois pour cent de batterie. Elle vérifia le réseau : il n'y en avait pas. Elle ouvrit son application boussole, posa le téléphone à plat dans sa main et ajusta sa direction afin de s'orienter plein ouest.

Abigail avait fait beaucoup de kayak dans sa vie, notamment sur le fleuve Connecticut et sur un étang d'une ville voisine de Boxgrove ; elle retrouva rapidement le rythme. Malgré la fatigue et le froid, les muscles de ses bras ne peinaient pas et elle avait les pieds bien calés.

Elle essayait de garder son sang-froid et pagayait à un rythme régulier, jetant de temps en temps un coup d'œil au téléphone sur le plancher afin de s'assurer qu'elle allait toujours dans la bonne direction.

La nuit était calme et un vent constant mais modéré ridulait la surface de l'eau. Par moments elle croyait entendre le vrombissement guttural d'un petit avion lancé à sa recherche, mais il n'y avait pour seuls bruits que le claquement de la pagaie sur l'eau et sa respiration laborieuse. Son point de côté se réveilla, comme une aiguille brûlante glissée entre ses côtes. Elle fit une courte pause, en profita pour vérifier la boussole et s'assurer qu'elle n'avait pas dévié, puis termina le café au whiskey ; la chaleur de l'alcool se répandit dans tout son corps et lui fit réaliser à quel point elle avait froid. Elle balança la Thermos vide par-dessus bord, s'imaginant que cela allégerait le kayak de façon significative, puis se remit à pagayer, redoublant d'efforts maintenant que ses paumes étaient couvertes d'ampoules. Elle repensa à Jill, gisant au fond des bois sur le sol froid.

Quelque chose sillonna le ciel, et elle s'arrêta un moment pour scruter la voûte scintillante. Quelques minutes plus tard, une autre étoile filante attira son regard. Elle repositionna ses mains en feu sur la pagaie et jeta machinalement un coup d'œil par-dessus son épaule ; son cou craqua. Plus aucun signe de l'île qu'elle venait de quitter, juste une étendue d'eau sombre. Il n'y avait rien non plus devant elle. Elle se baissa pour toucher l'écran de son téléphone, mais rien ne se produisit. Plus de batterie. Elle était seule au milieu de l'océan. Un sentiment de terreur qui la vidait de ses forces et lui comprimait les poumons la submergea soudain, mais elle se ressaisit : ce n'était pas le moment de craquer.

S'essuyant les mains sur les cuisses, Abigail reprit sa pagaie et suivit son cap en s'aidant des étoiles. Elle reconnut les trois astres qui forment la ceinture d'Orion. La constellation se trouvait légèrement sur sa gauche et elle s'attacha à faire en sorte qu'elle y reste, pagayant sans relâche. Plus elle irait vite, moins elle risquerait de dévier.

Vingt minutes plus tard elle repéra le faisceau diffus d'un phare balayant la nuit. Sa crainte d'entendre approcher un avion ou une autre embarcation remonta d'un cran, mais elle ne vit ni l'un ni l'autre. Le phare se rapprochait, et bientôt il fut assez près pour qu'elle puisse discerner sa silhouette se détachant sur le ciel pourpre. Il s'élevait sur un affleurement rocheux qu'on pouvait à peine qualifier d'île. Il fallait continuer. Ce devait être Casco Bay. Elle distingua le littoral, puis un autre phare. Les muscles en feu, elle accéléra le rythme, mettant ses dernières forces dans ses coups de pagaie en serrant les dents. Elle aperçut bientôt des lumières éparpillées le long du rivage, et même les faisceaux de ce qui semblait être des phares de voiture. Tout était trouble. Elle se rendit compte que le vent froid la faisait larmoyer, des larmes roulaient sur ses joues. Elle continua à pagayer vers le second phare.

Alors qu'elle était sur le point d'accoster, elle entrevit les premiers miroitements de l'aube à l'horizon, le ciel prenant des teintes grisâtres. Le phare semblait sorti d'une carte postale. Blanc avec une coupole noire et à son pied, la maison du gardien peinte en rouge. Une voiture était garée devant, tous feux éteints, le long d'un parking probablement destiné aux visiteurs. Quelqu'un l'attendait-il ? Elle obliqua vers le sud et se remit à pagayer avec force. Si seulement elle avait pu trouver un meilleur endroit pour accoster, moins rocheux et surtout moins exposé aux regards.

Freiné par un courant de retour, le kayak avançait plus lentement. Mais Abigail ne tarda pas à repérer une crique entourée d'arbres. La lumière de l'aube éclairait la petite bande de sable. Pointant le kayak vers le rivage, elle heurta un rocher plat affleurant et l'étrave se souleva. L'embarcation termina sa glissade sur la plage. Abigail se leva, perdit l'équilibre et tomba dans cinq centimètres d'eau glacée. Elle se cogna le coude contre quelque chose de pointu et son bras s'engourdit. Elle se releva vite avec un petit grognement de douleur et tira le kayak sur la plage.

Le ciel avait blanchi et l'air s'était chargé de brume matinale.

À une dizaine de mètres d'elle, un homme sortit de derrière les arbres, le long canon d'un fusil reposant au creux de son coude.

32

ABIGAIL TENDIT LA MAIN vers le kayak pour saisir son fusil de ses doigts engourdis.

— Je peux vous aider ? demanda l'homme d'un ton étonnamment calme.

— N'avancez pas, répondit Abigail en pointant son arme sur lui.

Il était corpulent et portait un sweat polaire à capuche couleur camouflage ainsi qu'un jean large.

— Merde, dit-il, lâchant son fusil dirigé vers le sol et levant les mains en l'air.

Le doigt posé sur la détente, Abigail réprima un frisson.

— Reculez, dit-elle.

Il obéit.

Baissant les yeux une seconde, elle vit alors que l'homme n'avait pas lâché un fusil mais un détecteur de métaux, avec une poignée sophistiquée à une extrémité et à l'autre un disque plat.

— Qu'est-ce que vous faites là ? demanda-t-elle.

— Je suis venu pêcher ici hier avec ma femme, et elle a perdu son alliance. Je voulais essayer de la retrouver, expliqua-t-il d'une voix tremblante.

Abigail le croyait mais préférait ne pas prendre de risque. Elle garda son arme braquée sur lui.

— Vous avez un téléphone ?

— Oui. Dans la poche avant de mon jean.

— Sortez-le alors. Doucement.

L'homme s'exécuta et tira de sa poche un téléphone plat noir.

— Balancez-le vers moi.

Il lança le téléphone qui atterrit sur le sable à un mètre devant elle.

— Bon. Maintenant asseyez-vous. Et gardez les bras au-dessus de votre tête.

— D'accord.

Le type se baissa maladroitement et s'assit sur une grosse touffe d'herbe. Abigail ramassa le téléphone. L'écran demandait un code à quatre chiffres, mais en bas à gauche s'affichait le mot URGENCES. Abigail appuya dessus et le téléphone composa le 911.

— Où sommes-nous ? demanda-t-elle rapidement à l'homme une fois qu'elle entendit sonner.

— Quoi ?

— Dans quelle ville on est ? Quelle rue ?

Avant qu'il puisse répondre, elle entendit un clic, puis une voix de femme :

— 911, quelle est la raison de votre appel ?

— Je viens de m'échapper de l'île de Heart Pond à bord d'un kayak, dit-elle. Il y a des hommes là-bas qui essayaient de me tuer. Je suis à…

Elle se tourna vers l'inconnu assis en tailleur, les bras toujours levés au-dessus de sa tête.

— Hannaford Point à Cape Elizabeth, dit-il.

Abigail transmit l'information à la standardiste, puis répondit à d'autres questions après que la femme lui eut assuré qu'une voiture de patrouille était en route. Quand elle eut raccroché, l'homme demanda :

— Vous êtes venue de l'île de Heart Pond en kayak ?

— Oui. Vous connaissez ?

— J'ai bossé là-bas il y a quelques années. Je suis électricien.

— Pour Chip Ramsay ?

— Je me souviens pas. Peut-être bien. Qu'est-ce qui vous est arrivé ?

— J'ai fait un mauvais mariage, répondit-elle avec un rire.

Elle devait avoir l'air un brin hystérique.

— Je peux baisser les bras ? demanda l'homme.

— Comment vous vous appelez ?

— James Pelletier.

— Allez-y. Posez-les sur vos genoux. Je ne vous fais pas entièrement confiance, James.

Il abaissa lentement ses mains et les posa sur ses genoux. Abigail se pencha progressivement pour s'asseoir dans le sable humide, tout en gardant le fusil pointé en direction de l'homme.

— D'où va arriver la voiture de police ? dit-elle.

— La route est juste derrière ces arbres là-bas. Il y a un petit parking en terre battue. On la verra arriver.

S'asseoir avait été une mauvaise idée : Abigail sentait la fatigue se répandre dans ses membres et se demanda pendant un moment si elle serait capable de se relever.

— J'ai bien cru que vous alliez me tirer dessus, dit James en secouant la tête.

Elle le dévisagea, s'attendant à tout instant à le voir plonger la main dans la poche de son sweat, sortir un pistolet et lui coller une balle entre les yeux. Elle ne pensait pas vraiment que ça se produirait, mais au fond qu'en savait-elle ?

— Vous avez déjà entendu parler d'un "homme vert" ? demanda-t-elle.

— Un homme vert ?

— Oui. Qu'est-ce que ça vous évoque ?

Elle observa attentivement sa réaction et vit la peur revenir sur son visage.

— Je sais pas trop, dit-il.

— Et Silvanus ? Ça vous parle ?

Il secoua la tête.

Soudain la lumière de gyrophares pénétra la brume grise de l'aube, et Abigail vit la voiture de police se garer sur le parking. James tourna la tête.

Sans lâcher le fusil, Abigail posa une main à terre pour se redresser. Comme elle faisait cela, elle sentit quelque chose dans le sable sous sa paume. Un objet lisse et métallique. Elle le saisit entre ses doigts pour l'examiner et se rendit compte que c'était une bague.

— L'alliance de votre femme, dit-elle à James Pelletier en lui montrant l'anneau.

— Ah, fit-il en souriant.

Pour la première fois depuis longtemps, elle pensa qu'elle allait peut-être pouvoir vivre.

Abigail tremblait de façon incontrôlable dans la salle d'interrogatoire quand une personne vint l'envelopper d'une couverture et lui dire d'attendre une minute. La question s'était brièvement posée à son arrivée au poste de police de savoir s'il ne valait pas mieux la conduire directement à l'hôpital, mais Abigail avait réussi à convaincre l'officier de garde qu'elle allait bien et qu'elle tenait à signaler un meurtre. Elle irait à l'hôpital dès qu'elle aurait donné sa déposition. Il ne faisait pas le moindre doute que les policiers la croyaient droguée – du moins celui qui l'avait conduite de la côte jusqu'au commissariat. Il lui avait demandé à plusieurs reprises quelles substances elle avait prises au cours des dernières vingt-quatre heures. La voix délibérément calme avec laquelle il posait la question lui avait donné envie de hurler.

Quand un policier en civil se décida enfin à entrer dans la salle d'interrogatoire, il tenait deux tasses de café, dont une qu'il lui tendit. L'homme portait un costume bleu et une cravate marron et lorsqu'il s'assit, son ventre s'écrasa contre sa chemise, de sorte qu'on pouvait voir son T-shirt en dessous. Il se présenta comme l'inspecteur Mando avant de pointer du doigt la caméra dans le coin de la pièce et de l'avertir qu'elle était enregistrée.

— Un meurtre a été commis sur l'île de Heart Pond, déclara-t-elle. Jill Greenly a été assassinée par son mari il y a deux nuits.

— Doucement, dit-il en ouvrant son carnet. Comment vous appelez-vous, madame ? Quel est votre nom complet, s'il vous plaît.

— Abigail Elliot Baskin. J'ai épousé Bruce Lamb la semaine dernière et il m'a emmenée en lune de miel sur l'île de Heart Pond. Lui aussi est mort.

— Vous allez devoir ralentir. Dites-moi déjà comment vous vous êtes retrouvée à Hannaford Point.

— Je me suis échappée de l'île en kayak.

Il hocha la tête et elle le regarda noter les mots HEART POND, ABIGAIL BASKIN, puis BRUCE LAMB.

— Est-ce que vous allez envoyer quelqu'un là-bas ? demanda-t-elle. Ils sont probablement en train de détruire les preuves en ce moment.

— Ne vous inquiétez pas pour ça. Des agents de police sont en route. Je ne sais pas encore ce qui vous est arrivé, mais nous allons tirer ça au clair, d'accord ? En attendant, j'ai besoin que vous me disiez précisément ce qui s'est passé.

Incapable de se contrôler, Abigail porta la main à son visage et pressa les doigts contre ses paupières. Elle pleura sans pouvoir s'arrêter pendant deux bonnes minutes pendant que l'inspecteur Mando attendait. Elle n'avait aucun moyen de refermer les vannes, elle était restée si longtemps sous tension.

Quand le flot de larmes se tarit enfin, l'inspecteur poussa vers elle une boîte de mouchoirs en papier.

— OK, dit-il. Commençons par le début.

ÉPILOGUE

Abigail reçut l'e-mail le vendredi après-midi mais ne l'ouvrit pas avant le dimanche. Elle avait sorti son ordinateur portable sur sa terrasse. C'était une belle matinée de fin avril, une de ces chaudes journées de printemps comme il en existe peu dans le Massachusetts. Les dernières traces des tempêtes de neige de l'hiver avaient fondu, les crocus et les jonquilles commençaient seulement à poindre. C'était un e-mail de la photographe du mariage.

> Chère Abigail,
>
> J'hésitais à vous envoyer ces photos, mais j'ai pensé que la décision ne m'appartenait pas. J'ai été désolée d'apprendre ce qui vous est arrivé après le mariage. J'espère que vous allez aussi bien que possible. Sachez en tout cas que j'ai été ravie de faire votre connaissance et de pouvoir discuter avec vous et vos proches le temps de ce week-end d'octobre. Le lien ci-dessous vous permettra, si vous le décidez, de regarder toutes les photos (il y en a près de 500 !). Contactez-moi

si vous souhaitez en obtenir certaines en plus haute résolution. Sinon je vous souhaite bon courage.

Amicalement,

Natalie Ramirez

Abigail se remémora la photographe, une femme si petite qu'on avait fini par ne plus la remarquer tandis qu'elle se faufilait parmi les invités pour photographier les différents moments du mariage, avec son appareil qui, entre ses mains, paraissait énorme.

Elle se demandait ce que Natalie avait pensé en entendant parler des événements qui s'étaient déroulés sur l'île de Heart Pond. Les premiers titres dans les médias avaient été assez vagues. "Morts suspectes sur l'île des lunes de miel : une enquête ouverte". Puis plus tard : "Au cœur de la secte présumée qui châtiait les épouses infidèles". À ce stade, le dossier était devenu une enquête fédérale et l'affaire avait éclaté à l'échelle nationale, amenant un déluge de journalistes jusqu'à Boxgrove, où Abigail habitait à présent. Elle n'avait pas remis les pieds à New York après ce qui s'était passé sur l'île. Elle était rentrée à la maison, dormant durant quelque temps dans le lit de sa mère, puis dans sa chambre d'enfant. Depuis un mois, elle avait emménagé dans un petit meublé situé dans le même pâté de maisons. Ses parents trouvaient ridicule qu'elle aille habiter seule, mais le fait d'avoir son chez-soi lui donnait l'impression d'avancer dans la bonne direction.

Pendant plus de six mois, Abigail avait parlé. À ses parents, à Zoe, à un chapelet de thérapeutes. Et bien sûr à une tripotée d'avocats et d'agents fédéraux qui n'avaient cessé de l'interroger, parfois sous serment. Au milieu de tout cela, elle avait réussi à trouver du temps pour travailler sur son roman – son histoire avec les deux jumelles new-yorkaises. Elle savait qu'il n'avait rien d'exceptionnel mais peu importait. Elle préférait s'immerger dans un monde fictif, aussi sombre fût-il, que penser à ce qui s'était passé dans la réalité.

Deux mois plus tôt, Charles "Chip" Ramsay III avait été arrêté au Mexique, où il s'était enfui après son inculpation. Eric Newman, d'après ce qu'elle savait, coopérait à l'enquête fédérale sur ce qu'il était maintenant convenu d'appeler la secte Silvanus : un petit groupe d'hommes liés à d'autres groupes de défense masculinistes, qui avait pris l'habitude de tester la fidélité de leurs épouses et petites amies. Certains des membres les plus riches, tels que Bruce, étaient également associés dans une société mise en place par Chip Ramsay et baptisée Silvanus Incorporated, du nom du dieu romain de la nature et des forêts. L'entreprise en question avait racheté l'île de Heart Pond et les anciens camps d'été pour adolescents qui s'y trouvaient, ainsi qu'une île similaire dans le Puget Sound – celle où Bruce était allé fêter son enterrement de vie de garçon. Une fois que les langues avaient commencé à se délier, un nombre surprenant d'employés anciens ou actuels de ces deux endroits s'étaient manifestés pour témoigner. De nombreuses femmes avaient également fait état de punitions très élaborées dont elles avaient été victimes après des écarts conjugaux. L'épouse de Chip Ramsay avait elle-même disparu deux ans auparavant, et l'enquête pour disparition avait été requalifiée en homicide potentiel.

Mellie, dont le nom complet était Melanie Nadeau, s'était présentée de son plein gré en tant que témoin coopérant. Selon ses dires, elle avait été contrainte à travailler sur l'île de Heart Pond par Chip Ramsay. Porter Conyers, l'homme originaire des Bermudes qui avait par le passé été engagé dans une relation avec Jill Greenly, s'était apparemment volatilisé. Quant à Alec Greenly, le producteur de cinéma et mari de Jill, il s'était pendu dans sa cellule en février à l'aide d'une serviette de bain.

Abigail était le témoin clé dans cette enquête de grande envergure. Elle espérait qu'il n'y aurait jamais de procès, mais était prête à tout faire pour s'assurer que les différents membres de Silvanus payent pour leurs actes.

Eric Newman avait essayé de la contacter en envoyant un e-mail à l'adresse qu'il avait déjà utilisée avant lc mariage. Il écrivait dans son message qu'il n'espérait pas son pardon, mais souhaitait simplement lui dire quel avait été son rôle dans les événements. Sans doute voulait-il lui expliquer quel homme charismatique était Chip Ramsay, et lui dire qu'à l'image d'autres hommes malmenés par la vie, il avait été séduit par le discours de Chip durant l'un de ses séminaires à San Diego intitulé "Trouver sa voix en tant qu'homme", ou quelque chose comme ça. C'était très probablement là qu'il avait recruté Eric et Bruce des années plus tôt. Abigail ne répondit jamais à l'e-mail d'Eric Newman.

Elle était sur le point d'ouvrir le lien de la photographe lorsqu'un mouvement dans son petit jardin attira son attention. C'était la chatte noire qui couchait parfois dans le garage attenant. Avant de lui louer la maison, les propriétaires avaient averti Abigail de sa présence. Ils l'avaient nommée Bonnie et demandaient à Abigail de garder un œil sur elle et de lui laisser une gamelle d'eau et de nourriture de temps en temps – en particulier s'il faisait mauvais. Abigail avait accepté mais Bonnie s'était faite très rare depuis qu'elle avait emménagé.

Abigail observa la chatte se déplacer furtivement sur la pelouse, s'aplatissant pour mieux traquer sa proie : un moineau isolé sur la clôture. Bonnie était à moins d'un mètre de l'oiseau quand il s'envola pour aller se poser sur la branche basse d'un grand érable. La chatte s'étira le dos et fit tranquillement demi-tour, l'air de rien, comme si l'oiseau ne l'avait pas intéressée plus que ça. Abigail regarda le moineau voleter ensuite sur un petit arbuste buissonnant. Savait-il à quel point il était passé près de se faire dévorer ?

Abigail termina son café puis retourna à l'intérieur s'en verser une autre et se faire griller du pain. Son père lui avait laissé un message pour lui proposer d'aller voir un film à la séance de l'après-midi. Zoe, de son côté, lui avait envoyé un texto demandant si elle voulait passer déjeuner. Ne s'estimant pas tout à fait prête à décider de ce qu'elle ferait de sa journée, elle emporta sa deuxième tasse de café sur sa terrasse et la posa sur la table basse, à côté du petit galet blanc cerclé de rouge. Elle toucha la pierre du bout du doigt avant de s'installer au fond de son siège, son ordinateur sur les genoux, pour cliquer sur le lien vers les photos de mariage.

Comme l'avait annoncé la photographe, il y en avait des centaines affichées en vignettes ; elles se chargèrent avec une vitesse surprenante. La plupart étaient en noir et blanc, mais certaines étaient en couleur et elles ressortaient sur l'écran comme les cartes d'une réussite. Abigail s'était préparée à un raz-de-marée d'émotions, mais bizarrement, peut-être justement parce qu'elle s'y attendait, elle resta assez indifférente à toutes ces photos. Elle se souvenait bien de cette journée : la séance d'habillage avec ses demoiselles d'honneur, en buvant du champagne, les photos officielles sur la butte, avec en fond l'Hudson, la marche jusqu'à l'autel, les vœux qu'ils avaient rédigés eux-mêmes, le cocktail, le dîner et la soirée dansante. Certaines photos étaient vraiment belles et c'était chouette de revoir sa famille et ses amis tout pimpants et souriants. Celles sur lesquelles Bruce figurait étaient plus difficiles à regarder. Non qu'elle se sentît en deuil ou qu'il lui manquât, mais elle ne pouvait s'empêcher d'étudier ses expressions, en cherchant si certaines auraient pu trahir sa vraie nature. Elle n'en vit aucune. Sur les photos où il prenait la pose, il avait parfois un air légèrement guindé, et d'autres fois le sourire un peu trop large, mais on pouvait interpréter cela de bien des manières. Sur la plupart des clichés pris sur le vif, il paraissait à l'aise et détendu. Sur certains même, il regardait Abigail et avait l'air vraiment amoureux. Comment avait-elle pu être si naïve ?

C'était une des questions qui revenait le plus dans ses réflexions ces derniers temps. Comment avait-elle fait pour ne pas voir la vraie nature de Bruce ? Avait-elle été aveuglée par ses attentions romantiques ? Ou par sa réussite professionnelle et sa fortune ? Ou bien avait-elle tout bonnement succombé dans la seconde parce qu'il était si différent de Ben Perez ? Elle n'était pas sûre d'avoir jamais la réponse.

Il lui semblait cependant que les photos du mariage pouvaient receler un indice. Peut-être avait-il l'air amoureux d'elle parce qu'il l'était vraiment. Un amour tordu et pervers. Il avait beau connaître le sort qu'il lui réservait, savoir qu'il s'apprêtait à lui faire payer son infidélité, il n'en ressentait pas moins de l'amour pour elle – dans son entendement, en tout cas. Mais peut-être cherchait-elle à y voir trop de choses ? L'explication la plus logique était qu'elle avait épousé un psychopathe – un psychopathe qui avait assisté à un séminaire lors duquel il s'était entendu confirmer ce qu'il avait toujours cru en son for intérieur, depuis le jour où sa mère avait abandonné le foyer familial : les femmes n'étaient pas dignes de confiance.

Et la raison pour laquelle il semblait vraiment amoureux sur les photos était sans doute que c'était un bon manipulateur.

Abigail était presque arrivée à la fin de l'album quand un détail attira son regard sur l'une des images. Une photo de la dernière danse ; elle et Bruce au centre de la piste, l'air fatigués mais heureux. Elle s'en souvenait très bien. Ses pieds surchauffés, la reprise version bossa nova de *Every Breath You Take*, elle et Bruce plaisantant. Sur l'image, tous les deux étaient flous tandis que les personnes au bord de la piste et en arrière-plan – les derniers convives – apparaissaient nettes. Elle reconnut ses parents, debout l'un à côté de l'autre, sa mère l'air ensommeillé, son père tout souriant, sans doute un peu ivre. Derrière eux, avec ses guirlandes de fleurs suspendues tout au long des bordures blanches, on apercevait la porte de la grange grande ouverte, et à l'intérieur, un homme, éclairé de côté – probablement par les phares d'une voiture sur le départ. Abigail zooma sur son visage. L'image était très pixellisée, mais il n'y avait aucun doute : il s'agissait d'Eric Newman.

Elle se rappelait l'avoir repéré cette nuit-là alors qu'elle descendait à pied sur la route. Elle ne l'avait pas vu, mais elle avait senti la fumée de ses cigarettes de marque française. C'était étrange de penser qu'il s'était vraiment trouvé là. Elle se demanda si Bruce s'était éclipsé à un moment donné pour aller lui parler. Avaient-ils discuté du scénario qu'ils s'apprêtaient à jouer sur l'île de Heart Pond ?

Abigail referma son ordinateur. Elle avait suffisamment regardé ces photos, pour aujourd'hui et pour toute sa vie sans doute.

Un nuage avait escamoté le soleil et le jour s'était obscurci. L'orée du bois longeant la propriété était sombre ; elle chercha le moineau mais ne le vit pas. La chatte aussi avait disparu. Une phrase lui vint à l'esprit : *Les bois sont beaux, sombres et profonds.* Elle avait dit ces mêmes mots à Bruce sur l'île. Le souvenir de ce moment ne lui causa pas d'angoisse ; à vrai dire il ne lui causa aucune émotion particulière. Mais surtout, il ne déclencha pas dans son esprit le diaporama d'images terribles qu'elle avait traînées avec elle ces six derniers mois. Les hommes masqués. Alec Greenly frappant sa femme à mort près du feu. Le couteau dans la gorge de Bruce et le jet de sang. Elle pensait plutôt à la journée qui débutait, et à la manière dont elle pourrait l'occuper.

Les bêtes l'avaient prise en chasse. Elle leur avait survécu.

REMERCIEMENTS

Margaret Atwood (pour une citation que je n'ai pas utilisée mais que j'ai souvent eue à l'esprit), Danielle Bartlett, Angus Cargill, Caspian Dennis, Bianca Flores, Joel Gotler, John Grindrod, Kaitlin Harri, David Headley, Sara Henry, David Highfill, Tessa James, Emily Langner (pour m'avoir fourni la citation de Margaret Atwood), Ira Levin, Kristen Pini, Sophie Portas, Josh Smith, Nat Sobel, Virginia Stanley, Gordon Sumner, Sandy Violette, Judith Weber, Ben Wheatley, Dave Woodhouse, Adia Wright, et Charlene Sawyer.

DERNIÈRES PARUTIONS

Larry McMurtry, *Adieu Cheyenne*
Jake Hinkson, *Rattrape-le!*
Gregory Brown, *Les Jours sombres*
Jenny Lund Madsen, *Trente Jours d'obscurité*
Aldo Leopold, *Almanach d'un comté des sables*
Chris Offutt, *Les Gens des collines*
Giulia Caminito, *L'Eau du lac n'est jamais douce*
Todd Robinson, *Les Morts de Riverford*
JoAnne Tompkins, *Ce qui vient après*
Christina Sweeney-Baird, *La Fin des hommes*
Larry Watson, *L'Un des nôtres*
Elliot Ackerman et James Stavridis, *2034*
Ellen G. Simensen, *La Vertu du mensonge*
Phil Klay, *Les Missionnaires*
Pete Fromm, *Le Lac de nulle part*
Larry McMurtry, *Cavalier, passe ton chemin*
James Crumley, *Les Serpents de la frontière*
John Gierach, *Nature morte avec truite*
Maren Uthaug, *Là où sont les oiseaux*
Craig Johnson, *Western Star*
William Boyle, *La Cité des marges*
Lance Weller, *Le Cercueil de Job*
Kate Reed Petty, *True Story*
Helene Bukowski, *Les Dents de lait*
Kathleen Dean Moore, *Sur quoi repose le monde*
S. Craig Zahler, *Dédale mortel*
Keith McCafferty, *Le Baiser des Crazy Mountains*
James McBride, *Deacon King Kong*
Claire Holroyde, *La Comète*
Amity Gaige, *Sous nos pieds l'océan*
Piergiorgio Pulixi, *L'Île des âmes*
David Vann, *Komodo*
James Carlos Blake, *Vies et morts de Stanley Ketchel*

Retrouvez l'ensemble de notre catalogue sur
www.gallmeister.fr

Cet ouvrage a été imprimé sur du papier dont les fibres de bois proviennent de forêts durablement gérées

IMPRIM'VERT®

CET OUVRAGE A ÉTÉ COMPOSÉ PAR ATLANT'COMMUNICATION (VENDÉE)

ACHEVÉ D'IMPRIMER SUR ROTO-PAGE
PAR L'IMPRIMERIE FLOCH À MAYENNE
EN MAI 2022
POUR LE COMPTE DES ÉDITIONS GALLMEISTER
13, RUE DE NESLE
75006 PARIS

DÉPÔT LÉGAL : JUIN 2022
1re ÉDITION
N° D'IMPRESSION : 100353
IMPRIMÉ EN FRANCE